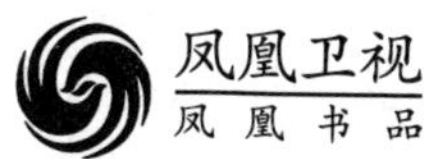

深夜十堂

快！等你开饭

李敖 / 主讲

CTS PUBLISHING & MEDIA
湖南文艺出版社
HUNAN LITERATURE AND ART PUBLISHING HOUSE

图书在版编目（CIP）数据

深夜十堂：快！等你开饭/李敖主讲；凤凰书品编. —长沙：
湖南文艺出版社，2014.11
ISBN 978-7-5404-6910-8

Ⅰ. ①深… Ⅱ. ①李… ②凤… Ⅲ. ①杂文集-中国-当代
Ⅳ. ①I267.1

中国版本图书馆CIP数据核字（2014）第223396号

上架建议：大众文化

深夜十堂：快！等你开饭

编　　著：凤凰书品
出 版 人：刘清华
责任编辑：薛　健　刘诗哲
监　　制：蔡明菲　潘　良
特约编辑：汪　璐
封面设计：黄柠檬
版式设计：李　洁
出版发行：湖南文艺出版社
（长沙市雨花区东二环一段508号　邮编：410014）
网　　址：www.hnwy.net
印　　刷：北京市兆成印刷有限责任公司
经　　销：新华书店
开　　本：787mm × 1092mm　1/16
字　　数：234千字
印　　张：17.5
版　　次：2014年11月第1版
印　　次：2014年11月第1次印刷
书　　号：ISBN 978-7-5404-6910-8
定　　价：35.00元
（若有质量问题，请致电质量监督电话：010-84409925）

目录

CONTENTS

壹/上帝管两头我管中间

贰/名流很少是好人

叁/只要有理想就可圈可点

肆/男女大不同

伍/西餐叉子吃人肉

壹／

上帝管两头我管中间

不平则怨没出息
你挡不住我最后的笑容
不怕死的美女好汉

我先死给你看
杀君马者道旁儿
爱恺撒　更爱罗马

人需要点信仰
狡猾不是罪
随遇而偷

不平则怨没出息

宋朝人有一句词“老眼平生空四海”[①]，意思是我年纪很大了，我这双眼睛眼空无物，很自大，很高傲，很多东西我都没看在眼里。为什么呢？总觉得自己看问题比较深远，比较有智慧，虽然有些意见在某些人看来未免嚣张。

我李敖现在七十多岁了，也到了“老眼平生空四海”的年纪，我很愿意把我这一生对很多问题的总结、经验、看法告诉大家，尤其想使年轻朋友能够对这个世间多几分了解。譬如我觉得有一种人生态度是我们可以避免的，是什么呢？抱怨。你会抱怨是因为心中有不平，觉得人生遭遇不平等，尤其是倒霉状况来的时候不能适应，就开始抱怨。其实抱怨大可不必，因为人生本来就是不平等的，不平等是一种正常现象，在不平等里追寻自己的前途、实现自己的价值反倒是有意义的。

大家看古人这幅《韩熙载夜宴图》[②]，韩熙载这个大官在中间坐着，丫鬟们站在旁边。为什么丫鬟的块头比韩熙载小这么多？这是中国画的一

---

① 出自南宋词人刘克庄的《贺新郎·九日》：湛湛长空黑，更那堪、斜风细雨，乱愁如织。老眼平生空四海，赖有高楼百尺。看浩荡、千崖秋色。白发书生神州泪，尽凄凉、不向牛山滴。追往事，去无迹。少年自负凌云笔。到而今、春华落尽，满怀萧瑟。常恨世人新意少，爱说南朝狂客。把破帽年年拈出。若对黄花孤负酒，怕黄花也笑人岑寂。鸿北去，日西匿。

② 《韩熙载夜宴图》为五代南唐画家顾闳中所作，见于宋《宣和画谱》，现存此本为宋摹本，藏于北京故宫博物院。据传南唐后主李煜听说大臣韩熙载生活“荒纵”，特派画院待诏顾闳中到韩熙载家窥探，回来后凭“目识心记”画了一幅反映韩熙载夜宴情况的长卷。

个特色，画中人物的大小比例不是由生理结构决定的，而要根据他的身份地位。地位高，人就画得大；地位小，人就画得小，代表什么？代表人生根本就是不平等的。

顾闳中《韩熙载夜宴图》（局部）

最近摩纳哥的兰尼埃亲王[①]死掉了，活了八十二岁，很高寿。当年他娶了美国最有名的电影明星格蕾丝・凯莉[②]，王子配绝世佳人，两人几乎是最美满的婚姻。可是结婚以后呢，也不过如此，后来死拖活拖，格蕾丝车祸死掉了。英国的查尔斯王子和戴安娜王妃也是这样啊，戴安娜也如花似玉，漂亮得不得了，可是两人的婚姻没搞好，最后戴安娜车祸死掉了。

兰尼埃亲王和凯莉

我举这两个例子证明什么？人生是非常不平等的，有的男的生来就是国王，有的女的天生就长那么漂亮，平等吗？没有平等啊。再看

查尔斯和戴安娜

① 兰尼埃三世（Rainier Ⅲ，1923—2005），已故摩纳哥亲王。1955年，他在戛纳电影节上结识美国女演员格蕾丝・凯莉，两人迅速陷入热恋，1956年举行婚礼。1982年，格蕾丝・凯莉在和次女斯蒂芬妮公主驾车出游途中，突发心脏病导致车祸身亡。

② 格蕾丝・帕翠西亚・凯莉（Grace Patricia Kelly，1929—1982），生于美国费城一个爱尔兰后裔天主教家庭，电影演员，慈善家，摩纳哥亲王兰尼埃三世的王妃，两人育有一子二女。她短暂的电影生涯仅有六年，仍获得奥斯卡影后。1999年美国电影学会选其为百年来最伟大的女演员第十三名。

莎拉·布莱曼

莎拉·布莱曼①，全世界有名的女高音歌唱家。为什么她的声音这样好听啊？为什么上帝给了她这么一副好嗓子啊？不平等嘛。还有美国总统约翰·肯尼迪②，四十出头可以当上美国总统，掌握那么大的权力，可是最后怎么样呢？挨了一枪，当场死掉。人生就是这样不可测，不平等。

战后德国首任总理阿登纳③，从五十七岁到六十九岁一直倒霉，什么原因呢？他是科隆市

肯尼迪

阿登纳

---

① 莎拉·布莱曼（Sarah Brightman，1960— ），英国跨界音乐女高音歌手和演员。她的嗓音嘹亮，被誉为天籁之声，曾出演《猫》《歌剧魅影》等，著名曲目包括《告别的时刻》《今夜无人入睡》等。1992年巴塞罗那奥运会，她与卡雷拉斯合唱了《永远的朋友》。2008年北京奥运会，她与刘欢合唱了《我和你》。

② 约翰·肯尼迪（John Fitzgerald Kennedy，1917—1963），1961年当选为美国第三十五任总统，1963年11月22日在得州达拉斯市遇刺身亡。他是美国颇具影响力的肯尼迪政治家族的一员，被视为自由派的代表。他的任期内发生了古巴导弹危机、柏林墙的建立、太空竞赛、越南战争及美国民权运动等重大事件。他的遇刺在其后数十年中一直影响着美国政治的发展方向。

③ 康拉德·阿登纳（Konrad Adenauer，1876—1967）二战后联邦德国首任总理。出生于科隆一个公务员家庭，1917年起任科隆市市长，1933年因反对纳粹被免职，1934年和1944年两度入狱。1949年，七十三岁的阿登纳参加联邦德国第一次大选，当选为联邦德国总理，1963年辞职，1967年以九十一岁高龄辞世。西方世界赞誉他“以他的铁肩支撑危局，使一个战败的、几乎气息奄奄的民族经受住了考验”。

市长，当几乎整个德国有头有脸的人都向希特勒屈服的时候，他不买纳粹的账，结果被迫害，妻离子散，躲在修道院里，诸如此类，一共闹了十二年。最后纳粹失败了，英美军队开到德国，希望找一个有头有脸没有跟希特勒合作过的人，找不到，人人都跟希特勒合作过，只有他清白，虽然六十九岁了，却仍然做了联邦德国总理。人家讲你为什么这么老了还不退休？他说我已经退休过了。换句话说，在希特勒势力如日中天的时候，你们飞黄腾达，我倒霉，那时候我退休过了。

所以我说人生的不平等是正常的，但这并不是宿命论，也不是说我们要认命，而是当你遭遇不平等时，当别人的情况比你好时，你能够坦然面对，而不是抱怨什么。过去英国有一种咬熊游戏，一只熊用铁链子绑着，链子钉在地上，然后派几只狗去咬这只熊。熊本来可以咬过狗，但是它被绑住了，它在一种不公平的情况下，面对狗的进攻，最后当然会被狗干掉。可是我很欣赏熊的精神，它并没有放弃反抗，一批狗来了，它把它们打败；又一批来了，它继续战斗，直到被狗咬死为止。就好像我们看西班牙斗牛一样，牛在一种很不公平的规则下被人干掉，可是牛还是要挣扎，要抗议，虽然抗议没有用。

我们在人的社会里也常常会遭遇这种情况，问题是你在这个不公平的规则下跟别人玩，会不会玩得很英雄、很有尊严，虽然最后的下场也是完蛋。我李敖在台湾这么多年为什么不太有抱怨的情绪？因为抱怨没有出息，不但没有出息，也代表你对人间的状况不够了解。人间本来就是不平等的，最平等是什么啊？奴隶，大家都是奴隶最平等，都苦哈哈的，穷得叮当响。可是那有什么意思呢？在不平等的状况下，你如何面对问题、解决问题，才能看出你的真本领。

我喜欢一部老电影《北非谍影》（Casablanca）[①]，讲乱世里一对情侣

---

① 《北非谍影》，也译为《卡萨布兰卡》，是1942年上映的一部美国电影，荣获1944年奥斯卡的最佳影片、最佳导演和最佳改编剧本奖。2007年美国编剧协会公布电影史上“最伟大的101部电影剧本”，《北非谍影》夺冠。

《北非谍影》电影海报

因为一个小误会分开了，后来两人在一个偶然的场合重逢，可是这时候女的已经有了别的男朋友。在躲避纳粹追捕的过程中，男的弄到了两张通行证，拿了就可以远走高飞，最后他把这两张救命的证件给了这个女的和他的情敌，让他们活命，自己留下来了。这很像狄更斯《双城记》里的故事，把情敌从牢里调包出来，自己替情敌死掉。又像《隋唐演义》里那些好汉，大家被骗到城里，忽然发现城门口的千斤闸拉下来，每个人都跑不掉，这时候英雄好汉用自己的身体顶住千斤闸，让朋友们赶紧跑，结果自己被压死了。

人有时候要用一种近乎悲壮的情绪来面对人生，当这个环境变得“危邦不入，乱邦不居”时，你怎么面对？当年台湾有一段非常不自由的时期，白色恐怖，我的女朋友一个一个都远走高飞了，我的朋友也一个一个都远走高飞了，可是我留下来。美国“驻台大使”的代办高力夫先生曾给我写信，希望我访问美国，我也没有去。我的姐妹们住在美国，她们不希望我留在台湾，替我拿到了美国公民的配额，可是我没去。后来我的女儿Hedy Lee（李文）因为生在纽约，出生证上爸爸的名字是李敖，可以把我办到美国，我还是拒绝了。

我看着别人一个个远走高飞，我没有离开，这是我的选择。我觉得人生“不平则鸣”有骨气，“不平则怨”没出息。孔子为什么骂女子和小人“难养”？因为“近之则不孙（逊），远之则怨”，“怨”在我李敖看来是弱者的表现。我不怨也不走，我要留下来发出我的声音。

当年邓朴方在“文革”中被造反派推下楼摔成残废，后来送到他父亲身边，邓小平两只眼睛盯着儿子看，用热手巾替儿子擦背，可是有没有怨呢？不怨。为什么不怨？强者不怨。“文革”过后，邓小平批评那些伤痕文学用了八个字：“哭哭啼啼，没有出息。”哭诉抱怨是弱者的作风。解决问题，继续活下去，这才是强者干的事情！

我李敖的一个人生金律就是永不抱怨。大家看我写的打油诗：

人定胜天，天荒地老，老而不死，死而无怨；
胆大包天，天荒地老，老而不死，死而无怨；
如日中天，天荒地老，老而不死，死而无怨；
四脚朝天，天荒地老，老而不死，死而无怨。

不管遇到任何情况，我都要用一种很顽强的、有点游戏性的态度来面对。在人生成长过程里，有时你会荣，有时你会枯，可是不管怎么样荣枯，你都要保持一种乐观精神——不怨。不但不怨，还可以把任何负面的情绪——悲哀的、痛苦的、愁眉苦脸的，通通消灭掉。有时候一件坏事情来了，虽然我做不到使自己哈哈大笑着面对，但至少我可以不抱怨，不愁眉苦脸，当然更不会哭哭啼啼。

你挡不住我最后的笑容

夹道欢迎希特勒

戈林

当年希特勒蹿起来的时候，正好是我出生那年，1935年前后。大家看当时的照片，希特勒万众瞩目万人拥护，德国人万众一心支持他，喊“希特勒万岁”，盛极一时。后来希特勒战败了，自杀了，手下的党羽被送到国际法庭审判，其中一个重要人物叫戈林[①]，他被处绞刑以前用自己偷着带进监狱的毒药自杀了。第二个重要人

① 赫尔曼·戈林（Hermann Göring，1893—1946），纳粹德国重要的政军领袖，与希特勒的关系极为亲密。戈林是一战中著名的“王牌飞行员”，也是纳粹党最早的一批成员，他参与过1923年的“啤酒店暴动”，其间中枪伤，此后一直靠注射吗啡来减缓痛苦。1933年，他创立秘密警察机关“盖世太保”；1935年，出任德国空军总司令。1940年德国打败法国后，他的权力与声望达到巅峰，希特勒晋升他为“帝国元帅”，隔年指定他为接班人。1942年后，随着德国军事情势恶化，戈林的声望和希特勒对他的信任逐渐降低，从此他不管政治与军务，专注于掠夺各占领地的艺术品与财富，过着奢华无度的生活。1945年4月22日，戈林得知希特勒将自杀，遂拍发电报告诉希特勒，他将接掌德国的所有权力。希特勒大怒，下令撤销其全部职务并予以逮捕。二战结束后，戈林在“纽伦堡审判”中被判犯密谋罪、破坏和平罪、战争罪和反人道罪，处以绞刑，但在行刑前一天晚上他服毒自杀身亡。

物叫赫斯[①]，他在德国如日中天的时候，自己开着飞机飞到英国，想让英国人跟德国谈判，可是英国人把他关起来，认为他精神状态有问题。

纽伦堡大审中有十二人被处以绞刑，三个人被判终身监禁，其中一位就是赫斯。可是他很麻烦，老不死，一直活着，德国每年要花八百万养着他。为什么花这么多钱？因为英、法、美、苏各国都要派人来监视他，看住这个监狱。最后赫斯在九十三岁的时候也自杀了。

还有一个人在纽伦堡大审的时候才四十出头，是个艺术家，搞建筑的，后来被希特勒看中，做了纳粹德国的军需部长，他的名字叫施佩

① 鲁道夫·赫斯（Rudolf Hess，1894—1987），生于埃及亚历山大港的德国商人家庭。在一战中身负重伤，获得德国二级铁十字勋章。1923年，慕尼黑啤酒店暴动失败后，与希特勒一同入狱服刑，狱中帮希特勒完成《我的奋斗》。1933年，赫斯被任命为纳粹党元首代表。1939年二战开始当天，希特勒宣布如果他和戈林发生意外，赫斯将会是接班人。1941年5月10日，赫斯独自驾机飞往英格兰，跳伞被俘后声称他是来进行一项和平任务的。希特勒宣布对赫斯的行动毫不知情，随后纳粹党宣布赫斯精神失常。赫斯一直遭英方扣押直到大战结束，纽伦堡大审中被判终身监禁，1987年8月17日被发现在施潘道监狱上吊身亡，时年九十三岁。不过也有人认为赫斯是死于谋杀。

赫斯

施佩尔

广田弘毅

尔[①]。历史学家判断，由于有了这个人做军需部长，德国能够跟英美多打一年。施佩尔后来被判了二十年有期徒刑，在纽伦堡大审所有被告中，只有他认罪，承认自己犯罪。为什么认罪呢？当他看到那么多犹太人惨死在集中营里，他觉得自己有责任。出狱后他写了一本回忆录，在全世界发行，发到以色列时，版税他不要，表达他对犹太人的一点点悔意。

东方这边有个战犯叫广田弘毅[②]，当过日本首相，东京大审的时候和东条英机他们一起被绞死了。广田弘毅是个好丈夫，临死以前他的太太到监狱看他，出来以后太太先自杀了，那意思是我跟你要一起死，死没什么可怕，我先死给你看。就好像我们古代的楚霸王跟虞美人一样，虞姬在项羽出征前先自杀，让他没有后顾

---

① 阿尔伯特·施佩尔（Albert Speer，1905—1981）生于德国曼海姆，1930年加入纳粹党。他原是一名建筑师，1942年德国武器和弹药部部长飞机失事身亡后，希特勒选中施佩尔接任帝国的军需工作。为供应战争所需物资，施佩尔曾下令逼迫大量战俘和犹太人在极其恶劣的条件下从事非人的重体力劳动。纽伦堡大审中他被定为一级战犯，但没有处以死刑。施佩尔表示对发生的一切“承担全部责任”，最后被判二十年监禁。他的回忆录《第三帝国内幕》（*Inside the Third Reich*）是研究纳粹德国的重要史料。

② 广田弘毅（1878—1948），日本第三十二任首相，福冈县人。1946年作为侵华战犯接受远东军事法庭审判，被判极刑的七个人当中，他是唯一的文官。1948年12月23日被处以绞刑，时年七十岁。

之忧。最后广田弘毅在执行绞刑的时候，视死如归，态度非常从容，并且还提醒大家不要忘了喊“天皇万岁”。东条英机这些“花容”失色的将军经他这么一说才惊醒过来，一起跟着他喊“天皇万岁”，才死得比较像个样子。

我讲这些故事干什么呢？告诉大家，不管你多么优秀，不管你多么爱国，不管你是多么好的人，当大方向选错的时候，你会跟着整个大方向做错事、做坏事；对日本来说，就是侵略中国，在亚洲乱搞；对德国来说，是迫害犹太人，在欧洲乱搞。

希特勒当年搞出来一个鉴定你是不是犹太人的标准，一是看包皮，一是量鼻子，是犹太人就把你抓起来，能够做工的做工，不能够做工的干掉。最后死在集中营的犹太人尸体堆积如山，光从死人身上扒下来的戒指就堆成了山。一共死了多少人呢？六百万。英美联军把德国人打败，攻到集中营时，才发现屠杀真相。

有一部电影叫《美丽人生》，一对犹太小夫妻和五岁的儿子，一家三口被关在集中营里。爸爸骗孩子说，这些都是我们大人玩的游戏，做工啊，穿烂衣服啊，吃不好的食物啊，有一天当你看到真的坦克的时候——小男孩都喜欢坦克，游戏就结束了。爸爸用这种方式来掩饰残酷的现实，儿子在游戏里笑着度过了集中营里最黑暗的日子。电影海报的宣传语是“描写残酷集中营的另类喜剧”，但严格说起来这不是喜剧，它代表了一种精神，就是我们虽然活在乱世里，人已经在监狱里，可能马上要面对死亡，可是我们并不是完全被人家所操纵的，我们一部分的喜怒哀乐是可以自己控制的，至少我可以保护我五岁的儿子，比如骗他这些都是游戏，游戏规则的第一条是不可以想妈妈，因为妈妈也被关起来了——诸如此类。最后爸爸被打死了，小男孩活了下来。当他远远地看到美国人开进集中营的坦克时，他真的以为游戏结束了。这就是爸爸用生命告诉他的美丽人生，人有在悲哀中寻找欢乐的可能。

我看过当时建在乌克兰的犹太人集中营的照片，纳粹要求犯人们把衣

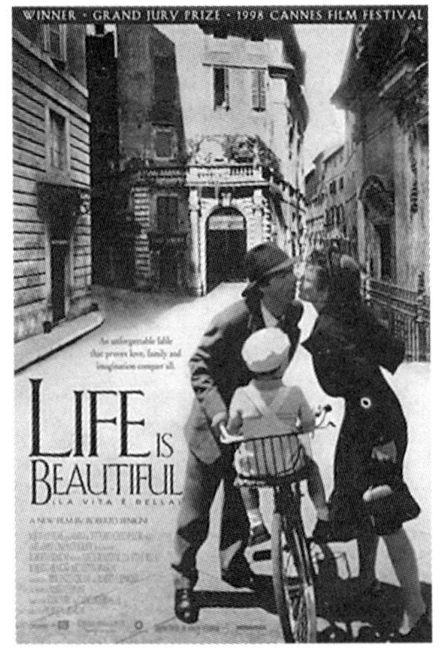

《美丽人生》海报

集中营尸横遍野

服全部脱光，不管男女，全部脱光，这里面有抱着小孩子的妈妈，还有孕妇；脱光之后用枪全部打死，有没打中的还特别上来补几枪。还有一种屠杀犹太人的方式是把你放在毒气室里，瓦斯开开，全部毒死。我看到一份记录，犹太人被要求脱光衣服进入毒气室，好多人害怕、哭泣，表情很痛苦。可是有一个老奶奶怀里抱着她的小孙女，她们一直在笑，她在给小孙女挠痒痒，婴儿无知啊，呵呵地笑，老奶奶也跟着笑，这时候毒气出来了，把她们都熏死了。

我看到这一幕好感动，这个老奶奶多么伟大，她在死亡面前要帮她的小孙女争取生命最后的笑容。换句话说，你德国人可以杀掉我们犹太人，可是你阻止不了我们最后的笑容，阻止不了我对我孙女的爱，你挡不住的！人可以在苦中作乐，在不幸的命运中掌握一部分自由，比如笑的自由。我觉得这是一个了不起的人生态度。

还有一个故事，小孙女死了，大家以为老奶奶会很痛苦，结果看她表情很安详。大家忍不住问，孙女死了，你好像很想得开嘛。老祖母说，我真的想得开，因为我也老了，未来的日子屈指可数，每一天的每一个小时对我都是珍贵的，如果我花十分钟去想我死掉的孙女，为她哭泣为她悲哀为她痛不欲生，还不如花同样十分钟去回想我们在一起的快乐时光，我们在树底下捉迷藏、晒太阳……我很快就会跟我的小孙女见面了，所以我不用那些伤感的方法来处理她的死亡。这就是老奶奶的人生观!

清朝文学家袁枚的母亲九十多岁死的时候，六七十岁的儿子在旁边哭，结果母亲伸出她颤颤巍巍的手给儿子擦眼泪，说你这个傻孩子啊，人间有不死的人吗？我活了九十多岁，现在福寿全归，有什么好难过的呢？一边说着，一边给儿子擦泪，一边自己就死掉了。

我讲了这三个老奶奶的故事是想告诉大家，人生的痛苦和快乐在于你一念之间的选择，极权暴政专制可以要我的命，可是挡不住我最后的笑容。

不怕死的美女好汉

我这个人不喜欢旅行，也不喜欢东奔西跑，可是不代表我不喜欢了解这个世界上的很多文物和风光。我也愿意了解，但大部分是从纸上了解，譬如伦敦最有名的建筑伦敦塔[1]，它当年是皇家监狱，我收集了许多资料来了解它。伦敦塔

伦敦塔

伊丽莎白一世画像

① 伦敦塔（Tower of London），位于英国伦敦泰晤士河畔，是一组占地约七万平方米的庞大建筑群，官方名称为“女王陛下的宫殿与城堡，伦敦塔”（Her Majesty’s Palace and Fortress, The Tower of London），始建于11世纪，经英国历代王朝不断扩建而形成庞大的规模，历史上曾作为英国王室的皇家监狱和行刑场所，很多英国名人包括伊丽莎白一世本人都曾被关押在这里。1988年，伦敦塔被列为世界文化遗产。

里有一间高级囚房，英国有名的大臣雷利[①]当年就关在这里。雷利是什么人呢？他是女王伊丽莎白一世（Elizabeth I）的侍卫长。伊丽莎白一世是有名的“处女女王”（Virgin Queen），一辈子没结婚，雷利是她身边的红人，据说有一次女王出巡，遇到地上有一摊水，雷利赶紧把他的外衣脱下来，铺在地上让女王踩过去，以免弄脏女王的鞋。

雷利的马屁拍得这样仔细，最后却得罪了女王的接班人，被关进伦敦塔，关了十几年。关的过程中，他的老婆、仆人也跟着住进来，他自己甚至在里面写了一部书——《世界史》。后来新国王跟他谈判，让他去远征，为英国追寻利益。他去了，可是闯了祸回来又被关起来，最后被判处死刑。那时候的死刑是一个木头墩子放在前面，人跪下来，头放在墩子上，然后刽子手用斧头把头砍下来。他死的时候，刽子手还问他，你这个头希望掉在右边还是左边？他说我的心很正，哪边都一样，然后还跟刽子手做手势开玩笑，等于下命令让人砍他。

一个人面临死亡还能这样子开玩笑，这是什么境界啊？这就是我李敖所赞美的“视死如归”的境界。死就死了嘛，没什么了不起的，根本不看

① 沃尔特·雷利（Walter Raleigh，1554—1618），英国伊丽莎白时代著名的冒险家、军人、诗人、学者；曾任女王的侍卫长，受封为爵士，深得女王宠幸。1591年他未经女王的允许，与女王的一位侍女秘密结婚，触怒伊丽莎白，被投入伦敦塔。他虽然不久获释，但从此失去女王的宠爱。十年后，伊丽莎白去世，詹姆士一世（James I）执政，雷利遭政敌算计，被指控阴谋推翻国王而被判处死刑，缓刑后关进伦敦塔。据说他在塔里的日子过得相当舒坦，甚至把妻子、儿子都接了进来，还在自己的花园里种植烟草，把一个鸡舍改成化学实验室，甚至写出一部《世界史》。后来雷利写信给国王求情，获得假释后带领一支探险队赴圭亚那开发金矿，结果一无所获，其下属还烧毁了一处西班牙居民点，于是詹姆士一世根据1603年原判，于1618年将他处死。

在眼里。中国人里有个金圣叹[①]，他被砍头的时候，一边喝酒一边说：

割头，痛事也；饮酒，快事也；割头而先饮酒，痛快痛快！

砍头很痛苦，可是临死前能喝酒是一件快乐的事。我们今天说，“这个人讲话好痛快”，“痛快”的典故就来自这里。死归死，可是他谈笑自若，从容不迫，不但不怕死，还敢开玩笑。传说刽子手把金圣叹的头砍下来的时候，头刚刚跟身体脱离，他的嘴巴还讲出一句话：“好快刀！”赞美这个刀法砍得好！

---

① 李敖《要把金针度与人》一书对“金人瑞：《唱经堂才子书》”的介绍如下：金人瑞（一六〇七——一六六一），原名采，字若采，明朝亡后，改名人瑞，法名圣叹，江苏吴县人。他小时候，家里很穷，亲友也少，十岁才念书，又因为体弱多病，所以不能同小朋友们玩，就独自一人，整天读书。金人瑞从小读书得间，常在书本中得到新义。长大后，王应奎说他“颖敏绝世，而用心虚明，魔来附之……下笔益机辨澜翻，常有神助”。这简直说他的才情，是鬼使神差的了。徐增说：圣叹无我与人相，与则辄如其人：如遇酒人则曼卿轰饮，遇诗人则摩诘沉吟，遇剑客则猿公舞跃，遇棋客则鸠摩布算，遇道士则鹤气横天，遇释子则莲花绕座，遇辩士则珠玉随风，遇静人则木讷终日，遇老人则为之婆娑，遇孩赤则啼笑宛然也。以故称圣叹善者各举一端，不与圣叹交者则同声詈之，以其人之不可方物也。这样一位“颖敏绝世”的伟人，最后竟因向黑暗政府请愿，以“动摇人心倡乱，殊干国法”罪名，被处死刑。死刑执行前，他游戏人间，从容赴难，他的洒脱旷达，真是魔附神助了。

法国大革命中，路易十六[①]的王后玛丽·安唐妮[②]也被砍了头。当年她嫁给路易十六的时候，路易十六的生殖器出了毛病，医生给他做外科手术，闹了七年之久，这位皇帝才能够跟王后上床。玛丽·安唐妮是个骄纵无比的皇后，喜欢寻欢作乐、华衣美服，还跟红衣主教为钻石项链

玛丽·安唐妮画像

① 路易十六（Louis XVI，1754—1793），路易十五之孙，法兰西波旁王朝复辟前最后一任国王，也是法国历史上唯一被处死的国王。路易十六性格优柔寡断，即位后多次更换首相和部长，任由内阁内讧，政策变化无常。他天性喜欢摆弄机械，尤擅制锁，有点类似中国的明熹宗朱由校（擅长木工）。法国大革命爆发后，路易十六被迫接受君主立宪政体，暗地里却试图与欧洲其他君主国联合镇压国内革命。1793年1月21日，路易十六在巴黎革命广场被处决。

② 玛丽·安唐妮（Marie Antoinette，1755—1793），奥地利公主，生于维也纳，是罗马帝国皇帝弗朗索瓦一世与奥地利女王玛丽亚·特蕾西亚的小女儿。十四岁成为法王太子妃，十八岁当王后，母仪法兰西。生活奢侈华丽，有“赤字夫人”之称。法国大革命开始后，她却表现出一位王后的骄傲与尊严，比路易十六更坚强。1792年，法国对奥地利宣战，玛丽·安唐妮涉嫌把作战计划提供给奥地利，企图以外部势力干涉国内革命，被革命法庭以“叛国罪”判处死刑。1793年10月16日，她被送上断头台，死时年仅三十八岁。传说王后被推上断头台时，不小心踩了刽子手的脚，她连声道歉：“对不起，您知道，我不是故意的。”这句话连同罗兰夫人那句“自由！自由！天下多少罪恶假汝之名以行”，成为人类历史上最有名的遗言。

闹出丑闻[①]。关于她的最出名的一个故事是，老百姓饿得没面包吃，她奇怪说没面包吃了，为什么不吃饼？证明什么？她养尊处优，不晓得人间疾苦，面包都没了，饼当然更没有了[②]。这跟中国历史上的晋惠帝很像。《晋书》卷四《惠帝纪》里记载，天下荒乱的时候，老百姓都饿死了，晋惠帝问："何不食肉糜？"为什么不吃肉粥啊？统治者高高在上，在深宫里不晓得民间疾苦，以为老百姓没有粮食吃了可以吃肉！

最后路易十六先被砍了头，玛丽·安唐妮关在牢里，几个月后也被送上断头台。那时候她才三十八岁，公开行刑的时候，她两只手被捆起来，坐在囚车上，拉到断头台前。可是她直到死也一点都不孬，态度温文尔雅，很从容，很有礼貌。据说她上断头台的时候，不小心踩到了刽子手的脚，她还向刽子手道歉，说对不起，没注意到，踩了你的脚。最后她从容赴死，很优雅地死掉了，不愧有王后的气派。

希腊哲学鼻祖苏格拉底死的时候，一只手端着毒酒杯，另一只手还在指手画脚，干什么？谈他的人生哲学。他的学生在旁边哭，他自己从容冷静，一点不孬，并且不许女人到身边来，为什么？一个解释是说他被老婆欺负惯了，恨女人。可是照着英国哲学家罗素的说法，苏格拉底并没有这

---

① 即路易十六时期宫廷中发生的"项链事件"。有个珠宝商打算把一串昂贵的红宝石项链兜售给王后。女骗子让娜谎称自己是"王后的闺中密友"，诓骗红衣主教罗昂为王后埋单。罗昂当年任法国驻奥地利大使时得罪了王后的母亲、奥地利女王玛丽娅·特蕾西亚，因此一直得不到王后的好脸色，他想利用这个机会重获王后的欢心。让娜不仅找人冒王后之名与红衣主教通信，还安排了一名相貌与王后有几分相似的妓女与罗昂秘密约会。红衣主教上当后，同意以分期付款的方式帮王后购买这条钻石项链，却因未能及时筹齐巨款，引起珠宝商的不满，最后直接跑到王宫诉苦，整场骗局才被揭露。结果可想而知，玛丽·安唐妮十分震怒，要求严惩红衣主教。最终，罗昂被革职流放，让娜以欺诈罪被判终身监禁。但后来这位女骗子竟奇迹般地越狱去了伦敦，还写下回忆录。多数历史学家认为玛丽·安唐妮在这一丑闻中是清白的，但"项链事件"严重地损毁了王室的声誉，公众对王后的奢靡印象至玛丽·安唐妮去世也未能摆脱。

② 有一种说法是，历史上玛丽·安唐妮绝对没有讲过这句话，这话是路易十五来自波兰的王后玛丽·勒金斯卡说的，原句被记载在卢梭的《忏悔录》里。

么伟大，因为他相信自己死后会变成神，所以死起来才很快乐。对我们这种不信教的人来说，死后就是一团漆黑、一片虚无，我们这种人能够很从容地面对死亡，那才是真的勇敢。

中国二十五史里有《南史》，《南史》里有《王彧传》[①]。王彧，字景文，是皇后的兄弟。皇上死之前，怕以后外戚当权，就写了封信给他，让他自杀。王景文收到信的时候，正跟他的朋友下棋。他看了信也不吭气，继续下棋。下完棋以后宣布，皇上赐毒酒给我，要我死，然后拿起毒酒对朋友说："此酒不可相劝。"这杯酒不能敬你们了，为什么？这是皇帝要我喝的毒酒。然后他就喝了，喝了就死了。大家想想看，临喝毒酒而能这样子跟朋友下棋开玩笑，若无其事，难道不洒脱吗？

我讲的这些故事，有中国的，有外国的，有古代的，也有现代的，干什么呢？给大家开开眼，使大家知道人间确实有这样一些美女和好汉，他们在面对死的时候，可以这样从容不迫，没有恐惧，令我们觉得有一点点不可思议。

---

① 见《南史》卷二十三《王彧传》。原文为：上既有疾，而诸弟并已见杀；唯桂阳王休范人才本劣，不见疑，出为江州刺史。虑一旦晏驾，皇后临朝，则景文自然成宰相，门族强盛，藉元舅之重，岁暮不为纯臣。泰豫元年春，上疾笃，遣使送药赐景文死，使谓曰："朕不谓卿有罪，然吾不能独死，请子先之。"因手诏曰："与卿周旋，欲全卿门户，故有此处分。"敕至之夜，景文政与客棋，扣函看，复还封置局下，神色怡然不变。方与客棋思行争劫竟，敛子内奁毕，徐谓客曰："奉敕见赐以死。"方以敕示客。酒至未饮，门客焦度在侧，愤怒发酒覆地曰："大丈夫安能坐受死。州中文武可数百人，足以一奋。"景文曰："知卿至心；若见念者，为我百口计。"乃墨启答敕，并谢赠诏。酌谓客曰："此酒不可相劝。"自仰而饮之。时年六十。追赠开府仪同三司，谥曰懿。

我先死给你看

关于生死的问题，我想起法国哲学家蒙田[①]说的一句话：

> 哲学不是别的，只是准备死。这大概是因潜究和沉思往往把我们的灵魂引到我们身外来，使它离开躯壳活动，那就等于死的练习或是类死；或者因为世界上一切理性及智慧无非凑合在这一点上，教我们不要怕死。[②]

换句话说，学哲学的目的就是了解死。英国教会有一个重要人物也是诗人叫约翰·多恩[③]的，他写过一首关于死亡的诗，我把它译成了中文：

> 没有人能自全，
> 没有人是孤岛，
> 每个人都是大陆的一片，
> 要为本土应卯。
> 那便是一块土地，

---

① 蒙田（Michel de Montaigne，1533—1592），文艺复兴时期法国作家，以随笔集三卷留名于世。《蒙田随笔集》（*Essais*）在西方文学史上占有重要地位。

② 见蒙田《论哲学即学死》，梁宗岱译。

③ 约翰·多恩（John Donne，1572—1631），英国詹姆士一世时期的玄学派诗人，曾出任王室牧师和圣保罗大教堂教长，作品包括十四行诗、爱情诗、宗教诗、隽语、挽歌等。

那便是一方海角，
那便是一座庄园，
不论是你的还是朋友的，
一旦海水冲走，
欧洲就要变小。
任何人的死亡都是我的减少，
作为人类的一员，
我与生灵共老。
丧钟在为谁敲，
我本茫然不晓，
不为幽明永隔，
它正为你哀悼。①

这首诗的其中一句话，For whom the bell tolls, It tolls for thee，也是海明威的小说《战地钟声》的名字。这句话的意思我觉得非常深沉，一个人的死亡我们常常觉得好像跟自己是不相干的，可事实上他跟我们相干，他的死会影响活着的人，好像我们的一部分也跟着他死掉了。现在问题来了，当一个必死的局面来临时，怎么死？谁先死？京戏里有个《霸王别姬》，楚霸王项羽最后被刘邦的军队围住，四面楚歌，弹尽粮绝，大家都知道，明天决一死战，结果凶多吉少。头天晚上，他最心爱的女人虞姬在他面前跳舞，跳完舞以后自杀了，为什么？明天你们都会死，我先死给你们看，表示死一点都不可怕，我这个漂亮女人既不会跟别人跑掉，也不会

① 原诗为：No man is an island, entire of itself; every man is a piece of the continent, a part of the main. If a clod be washed away by the sea, Europe is the less, as well as if a promontory were, as well as if a manor of thy friend's or of thine own were: any man's death diminishes me, because I am involved in mankind, and therefore never send to know for whom the bells tolls; it tolls for thee.

做别人俘虏，我先死给你看，使你心里面坦坦荡荡，不要牵挂我。我觉得这个故事非常伟大，虽然最后项羽的革命没有成功，被其他革命者消灭掉了，可是他和虞姬的爱情成功了。

还有一个情况是我先死，不要你死。明朝从明太祖到建文帝到明成祖到明仁宗到明宣宗，明宣宗这一支里有个后代后来跟着郑成功他们到了台湾。郑成功能反清复明，就因为手边带了一个明朝宣宗皇帝的后代。郑成功死了以后，接班人投降了，台湾要回归。明朝宣宗的这个后代叫宁靖王朱术桂①，他不愿意归附清朝，决心自杀。《台湾外记》这本书里说，朱术桂死之前，他的五个姨太太齐声跟他说，殿下不要死，我们先死在殿下前面，九泉相待，然后一起上吊自杀了。干什么？我们九泉之下无论是天堂相见还是地狱相见，死都没什么了不起的，我先死给你看。

也有一种情况是我不要死给你看，不要你看见我的死。汉武帝的李夫人生病快死的时候，汉武帝跑去看她，等于是见最后一面，结果李夫人蒙着棉被不让汉武帝看。男女之间有感情，见最后一面，say goodbye，有什么不好呢，人之常情嘛，可是我不让你看到，我只跟你讲话，不让你看我，为什么？我现在不好看了，生病了，憔悴了，要死了，我不要你看到我的这一面。所以后来汉武帝为什么一直怀念李夫人，就因为在他的记忆里没有李夫人最后颜色憔悴、形容枯槁的画面。这就是李夫人比一般女人

---

① 朱术桂（1617—1683），明朝宗室之后。崇祯自杀后，福王在南京称帝，朱术桂曾入朝，被封镇国将军。后南明势力逐渐崩溃，朱术桂前往投靠郑成功，郑以王礼待之，让他居住在金门和厦门两岛。1683年，郑成功之孙郑克塽投降清朝，朱术桂决心殉国，在六月廿六日（1683年7月20日）召集妾侍说：“孤不德颠沛海外，冀保余年以见先帝先王于地下，今大事已去，孤死有日，汝辈幼艾，可自计也。”随侍在侧的五妃（袁氏、王氏、秀姑、梅姐、荷姑）皆泣对曰：“王既能全节，妾等宁甘失身，王生俱生，王死俱死，请先赐尺帛，死随王所。”尔后相继自缢于中堂。次日，朱术桂将五妃之灵柩安厝于南门城外魁斗山后（今五妃庙址）。朱术桂死前于砚背上题绝命词：“艰辛避海外，总为几茎发。于今事毕矣，不复采薇蕨。”书罢，悬梁自尽，时年六十六岁。

高明的地方。这不是一般的感情，是奇情——奇异的、高档的、出人意料的一种感情表现。

当然，这都是些很凄凉的故事。有人说你怎么老是讲泄气话啊，都这样死来死去的，一定要这么悲惨吗？告诉大家，多些奇异的、不合常情的故事，我觉得是好事啊，可以点缀人间嘛，让这个世界不这么单调。美国有个总统叫柯立芝[①]，他的特色是话少，个性安静而沉默。有一次他跟太太去参观养鸡场，总统夫人走在前面，问养鸡场的工人，公鸡母鸡一天交配多少次啊？工人说交配好几十次。总统夫人就笑，说等下总统来了，你告诉他公鸡每天可以交配好几十次。那意思是说你不行，人类不行，开玩笑。然后总统夫人往前走了，过了一会儿柯立芝走过来，工人就向总统报告，说刚才总统夫人叫我传话给你，一只公鸡每天可以搞好几十次。柯立芝问，是跟同一只母鸡吗？工人说，不是，是跟不同母鸡交配。柯立芝就笑起来，说你赶紧小步跑到前面去，告诉总统夫人公鸡是跟几十只不同母鸡交配的。

这个笑话告诉我们，男女关系和公鸡母鸡的关系有时候是很接近的。男女之间可以是男欢女爱、欲仙欲死的快乐关系，可是很多人追求这种关系的时候，发现好难好难，人间有太多复杂的状况，最后往往把问题弄成痛苦的、死亡式的。当然人之所以为人，人之所以了不起，也正因为人间有这么多痴情的、殉情的、我先死给你看的故事，不是吗？

---

① 小约翰·卡尔文·柯立芝（John Calvin Coolidge Jr.，1872—1933），美国第三十任总统，共和党籍。个性安静而严肃，外号“沉默的卡尔”（Silent Cal）。1923年至1929年任美国总统，政治上主张小政府，以古典自由派保守主义闻名。

杀君马者道旁儿

我们在成长过程中，经常会遇到一些和执政者之间的不愉快，好比在中国古代观念里，执政者是把人民当成羊一样来畜牧的。有一句话叫“爱民如子”[①]，“子”是什么呢？基本上就是羊，牧者照顾好些羊就是爱民如子。所以中国古代是没有民主观念的，有些执政者不晓得如何爱护羊，不晓得羊的痛苦。

台湾的连战做国民党副主席的时候，每天中午回家吃饭，他的车队都要一路绿灯开过去。为什么没有红灯？跟交通警察安排好了，一路通行。问题是当他通行的时候，很多老百姓就不能过马路。大家看新闻标题：

连“副总统”要用餐　军警百姓甭吃饭

老百姓下楼买了午餐，要过马路回公司去吃，忽然连战的车队开过来了，老百姓只能等着，过不来。当然，一路照顾他的那些军人、警察也吃不成饭。报上说，为了让连战四分钟回家吃午饭，特勤人员一小时前就要各就各位，监视路口，控制红绿灯，指挥交通，连周边大楼的情势都在掌控中。——这是1996年发生的事！

历史上不晓得人间疾苦的执政者多了，其中一个是晋惠帝。底下人报告老百姓没饭吃，饿死了，晋惠帝说“何不食肉糜”，为什么不吃肉

---

① 《礼记·中庸》曰：“子，庶民也。”汉刘向《新序·杂事一》曰：“良君将赏善而除民患，爱民如子，盖之如天，容之若地。”

粥啊？他自己就在吃肉粥。法国大革命推翻了法皇路易十六，他的王后玛丽·安唐妮传说也讲过类似的话。老百姓饿得没面包吃了，她说为什么不吃饼呢？她不晓得饼也没有，所以人家要革命。

从“何不食肉糜”到“为什么不吃饼”，两句话都证明高高在上的统治者在深宫里完全不了解民间疾苦。玛丽·安唐妮在路易十六被送上断头台九个月之后，自己也上了断头台。她给路易十六生了两儿一女，大儿子八岁死掉了，小儿子八岁成了孤儿。

玛丽·安唐妮是奥地利公主出身，是个风华绝代、权倾一时的女人。当年她从奥地利嫁来法国的时候，巴黎举国空巷来欢迎她。那时候她只有十四岁，她的丈夫路易十六十五岁，两个人的婚姻就像英国的查尔斯王子跟戴安娜王妃一样，整个国家为之庆祝。可是当她作为王后在三十八岁被处死的时候，她坐在囚车上，沿途不断有人骂她，有人向她吐口水，有人拿东西砸她，一直这样羞辱她，可是她的态度很从容、很淡定。囚车从囚禁她的地方拉到断头台前面，差不多需要两个小时。我常常想，这一路上羞辱她、骂她、吐她口水、要把她头砍下来的人，跟当年欢迎她、赞美她、庆祝她从奥地利嫁来法国的是同一群人啊！当年为她欢呼，现在看她砍头，在情况改变的时候，他们摇身一变，成了看她好戏的人。

我想到中国一句古话：“杀君马者道旁儿。”[①]五四运动的时候，北京大学的校长蔡元培辞职了，离开之前他写了一张小条子，第一句话就是“杀君马者道旁儿”。他说：

> 我倦矣！“杀君马者道旁儿。”“民亦劳止，汔可小休。”我欲

① 此语出自汉代《风俗志》一书，其中的“道旁儿”有时也被写成“路旁儿”。故事大意是说，有个被唤作“长吏”的人善于养马。他骑在马上，行在路上，路边众人不停地赞美这匹马养得好、跑得快。众人越夸奖，长吏越得意，越快马加鞭，使马狂奔，结果这匹马活活累死了。

小休矣。北京大学校长之职，已正式辞去；其他向有关系之各学校，各集会，自五月九日起，一切脱离关系，特此声明。①

他很累了，想休息了。什么叫“杀君马者道旁儿”啊？你骑着马跑的时候，旁边的小孩子给你鼓掌，给你赞美，给你加油鼓劲，你一高兴，快马加鞭，最后马疲于奔命，死掉了。结论是杀你马的人就是给你马鼓掌的人，爱之者即害之者，这就是“道旁儿”的性格。

所谓的“道旁儿”是谁呢？就是群众。群众的一个基本心理是，当你风光的时候他们给你鼓掌，赞美你，可是一旦局面发生改变，有什么纰漏出来，很多人就要看你好戏。最容易遭遇这种局面的是明星，群众一方面捧他场，另一方面有个什么风吹草动大家立刻想看好戏。所以那些真正被群众鼓励过的人、真正被群众夹道欢迎过的人，他有时候心里会发虚发毛发凉，为什么呢？群众是不稳定的，为你的光荣而鼓掌的人也是送你上断头台的人，这就是“杀君马者道旁儿”的现象。

这种心理讲起来蛮有趣的，我给它起了名字叫“林妹妹定律”。台湾过去有一位大名鼎鼎的电影明星林青霞，后来嫁给了有钱人。林青霞有一次跟我吃饭，说你千万不要给你的fans（粉丝）写回信啊，因为你回信以后，他第二封信就写来了，你第二封信再回，第三封信就来了……这样没完没了，当你不能继续给他回信的时候，他就翻脸了，转过头来恨你。

林青霞当时给我讲这段话的时候，我还不能完全理解她的意思、体会她的心情，后来我慢慢懂了。有时候那些高高在上、被群众捧或者大家为之鼓掌的人，看来好像很傲慢，为什么？因为她的经验告诉她，群众是非常不稳定的。因为不稳定，所以你没有办法跟群众做一个长期的、友善的

① 1919年5月4日之后，作为北京大学校长的蔡元培对北洋政府抓学生表明三条立场：一、不同意学生上街游行；二、对学生被抓不能坐视不管；三、坚决辞去北京大学校长职务。5月9日晨，蔡元培突然不辞而别，留下这张小字条后离京出走。

交流，你照顾不过来的，等到有一天你达不到他们的期盼时，就会弄到反目成仇，他要开始挑你毛病，浇你凉水，扯你后腿，看你好戏，然后开始诽谤你，谩骂你，造你谣，甚至置你于死地。很多明星不都是这种下场吗？我自己“老眼平生空四海”，一辈子看到太多这种现象了。每次想到“林妹妹定律”，我就不太想给人家写信了，也不太愿意跟人家有私人的来往，原因在此。

林青霞

爱恺撒 更爱罗马

我的生活状况很像湖南有名的书法家曾熙[①]写的一副对联：

静坐得幽趣，清游快此生。

不过这里头有一个字——“清”，不适合我，我不是清游，是神游。为什么要神游呢？我觉得人类比别的动物神气的地方在于我们可以用快速的方法、快速的工具从间接经验里学到我们要学的东西，好比我们并不需要真的跑到月亮上去“回头下望人寰处，不见长安见尘雾”，从阿姆斯特朗登月的经验里我们就能够学习啊。

有人说这不过瘾，没有身临其境，不算的。错！我认为只要有好的神游能力，有好的想象力，就能够从这些间接经验中得到很多乐趣，并且所有的艺术家和所有的白日梦患者，都应该具备这个能力。神游，算是我的一条人生金律。

我的第二条人生金律是人生能够大，也能够小。什么意思呢？我在台湾选所谓的“立法委员”，口号是“李敖把‘立法院’变大了，‘立法院’把李敖变小了”。为什么变大了？这个所谓的“国会”并不像人们想的那样，能够发挥很多积极的作用，比如不能够抗议买美国人的武器，可是我李敖去跟美国人抵抗，就把它的作用变大了。为什么又变小了呢？我

① 曾熙（1861—1930），字季子，又字嗣元，更字子缉，号俟园，晚年自号农髯。湖南衡州府（今衡阳市）人。光绪进士，工诗文，擅书画。书法自称南宗，与李瑞清的北宗颉颃，世有“北李南曾”之说。

李敖是何等人物啊，我老了，我的时间多宝贵啊，偶尔跑到这个“国会”里搞一搞，几乎是在浪费我的时间，几乎是在大材小用。

北洋时代有一位国务总理唐绍仪[①]，后来蒋介石派人送了一个藏着斧头的古董花瓶给他——唐绍仪喜欢古董，见面以后，斧头抽出来，那人把他砍死了，说是怕他投降日本做汉奸。唐绍仪是中华民国第一任内阁总理，下台后却做了一个小官——广东省中山县的县长（原来叫香山县，为了孙中山改名中山县）。这太奇怪了，你做过国务总理的人啊，怎么忽然肯降尊纡贵做个县太爷呢？告诉大家，这就是中国真正的士大夫的精神。柳下惠就这样子啊，《孟子·万章下》里说：“柳下惠不羞污君，不辞小官。进不隐贤，必以其道。遗佚而不怨，厄穷而不悯，与乡人处，由由然不忍去也。‘尔为尔，我为我，虽袒裼裸裎于我侧，尔焉能浼我哉？’”柳下惠不以侍奉坏君主为耻辱，也不因为是小官而不做，

① 唐绍仪（1862—1938），字少川，广东省香山（今中山）人，十二岁时被清政府公费派至美国留学（第三批留美幼童），后来肄业于哥伦比亚大学。回国后参与洋务运动，深受袁世凯器重。1912年出任中华民国国务总理，因主张责任内阁制与想大权独揽的袁世凯闹翻，辞职。1921年孙中山就任非常大总统，任命唐绍仪为财政部长。1929年出任国民政府中山县县长。1937年抗战爆发后，唐未转移后方，滞留上海。1938年9月30日，国民政府军统特务为不让唐绍仪为日本所利用，将其在寓所刺杀，时年七十六岁。

民国第一任总理唐绍仪

不管做什么他都尽其所能，并且坚持自己的原则。怀才不遇他不抱怨，穷困潦倒也不忧愁，与那些没有教养的乡下人生活在一起，照样过得悠悠自得。他说，你是你，我是我，就算你光屁股站我旁边，对我又有什么干扰呢？换句话说，我大材小用一下，根本无所谓。

当年罗马共和国的领袖恺撒有一个要好的朋友叫布鲁塔斯[①]，恺撒对他非常信任。后来在恺撒班师回朝的路上，罗马人夹道欢呼，忽然有一个人在路边喊，当心3月15号。到了3月15号这天，恺撒到国会去开会，走进去的时候发现路边那个人又出现了。他是个预言家，算命的。恺撒认出来了，对他笑了一下说，今天就是3月15号啊。那意思是我还好好的，有什么好担心的？那人回了一句，今天还没有过去。结果恺撒刚一走进去，一群人忽然围住他，每人都拿出小匕首来扎他。恺撒是英雄啊，也拔出刀来抵抗，这时候忽然看见布鲁塔斯也在这群要杀他的人里面，恺撒说你怎么也来参与啊，别人要干掉我还有道理，你是我的亲信，怎么也要来干掉我啊。然后恺撒就不抵抗了，任你们扎死我好了。

恺撒死了以后，布鲁塔斯做了一个演讲，里面最有名的一句话是："不是我不爱恺撒，而是我更爱罗马。"请注意布鲁塔斯的是非水平，他的下限是对朋友对领袖的爱，再往上是对国家对罗马的爱；换句话说，他是在两种爱的感觉中做出选择，爱朋友之外还有更深的感情——爱罗马。同样地，印度的圣雄甘地说过，有时候我们为了真理要牺牲朋友。我李敖是信奉这句话的，当朋友背叛真理的时候——注意啊，是真的真理，不是假的真理，这时候我们要牺牲朋友，因为真理比朋友更重要；不是我不爱

---

① 即布鲁图（约前85—前42），罗马共和国末期的一名政治家，参与并组织了对恺撒的谋杀。据说他一度与恺撒情同父子，后来加入元老院共和派反对恺撒独裁的斗争，趁恺撒到国会开会之际，和二十三个人一起刺杀了恺撒。当恺撒发现暗杀团中有布鲁图后，他停止了抵抗，直至身中二十三刀扑倒在地。布鲁图向罗马群众说明行刺动机时留下一句名言："我爱恺撒，我更爱罗马。"布鲁图后来自杀而死，据说是因为见到了恺撒的鬼魂。他死后，头被割下，扔到了恺撒的一尊雕像旁。

朋友，而是我更爱真理。

当我看到有些人为了私人感情而把真理放弃，任真理埋没，使真理变质的时候，我认为这个人是不够高贵的。一般的帮会人物就是这种水平，我们是哥们儿，讲义气，同甘苦，更高层面没有了。我认为真正的英雄人物在次高水平和更高水平发生冲突时，会选择最高的那个层次。举个例子，有些佛教徒或者慈善家认为我们要保护动物，不要杀生，要放生。可是大家晓不晓得放生一只鸟的代价是死掉十几只鸟啊。为什么？是保护团体自己调查的，有些商贩为了赚这笔放生钱，专门抓鸟来供他们放生，一般要死上几十几只鸟，才能抓到一只活的。所以为了你所谓的这一丝善念，要先害死十几只鸟，然后你才能看到这只鸟在你面前，哦，好可怜，我买下来放生吧。好，其他十几只鸟已经阵亡了。

大家想到过这种关系吗？不是说你不要慈悲，而是如果你要花钱买鸟来放生，就会有人专门抓鸟来给你放，抓的过程中十倍的鸟会牺牲掉。就为了拿钱买你的慈悲，结果害了这么多鸟。再看有关台湾流浪狗的新闻：

一年耗费24亿

——动物保护团体要向“监察院”控告政府与官员渎职

流浪狗很可怜，大家觉得应该把它们保护起来，可是野狗又咬你，咬了之后你又看病，一来二去花了很多钱。我在台北阳明山的小书房附近散步时，一般都要带个棍子，一方面可以增加运动量，另一方面也是防野狗。为什么？野狗多得不得了。保护动物没错，可是方法错误之后，不但会伤人，也会破坏生态平衡。那些纯粹用“动物保护”四个字做号召的慈善团体不了解这个状况，最后不但花了那么多钱，而且还害了狗。这种情况常常出现。

所以我要告诉大家，人生的很多问题要靠我们的深思熟虑，靠我们的冷静细腻，靠我们对真相孜孜以求地了解来解决。所谓“仁者见仁，智者见智”，大家的看法不一样，解释的方法不一样，但是证据和事实只有一种。能够取得这些证据，然后修正我们的看法，使我们变得更有智慧，这也是我的人生金律之一。

人需要点信仰

人生过了七十年，当我对生活有所回味、有所回想、有所回顾、有所反省的时候，我会想告诉各位，人活着需要一点点信仰，虽然这点信仰可能在新兴一代那里变得很低落。现代年轻人的信仰其实很单纯，譬如有些人觉得发财就是一种信仰。可我是从那种救国救民的老套观念里走出来的人，活到七十岁这种观念仍然根深蒂固。我佩服那种抛头颅洒热血、坐穿牢底、横尸法场的所谓老牌共产党，当有人表现出来这种老式的、单纯的、令人可敬的信仰时，我会对他肃然起敬。譬如梁鼎芬[①]这个人，他生于1859年，在1919年五四运动那一年死掉了。他是末代皇帝溥仪的老师，他有一个单纯的信仰就是我要毕恭毕敬、诚诚恳恳、敬业乐群地做好这个老师。有一次他到皇城（现在的故宫博物院）去上课，正好外面军阀开战，他径自往皇宫里面走，两边开枪他理都不理。那意思是我要进紫禁城去做我的老师，这是我的使命、我的信仰、我的责任，我就勇往直前走上去，走的过程中你们开枪也好打仗也罢，我不过问也不在乎。

梁鼎芬写过一副对联：

---

① 梁鼎芬（1859—1919），字星海，号节庵，广东番禺人。清末民初官员、学者。光绪进士。中法战争中，李鸿章力主议和，梁鼎芬弹劾李鸿章六大可杀之罪，最后却因开罪慈禧，以“妄劾”罪重治，降到太常寺去做司乐小官，故愤而辞官，闭门读书。张之洞移任湖广后，梁鼎芬充当其幕僚。戊戌变法时，梁鼎芬支持张之洞查封上海强学会，称康梁“提倡维新”是“邪教、邪说，心同叛逆”。辛亥革命后，梁鼎芬在陈宝琛的引荐下，担任溥仪的老师。1919年末在北京病逝，溥仪赐谥文忠。

世事不须求分外，人生何物胜樽前。

对世上的事情不要做分外之想，人生有什么事能比得上在酒杯前更快乐呢？这使我想起宋朝陆放翁的一首诗：

老子舞时不须拍，
梅花乱插乌巾香。
樽前作剧莫相笑，
我死诸君思此狂。

我跳舞的时候不依着拍子，头上的黑头巾乱插着梅花。喝酒的时候我跟你们开玩笑，你们不要笑我，觉得我倚老卖老、江郎才尽，等我死了以后，你们会想我想得发疯。注意，这里又出现“樽前”二字了。晋朝大诗人陶渊明说他一辈子最遗憾的事是酒没有喝够，可见酒是这样子迷人，虽然我李敖戒酒已经四十年了。

我觉得一个人有信仰是很让我着迷的。《旧约全书》里有一章《路得记》，讲犹太人的一个贞节烈妇，名叫路得。她的丈夫、公公、小叔子都死了，一门都是寡妇，老太太带着两个儿媳妇过日子。老太太跟儿媳妇说，我们的丈夫都死了，大家拆伙吧，可是路得不肯，愿意跟着婆婆到天涯海角，照顾婆婆。她说：

不要催我回去不跟随你。你往哪里去，我也往那里去。你在哪里住宿，我也在那里住宿。你的国就是我的国，你的神就是我的神。你在哪里死，我也在那里死，也葬在那里。

后来什么下场呢？路得跟着她的婆婆在麦田捡麦穗，捡的时候认识了一个亲戚波阿斯，是个大财主。波阿斯听说过路得的贤德，就介绍另一个人购赎路得丈夫家的产业，但有一个条件，要买他们家的地，就要讨这块地里的寡妇路得做媳妇，这样子才符合犹太人传统——“好在死人的产业上存留他的名，免得他的名在本族本乡灭没”。这个人一听还要讨个寡妇，就不买了，把鞋子脱下来，说他弃权。于是波阿斯娶了路得为妻，生下儿子俄备得，是以色列王大卫之祖。

路得这个故事告诉我们，一个古代的妇女可以有这样顽强的信仰，她的信仰就是在丈夫死后要追随自己的婆婆到天涯到海角，同甘苦共命运。可惜的是，连这种单纯的信仰现代人也很少有了，很多人什么都不信。今天我们骂西太后是坏女人，祸国殃民，可是大家不要忘记，即使是个坏女人也有她的信仰，譬如为什么她在形式上还要把权力给光绪？因为她尊重男人做皇帝的传统，怕祖宗谴责她；她把珍妃推到井里之后为什么还要做佛事来超度？因为她相信有鬼神。

大家看这张照片，当年越南发生宗教迫害事件的时候，西贡一个老和尚往身上浇满了汽油，然后坐在那里把自己烧死，用自焚的方法来抗

西贡和尚自焚

《白鲸记》

议，旁边还有人参观[①]。先不谈这样做对不对、残忍不残忍，一个人用这种决绝的方式表达自己的信仰，本身就让人震撼，不是吗？

美国有一本著名的小说叫《白鲸记》[②]，讲一位船长被一条白色的鲸鱼给咬断了腿，他发誓要报仇，天涯海角地去找这条鲸鱼，找到之后用钩子捕这条鲸鱼，结果鲸鱼没死，带着船

---

① 20世纪五六十年代，南越在天主教徒总统吴庭艳治下，传统的佛教被废除，佛教徒遭受残酷迫害。1963年4月，顺化的佛教徒举行和平示威游行，抗议吴庭艳政府的宗教歧视政策。政府却出动装甲部队，向示威者开火，当场打死八人。这一事件犹如一根导火索，把佛教徒积聚多年的怨气引发出来了。6月11日上午，六十多岁的释广德和尚坐在越南西贡的大街上，点燃了浸满汽油的身体，以自焚的方法抗议当局的宗教迫害。整个焚烧过程持续了十分钟，美国摄影记者将现场拍了下来，全球舆论为之哗然。半年后的11月，吴庭艳政权被推翻，吴全家被处死。

② 《白鲸记》（*Moby Dick*），又译作《莫比敌》，是美国作家赫尔曼·梅尔维尔发表于1851年的长篇小说，讲述了捕鲸船船长阿哈在一次航行中被一条名叫莫比敌的白鲸咬掉一条腿，他立志报仇，指挥捕鲸船全球追踪，终于发现了这条白鲸。经过三天搏斗，虽然刺中了白鲸，但它十分顽强，咬碎了小艇，也撞沉了大船。当它拖着捕鲸船游开时，绳子套住阿哈，把他绞死了，全船人倾覆大海，尽皆灭顶，只有一个水手借着由棺材改制的救生筏子而逃得性命。整个故事就以这个逃命水手的自述展开。《白鲸记》被视为美国文学史上最伟大的小说之一，整个故事充满隐喻、象征与探求未知的勇气，曾被好莱坞翻拍成电影。

到处跑。跟他出海的所有人都反对冒这种险，没有意义嘛，人跟鲸鱼斗什么东西呢？船长非要坚持，最后整个船的人都死掉了，只有一个人侥幸活下来。

西班牙大提琴家卡萨尔斯①技艺精湛，一代宗师。他演出有个原则，你哪个国家是集权专制国家，我就不去你这个国家演出，不管你有多少听众，不管你多么欢迎我，我不去。这是一个大提琴家的信仰！

现在一些人没有信仰了，一个可能的原因是他们观察到当年人们所信的东西跟最后的结果不一样。好比蒋介石被推翻的时候，“忽报人间曾伏虎，泪飞顿作倾盆雨”，大家兴高采烈要来救国救民，可是忽然发现自己已经青春不再了，老掉了，怎么办？急着要在有生之年快一点富国强兵，结果呢，大跃进、“文革”……搞了半天，像邓小平所说的“我们浪费了二十年”。

我李敖不信宗教，但是我有自己的信仰，好

① 帕布罗·卡萨尔斯（Pablo Casals，1876—1973），西班牙大提琴家、作曲家、指挥家，被认为是20世纪最伟大的大提琴家。他以异常高超的演奏才能提高了大提琴作为独奏乐器的地位。作为作曲家，他主要创作宗教音乐和管弦乐。他把自己的一生都献给了巴赫，他说在巴赫的音乐中看见了上帝。西班牙内战中，卡萨尔斯一直流亡在外。二战中，和他有近三十年合作交情的朋友由于对纳粹德国态度暧昧，卡萨尔斯立即中断了他们之间的友情。1958年，卡萨尔斯被提名诺贝尔和平奖。

卡萨尔斯

比为了抵制日本帝国主义，不让你日本人用钱来收买我们的慰安妇，我拿出一百件收藏品全部卖掉，卖了三千三百万台币，相当于一百万美金，给这些慰安妇。大家想想看，这种坚强的信仰一般人做得到吗？台湾有一位少数民族知名人士叫高金素梅，她去日本的靖国神社抗议，去纽约的联合国闹，反对日本成为安理会常任理事国，把你们日本过去那些丢人现眼的事情抖出来给大家看，看你们还能再冒充善人。我认为这就是有信仰的人做的事情！

我拉拉杂杂举这些例子，是想告诉大家，人还是有一点信仰比较好。如果你浑浑噩噩过一辈子，没有信仰，只知道捞点小钱，还舍不得花，也不会花，我认为是没有意义的。除了金钱以外，很多事情都可以被设定为我们的信仰，为信仰付些代价也是值得的，而且这些代价不像过去那样惨烈，不需要抛头颅洒热血、坐穿牢底、横尸法场，只是花费我们一些时间和金钱而已，又何乐而不为呢。

狡猾不是罪

法国大革命的时候死了很多人，其中就有被杀掉的罗兰夫人[①]。罗兰夫人临死前讲过一句话，就是大家耳熟能详的那句："自由！自由！天下多少罪恶假汝之名以行！"古往今来天下很多坏事都是假借着"自由"的名义做出来的。

罗兰夫人还说过一句话："我认识的人越多，我越喜欢狗。"这当然是很愤世嫉俗的一句话，意思是人不如狗。我李敖也喜欢狗，但我并不养狗，为什么呢？太花时间，我把很多时间用在书本上，用在写作上，没有时间来养狗。可是我很赞同这句话，因为基本上我也是一个愤世嫉俗的人，我也赞成人不如狗，可是我解决我愤世的这一面会用很多其他方法，其中一个方法就是不生闷气。

怎么不生闷气呢？过去北京大学有一位学者叫熊十力，他参加过辛亥革命，后来发现革命成果已经被蒋介石这些人给篡夺了，就改行去教书、做学问。他恨蒋介石恨到什么程度呢？早上起来看报纸，看到上面有蒋介石的照片，"咔咔咔"团起来，把裤子解开，伸进去"嚓嚓嚓"，用蒋介石的照片来擦他的生殖器。他恨蒋介石到这个程度，可是发泄的方式只是

---

① 罗兰夫人（Jeanne-Manon Phlipon, Ma-dame Roland，1754—1793），法国大革命时期著名的政治家，吉伦特党领导人之一。她的丈夫罗兰（Jean Marie Roland de la Platiére）也是吉伦特党的领导人之一。1793年11月8日，三十九岁的罗兰夫人被雅各宾派送上断头台。临刑前，她在自由神像前留下了一句为后人所熟知的名言：O Liberté, que de crimes on commet en ton nom!（自由！自由！天下多少罪恶假汝之名以行！）

用报纸擦而已。

我的老师殷海光[①]当年是台大哲学系的教授，跟雷震一起办《自由中国》，后来得胃癌死掉了。为什么得胃癌？他吃饭的时候忽然想起蒋介石，筷子一放就开始大骂，然后自己气得要死，饭都吃不了，最后怄气怄死了。我笑我这位老师，我说你是哲学家啊，怎么可以得胃癌死掉？当然，得胃癌的原因很多，可是其中一个重要原因是心里不愉快。哲学家想不通，心里不愉快，你这个哲学不是白学了吗？好比一个神父死掉了，得的什么病呢？梅毒。你神父怎么可以得梅毒呢？孔子讲过一句话："斯人也，而有斯疾也！"[②]是那个人，才得那种病。哲学家不可以得胃癌，就好像神父不可以得梅毒一样。所以我李敖啊，绝不因为痛恨任何人或者任何政府而生闷气，我才不要生闷气呢。

美国当年有一个重量级拳王叫乔路易[③]，他有一天跟朋友吃完饭出来，忽然在路上跟一群流氓起了冲突。流氓不晓得他是重量级拳王，也不晓得他一拳出来能打死人，就"有眼不识泰山"，先动起手。他的朋友说，你打呀，打呀。乔路易不打，宁肯被人打几拳也不打，息事宁人回去了。朋友们问，你为什么不打啊？他说第一，我这一拳出去有三百磅，会

① 殷海光（1919—1969），本名殷福生，湖北黄冈人，哲学家，台湾大学教授，台湾第一代自由主义代表人物。因经常在《自由中国》上撰文狠批时政，引起当权者不满。雷震入狱和《自由中国》被查禁后，殷海光的大部分作品被列为禁书，生活起居也受到监视。殷海光不堪身心折磨，于1967年罹患胃癌，两年后病逝，享年四十九岁。译有哈耶克的《通向奴役的道路》和德贝吾的《西方之未来》，著有《中国文化的展望》《政治与社会》等。

② 语出《论语·雍也篇》。原文为：伯牛有疾。子问之，自牖执其手。曰："亡之，命矣夫！斯人也而有斯疾也！斯人也而有斯疾也！"意思是：伯牛（孔子的学生）生病了，孔子去探望他，从窗户握着他的手，说："我们要失去他了，这是命啊！这样的人竟得了这样的病！这样的人竟得了这样的病！"

③ 即约瑟夫·路易士·巴罗（Joseph Louis Barrow，1914—1981），小名乔路易（Joe Louis），外号"黑色轰炸机"，被认为是美国历史上最伟大的重量级拳击手之一。他曾于1951年访问台湾,并击败当时台湾最有名的拳王张罗普。

把人打死的；第二，我这一拳值多少钱啊？我是用它来做表演赛的，不是用来打小流氓的。还有另外一个版本，人家问他为什么不打，他说歌王卡鲁索（The Great Caruso）[①]如果被人打了，他会唱个歌给打他的人听吗？他不会呀，这是他的看家本领，怎么可以用在这些小流氓、小混混身上！

同样地，对我李敖来说，几十年来被人家中伤，被人家诽谤，被人家造谣，被人家诬蔑，我见得太多太多了，我在不在乎呢？我才不在乎。不在乎的原因不是我脸皮厚，而是以我的身价，以我的精明，以我的身段，我该出拳时才会出拳，不该出拳的时候我才不会浪费时间打你们这些小混混。

歌王卡鲁索有一次在餐厅里吃饭，临桌一位客人跑过来跟他握手，说我好崇拜你啊，卡鲁索你是个伟大的冒险家啊。卡鲁索一想，我怎么会是个冒险家呢？原来《鲁滨孙漂流记》里鲁滨孙的名字是Crusoe，那个吃饭的人把他当成鲁滨孙了。他哭笑不得，我是伟大的歌王啊，你有眼不识泰山，把此Caruso当成彼Crusoe。可是碰到这种窘境，他也不会去计较，哈拉哈拉过去就算了。

我李敖也是这样子啊，人家误会我，我也不生气，原因是有很大一批人对我不了解，不了解的原因大部分是他们的境界、水平达不到，譬如我李敖只结过两次婚，可是大陆有文章说我结过三次，我一个好朋友陈兆基看到，说李敖你不得了啊，你在大陆变成西门庆啦，大色狼！我就笑，这些人对我实在不了解。

我常常会用一种玩世的方法来赞美自己，许多人觉得好好笑，可全世

---

① 卡鲁索（Enrico Caruso，1873—1921），20世纪最伟大的男高音歌唱家。出身意大利那不勒斯一个贫寒家庭，早年的音乐教育来自母亲的启蒙，二十二岁参演歌剧《浮士德》初露锋芒。他的声音涵括了男高音领域里所有的类型，一生饰唱过五十余部歌剧，六十七个角色，九百七十六场歌剧、独唱会，保留曲目有五百二十一首，也是世界第一个把歌唱节目录制成唱片的歌唱家。卡鲁索的歌唱成就古往今来，无与伦比，却一辈子为婚姻和爱情所苦，1921年逝世于家乡那不勒斯，享年四十八岁。

界芸芸众生，从古至今真正能够特立独行来表达自己的人少之又少。明朝有一个人叫顾宪成[1]，他就是个特立独行的人。当时宦官魏忠贤权倾天下，人称“九千岁”，皇上一万岁他九千岁，满朝文武都拍他马屁，他没死就给他盖了个“生祠”。有一次魏忠贤过生日，大家签名祝寿，有人替顾宪成也签了名，顾宪成说，这还得了吗？我怎么会给他祝寿呢？拿个小刀跑去找到签名册，把自己的名字挖下来，干什么？老子才不拍你马屁！大家想想看，这种个性多么了不起！

溥儒

溥心畬[2]也这样啊。他是咸丰皇帝的弟弟恭亲王的孙子，皇亲国戚，清朝亡国以后，开始画画，画画得极好。后来到了台湾，他出门不用钞票，也不会用，完全活在他自己另外一个世界里。这时候有位贵妇人想要学画，想拜他为师，谁呢？蒋介石的老婆宋美龄。宋美龄在台湾待着没事干，附庸风雅想要学国画，想到台湾有个

溥儒画的兰花

① 顾宪成（1550—1612），字叔时，号泾阳，江苏无锡人，万历八年（1580年）进士，因创办东林书院，人称“东林先生”。顾宪成为官持正、不媚权贵，屡次上书直谏，最后被革职回乡。晚年他把精力放在了议政讲学上，成为东林党的思想领袖之一，著有《顾端文遗书》等。

② 溥心畬（1896—1963），即爱新觉罗·溥儒，字心畬，自号旧王孙、羲皇上人、西山逸士。其祖父为清道光六子奕䜣。溥儒幼年在宫廷接受“琴棋书画诗酒花”的培养，其画清丽雅健，空灵超逸，被公推为“北宗山水第一人”。1949年赴台，与黄君璧、张大千合称“渡海三家”。

国画大师溥心畬，就派人通知他，我要拜你为师。溥儒说，好啊，你按规矩来，你要磕头拜我为师，我才愿意教你。换句话说，在我眼里没有什么蒋夫人、总统夫人，统统没有，只有学生，你磕头我就收。好了，蒋宋美龄架子放不下来，不肯磕头。不磕头，我就不收，你不要怪我。骨头就这么硬！

我觉得一个人在这个黑暗的世界里，只要能发出一点点萤火虫似的光芒，我李敖就佩服他。其实我们在乱世里有很多这样的机会，并不是说“文革”来了我们就毫无办法了，我不这样看。我认为我们还是可以找到机会来完成自己，或者像猫一样闪躲掉。猫为什么会有九条命啊？猫你把它从空中丢下来，它会在下落的过程里转身再转身，这样转那样转之后安全落地。换句话说，连猫都会转身，人为什么不能运用自己的智慧？当然我也承认有些人运气太坏，过不了关。

可是我们想想看，每天飞来横财跟飞来横祸的机会一样多，一半一半，不是吗？《史记》里记载管仲，说他有个本领，“善于转祸为福，转败为功”[①]。飞来一件横祸，他把它搅搅搅，变成对他有利的；遇到一次失败，他把它搅搅搅，最后搞成功了。我觉得这是一个很重要的人生态度。当然你会说，这个人需要很狡猾才能做到这样。我也承认需要很狡猾，狐狸能够活完全就靠着它的狡猾，我不认为狡猾是一条罪状，狡猾本身是非常智慧的。大家还记得《皇帝的新衣》里那个小孩吗？国王没有穿衣服，所有人都看到了，可是每个人都在骗皇帝，不敢讲真话，只有小孩子讲了真话。对我而言，我觉得人生最快乐的事情就是讲真话，我一辈子用我的文章，用我的嘴巴，用我这种特立独行的性格，也用我这种相当狡猾的手段，讲了不少真话，不是吗？

---

① 语出司马迁《史记·管晏列传》：“其为政也，善因祸而为福，转败而为功。贵轻重，慎权衡。”

随遇而偷

我跟大家天南地北，上天入地，拉拉杂杂，兴致所至，高兴谈什么就谈什么，可是不管我谈什么，大家可以感觉出来我李敖的人生观、我的人生基调大部分是战斗性的、积极的。怎么积极呢？举个例子，当年美国的大发明家爱迪生有个很大的实验室，相当于他的工厂，有一天实验室突然着火了，熊熊大火之中爱迪生跟他儿子说，赶快找你妈来看，看什么？看热闹，看大火，因为人一生中很难看到这种场面。自己一辈子的心血付之一炬，一般人在这种情况下都会沮丧、懊恼甚至难过，可是爱迪生有这种积极的、达观的心态，理由是虽然这场大火烧掉了我的很多成绩，可是也烧掉了我的很多烂摊子，我的错误也跟着付之一炬了，所以不全是坏事。这个例子告诉我们，人生遭遇挫折，遭遇逆境，遭遇倒霉的事，你只要一转念就可以有不同的看法、不同的解释，坏事未必是坏的。

中国《礼记》里有句话："临财毋苟得，临难毋苟免。"面对钱财，不随便求取；面对危难，不苟且偷生。有个故事讲，一个人死了之后下地狱，碰到阎王爷，阎王爷骂他，你一辈子不做好事，下辈子托生做狗。他说，谢了，阎王爷，你让我做狗我就做狗，可是请让我做母狗，不要做公狗。阎王爷说，为什么啊？这个人就讲了，"临财毋苟得，临难毋苟免"，碰到财路了，母狗（他把"毋苟"当成"母狗"）能得这笔钱；遇到麻烦了，母狗能够免掉。因为母狗可以得意外之财，还可以遇难呈祥，所以他愿意做条母狗。

当然这是个笑话，可是这种人在我李敖看来是了不起的人，为什么啊？既然我无法避免下辈子做狗的命运，那么我就希望在狗的处境之下做对我有利的狗，什么狗更有利呢？母狗啊，临财母狗得，临难母狗免。我觉得这种人生态度是积极的、战斗性的，我不是随遇而安，而是随遇而偷，可以在不幸的命运里偷到对我有好处的机会。

战国时期有个了不起的政治家叫管仲，司马迁《史记》里说他“其为政也，善因祸而为福，转败而为功”，他去搞政治，明明是件祸事，他会把它变成好事；明明失败了，他可以把它搞成功。一件事本身很糟糕，可是经过他妙手回春以后，结果不一样了。我认为中国共产党里有这个特色的人可能是周恩来。“文革”那么痛苦的时候，他也能想办法尽量维持局面。你江青搞个写作班子，说这件事是“敌我矛盾”，我周恩来也找人混进去，跟着你一起写，可是把“敌我矛盾”降低为“人民内部矛盾”。这就是“善因祸而为福，转败而为攻”的管子的本领。

我有个好朋友以前做过新竹市的市长，名字叫施性忠。他说他爸爸教育他，走在马路上摔了一跤，不要立刻爬起来，要先在地上东张西望看看有没有东西可捡，搞不好摔了一跤还能占点便宜回来。我觉得这是非常好的一种态度。有人会说，这不是阿Q嘛，怎么我这样倒霉，你还要我自我解嘲啊？我告诉你，这就是人生啊！“祸兮福之所倚，福兮祸之所伏”，祸福是相依相伴的，你拼命看到坏处，为坏处而唉声叹气，不如从另外一个角度看到一些好处。

全世界有名的指挥家祖宾·梅塔[①]，印度人，一开始跟他太太感情很好，后来闹到要离婚。离了婚，他又觉得这么好的女人，虽然我不能跟她白头到老，可是有没有办法不要让她离开我家——她可不可以嫁给我弟弟？结果本来做丈夫的变成“拉皮条”的，说动她这个离婚的太太嫁给了

① 祖宾·梅塔（Zubin Mehta，1936— ），印度籍犹太裔指挥家，小提琴家，以色列爱乐乐团音乐总监，20世纪初最具国际声望的指挥家之一。祖宾·梅塔自传《我生命的乐章》里称，自己有过两次婚姻，第一段婚姻在1964年结束；第二任妻子是一个拥有东欧血统的美国人，两人的婚姻持续至今。他也坦承有过几段外遇，并有三个非婚生的孩子。

祖宾·梅塔

他弟弟，“肥水不流外人田”，事情居然搞成功了，老婆变成弟媳妇，本来一个悲剧变得没那么悲了，搞不好还有一部分喜剧的局面会出现。

苏格拉底说，如果你讨到一个好老婆，你就是一个幸福的丈夫；如果你讨到一个烂老婆，那你会变成哲学家啊。为什么？只有哲学家能忍受这种家有恶妻的局面，一般人受不了的，难免会诅咒、抱怨、唉声叹气，可是哲学家会训练自己从另外一个角度看人生。用英文写作出名的林语堂来台湾后，私下讲过一句话赞美胡适，他说看到江冬秀这位女士之后，你才晓得胡适的伟大。什么意思？你胡适怎么能忍受这样糟糕的老婆，一辈子跟她相处，百般忍耐，这时候才知道胡适多么伟大。傅斯年从德国回来以后，也把原来老婆丢掉了。可是胡适没有把他这个缠小脚的乡下老婆丢掉，乡下老婆就反客为主欺负起胡适来。欺负到什么程度啊？胡适跟朋友聊天，这个老婆可以进来当众骂街，讲撒泼的话。胡适在“中央研究院”院长任上演讲时当场死掉，他老婆赶来捶胡适的尸体，大骂“死鬼胡适之，你怎么把老娘丢下来走掉了”，这样凶悍的老婆！

我必须说，因为胡适碰到这种老婆，好像他在别的方面也就看开了，知道人生原本不过这么回事。当然这也不是悲观，人生还是有很多梦值得做的。譬如最近迪士尼乐园五十岁了，它的创始人华特·迪士尼（Walt Disney）当年用卡通画拍电影代替真人，找人投资，张三不理他，李

迪士尼的松鼠卡通形象

四也不理他，后来找到一个小资本家。小资本家坐在那儿看他放卡通，脸上没有表情，扑克脸，当一只尾巴胖乎乎的小松鼠出现，在桌子上像个鸡毛掸子一样用尾巴清洁的时候，小资本家的嘴角动了一下。华特·迪士尼知道他要投资了，因为他喜欢这个画面。果不其然，这个小资本家支持华特·迪士尼开发他的卡通电影，从此卡通电影慢慢繁荣起来，最后如日中天。后来华特·迪士尼要搞儿童乐园、人间仙境，他的会计师跟他说，不要搞这个东西，我们没这个钱。华特·迪士尼说，你先告诉我这件事情该不该做，值不值得做，有没有前途做；如果该做，值得做，有前途，不要考虑钱的问题，我们把它做起来。——这样才出现了迪士尼乐园。

中国古人讲过一句话，“天下不如意，恒十居七八”，人生百分之七八十都是不如意的事。不如意不要紧，最可怕的是没有梦想。如果一个人能够心怀梦想，在任何状况下做到随遇而偷，看到那百分之二三十对自己有利的部分，然后把它加工，发荣滋长，最后你的梦想就可能变成现实。

上帝管两头我管中间

我这个年纪，有很多老式的习惯和用语跟大家是不一样的，譬如谈到罗马教皇，我用的字眼是“教皇”，那是传统叫法，罗马教皇本人并不喜欢这个字眼，太皇帝了嘛，他们现在改叫教宗，我的习惯还是教皇。罗马教皇在2006年5月做了一件事情，他是德国人，跑到波兰，在德国人当年杀犹太人的奥斯维辛集中营里做了一个赎罪式的动作，然后说出一句有名的话：Where was God? 上帝，你在哪里？①

德国人在二战中杀掉了六百万犹太人，在波兰奥斯维辛这个集中营里杀得最多。教皇问天主，为何您默不作声啊？您怎么能容忍这种事情

教宗本笃十六世参观奥斯维辛

① 罗马教宗本笃十六世在2006年5月的四天波兰之行中，突然提出要到访臭名昭著的奥斯威辛集中营，纳粹在20世纪40年代曾在那里杀害了100多万犹太人。本名约瑟夫·拉青格的教宗本笃十六世1927年出生在德国的巴伐利亚，曾在二战结束前被征召入德国陆军服役。教宗抵达奥斯维辛集中营后，在一些囚室和焚化炉前停下来祈祷。他说身为一个基督徒，一个来自德国的教宗，走访这个地方特别令他感到艰难和痛苦。祈祷时，教宗以颤抖的声音念道：“天主，您为何默不作声？您怎能容忍这种事？”

啊？当这些犹太人被关、被赶进毒气室里成千上万地死去时，上帝你在哪里啊？为什么你不惩罚德国人？为什么你不消灭希特勒？你一直沉默，直到六百万犹太人被杀掉！

我觉得“上帝你在哪里”这个问题出自罗马教皇之口，实在太精彩了。罗马教皇是上帝在人间的代表，他忽然反过头来问他天上的老板，为什么当年德国人这样残杀犹太人的时候，你上帝不讲一句话，也没有一个动作，为什么？有人从这件事推定了上帝不可信，为什么不可信？如果有上帝的话，“天道无亲，常与善人”，你总要对这些好人照顾一下啊，你不能让坏人这样无止境地做坏事啊；并且如果我们把历史追溯回去，当年希特勒胡作非为的时候，罗马教皇在干什么？跟纳粹、跟希特勒妥协啊，上帝在人间的代表也不敢反抗希特勒啊。所以上帝在哪里啊？上帝，有没有啊？如果有的话，你怎么可以这样子没有正义感啊，这样子无能啊？

对我李敖来说，我不是无神论者，也不是有神论者。说我是无神论或者有神论，都太小看我追求真理的决心了。无神论是一种信仰，你怎么知道没有神呢？有神论者也是一种信仰，你怎么知道有神呢？这两种方式都相当武断。我李敖是不可知论者，有没有神，有没有鬼，有没有上帝，我不知道。可是在理智层面，我比较倾向于没有神，没有鬼，也没有上帝。反过来说，如果有上帝的话，上帝怎么会又是万能的又坐视不管这些恶行呢？为什么造人类造伊甸园造天堂的时候，不把它们造完美一点呢？搞什么蛇啊、撒旦啊来搅局，这不是自讨苦吃吗？

不管有没有上帝，当六百万犹太人被杀掉的局面出现时，我们怎么来面对？告诉各位我怎么面对，我写过一本书叫《上帝管两头我管中间》。什么意思？你上帝只能管我生、管我死，我生死中间这一段，对不起，你管不到，我自己管。为什么你管不到？你纪录不良啊，你亲眼看到这么多犹太人被杀掉，你在哪里？你做了什么？因为你纪录不良，所以你管不了我中间这一段，我生我死是你的力量，可是中间这一段我自己管。换句话说，中间这一段的成就和正义，不操在神的手里，而操在我们自己手里，这是我李敖的一个人生观——有为主义。

什么叫有为主义？就是这件事情我做了跟不做，是不一样的。可是请注意，要聪明人、有智慧的人才能讲这句话，否则做了可能惹来麻烦。这话怎么讲呢？有个笑话，德国国防部里有很多职业军人，这些人做了很多决策，制订了很多计划，是很有势力的一批人。德国参谋本部说我们把职业军人分成四类：第一类是又聪明又懒惰的，干什么呢？做总司令。他聪明，掌握全局情况；懒惰，不使底下人太痛苦，所以做总司令。第二类人又聪明又勤快，干什么呢？做参谋长。参谋长是管家婆，能够推动很多事情，可是他上面又有个老板，就是总司令。第三类人又笨又懒的，就做阿兵哥，一般士兵。第四种人又笨又勤快，怎么办？杀掉。为什么？他笨，又是有为主义，喜欢做事，常常把事情做糟做砸，无事生非，搞得一团乱，这种人最恐怖，要把他杀掉。——注意，我李敖主张的有为主义，适用于聪明的、热心的、勤快的这批人，不包括又笨又勤快的人在内，因为这批人基本上是祸害，基本上要敬而远之。

如果我是一个又聪明又勤快的人，并且还是个有为主义者，这时候就请上帝管两头、管生死，我管中间，我的命运操在我手，我能不能解决问题要看我的努力、我的造化，可是我绝不听凭上帝。为什么？就是我刚才说的，如果有上帝，他是公平的吗？他是正义的吗？他为什么听凭六百万犹太人被杀不吭一声呢？

告诉大家，人间不是那么平等的。看照片，英国的戴安娜王妃在慰问一个修女，她弯着腰还比这个修女高一头。从衣服往下看，戴安娜王妃的小腿露出来，穿着高跟鞋，而她对面这位修女穿得土土的，一双平底鞋。这个修女是谁呢？大名鼎鼎的特蕾莎嬷嬷（Mother Theresa）[1]。大家想想看，特蕾莎嬷嬷一辈子在天主教这个圈里做好事，做善事，为穷人服务，

---

① 特蕾莎嬷嬷（Theresa，1910—1997），爱的使者，圣徒。阿尔巴尼亚人，自小接受传教士训练，后赴印度加尔各答为穷人服务，终其一生。1979年被授予诺贝尔和平奖。

苦哈哈的一辈子，最后中了邪魔，临死前有幻觉，要给她做一些法事才能压住她的痛苦。而她对面的这个戴安娜王妃，因为漂亮，从一个幼儿园老师摇身一变成了英国女王的儿媳妇，享尽了荣华富贵，最后跟情夫在一起撞车死掉了。你告诉我，这样的人间公平吗？为什么是我，又老又丑又辛苦一辈子，最后中邪魔死掉了；为什么是你，又年轻又漂亮，最后还跟情夫一起死掉？为什么你这么命好，这么过瘾，这么爽啊？你谈什么平等，根本荒谬嘛。人间就这样不平等，虽然两个都是名流，都是世界知名人物，可是成为特蕾莎嬷嬷是多么辛苦，成为戴安娜王妃又是多么侥幸。如果你不能对这个问题很清晰地思考，你会活得很痛苦，不是吗？

戴安娜王妃和特蕾莎嬷嬷

再看当年的诺曼底登陆，1944年6月，英法军队从诺曼底登陆去打德国。一起登陆的人，都是为国为家的好汉，可是有的人死在滩头了，有的人活着上岸了，你告诉我，公不公平？平不平等？所以，你如果为讨公平而自寻苦恼而想不通，我告诉你，这种人是没有出息的，他的智慧是不成熟的。好比我现在九十岁了，忽然“伟哥”出现了，你不能说为什么这东西三十年前没有？三十年前有的话，我六十岁还可以享受啊！或者牛痘疫苗发明之前，你出天花侥幸活下来，变成满脸大麻子，你说不公平，为什么你牛痘疫苗发明那么晚，使我种不上而长大麻子？你这样抱怨下去，怨天尤人，还能活吗？活不了。

诺曼底登陆

我李敖从来不这样子苦恼，碰到很多倒霉的事情，我认为这是个概率，有的人没碰到，有的人碰到了，我碰到了就碰到了，就这样子，没什么可抱怨的。可是我李敖也不是听天由命，也不是宿命论者，我要自己制造我的命运，我要在天命之间拼命奋斗，拼命挣扎，拼命地想要人定胜天，并且拼命要问出来：上帝，你在哪里？这就是我的人生观！

贰 /
名流很少是好人

有趣的妖魔鬼怪

坏人的长处

明星爱玩自杀

职业造就性格

名流很少是好人

好人半自躲中来

知人论世的公道标准

要清白请长寿

要胜利不要得胃癌

只学吹箫便得仙

有趣的妖魔鬼怪

中国有些字是只有声音没有文字的，好比台湾有个人，他讲一口京片子，你打电话给他，他不在家的时候，电话答录机会说：“现在我不在家，等会儿这个机器‘der’地一响，你就留话。”der这个词就只有音，没有字。什么人能讲这种京片子呢？林云[①]。

林云是一个出生在北京的台湾人。日本人侵略台湾的时候，他爸爸[②]跑到北京去，所以他生在北京，在北京念了小学。他住哪里呢？雍和宫附近，从小就跟那些喇嘛搅在一起，不光学到北京话，也学到一些邪门歪道的信仰。后来林云回到台湾，在省立台中第一中学念高三。我父亲那时候在台中一中做国文科主任，他是我父亲的学生；我在台中一中念初中二年级，他算是我的老学长。1949年12月的台中一中师生通讯录里有他的记录：

---

① 林云（1932—2010），原名林石，原籍台中，其父因爱国抗日之故，举家迁居北京。林云生于北京，幼年在雍和宫受到西藏喇嘛的启蒙，开始学习密宗黑教。1949年返乡，就读于省立台中第一中学，后入读台大法律系。20世纪70年代，林云任教于香港中文大学，后赴美讲学，担任旧金山大学、斯坦福大学的客座教授，并在加州柏克莱创立了云林禅寺。林云把西藏密宗黑教与中国的易经、风水等民俗文化结合在一起，多年来在世界各地演讲传法。2010年逝于旧金山，享年七十八岁。

② 林云父亲名林子瑾，出身台湾五大家族的“雾峰林家”，为日治时期非暴力反日代表人物林献堂之侄，早年曾参与林献堂等人创立的台湾文化协会，受到日本人注意，举家迁往北京定居。林云为林子瑾次子，亲近的友人及弟子常称他为“二哥”。

林石，十八岁，台中市人。高三上，甲班。学号：第三十二号。

林云

当时他还不叫林云，真名叫林石。后来这个人变成了一个“妖僧”，凭他在北京跟雍和宫喇嘛搅在一起的经验，编出一套东西来，说他是西藏密宗黑教这一派的传人。

既然是传人，就应该有传承的规矩，可是林云的花样多得很，凡是能够招摇的部分全有他。大家看这个人的照片，周联华[①]牧师。他什么人呢？蒋介石死了他主持葬礼，蒋经国死了他主持葬礼，蒋孝文死了他还主持葬礼，他是蒋家的“御用牧师”，所以我好喜欢他，他给蒋家三代人送丧。

周联华牧师

周联华牧师的长相看起来一片祥和，台湾佛教星云大师的样子至少也是慈眉善目，可是这个林云长什么样呢？大家看他的照片，像个杀猪的屠夫一样，满脸油乎乎的，没有一点仙风道骨，然后几个胖指头还搬弄起来做大手印，做这种怪相！

星云大师

林云的基本造型就是这样子，然后跑到全世

① 周联华（1920年—　），神学家。生于上海，浙江慈溪人。早年留学美国，获神学院博士学位。1954年自美返台，进入蒋介石士林官邸的“凯歌堂”担任蒋家私人牧师，素有“宫廷牧师”“蒋家三代御用牧师”之称。蒋介石、蒋经国、蒋孝文、宋美龄和蒋方良过世后的追思礼拜都由周联华主持。

台北君悦饭店一楼大堂挂着林云所画的两张镇鬼符

界招摇撞骗，好比美国的老布什选举要拉拢亚洲人，他跑去；梵蒂冈的罗马教皇要见信众，他也跑去。他还写了一手很怪的毛笔字，什么“朝辞白帝彩云间，千里江陵一日还。两岸猿声啼不住，轻舟已过万重山”，后署“林石居士”。我说这不是毛笔字，这是用带毛的笔写的字。

他还用这支笔到处画符。台北有个大饭店以前是日本人侵略时期的刑场，死了很多人，经常闹鬼。他就画个符放在那儿。大家注意，符是道教的玩意儿，不是佛教的，你说你信佛教，又是西藏密宗黑教的传人，那你就好好地信你的佛教嘛，为什么要搞出这种道教的符来？真是鬼画符啊，还在符上搞什么“佛令”，胡扯！

台湾有个学者叫庄因[①]，他说林云是“今世活佛”；庄因的弟弟、艺术家庄喆[②]，给林云画画；台大教授郑清茂给林云写“寿”字；“司法院”院长黄少谷给林云写“寿域长春”；而我李敖的前妻胡因梦管林云叫“二哥”。有一次，胡因梦问她的林二哥，我跟李敖的婚姻会持续多久啊？林

① 庄因，1933年生于北平，1949年随家迁台。其父为书法家、前“故宫博物院”院长庄严先生。庄因与李敖同在台中一中和台大就读，李敖入历史系，庄因入中文系，两人一度关系密切。1964年，庄因赴澳大利亚墨尔本大学教书，后转入美国斯坦福大学。著有《杏庄小品》《八千里路云和月》等。

② 庄喆，画家，1934年生于北平，毕业于台湾师范大学美术系。曾执教于东海大学建筑系，后旅居美国，寻求中国文人画传统与西方抽象表现主义的融合。曾在美国、加拿大、中国香港、中国台湾、新加坡、德国、中国内地等地举行画展。

云说，可以有五年，五年以后李敖就变心了，不喜欢你了。胡因梦说，怎么样可以使李敖不变心呢？林云一掏掏出四个铜钱来，说你拿这四个铜钱放在你们家床的四个角上，这样五年以后李敖还会继续喜欢你。胡因梦回家就往床脚放铜钱，说林二哥说的，放四个铜钱我们的感情五年以后还会好。我说，胡说八道，我不信这些东西，也反对放这些东西。胡因梦就闹，“那表示你不爱我了”。——这就是女人的逻辑！后来我跟胡因梦同居一年、结婚三个月就拆伙了。这就是妖怪林云的预言？！

台湾的电视公司过年的时候请林云来亮相，他在电视上拿出个橘子来剥开，把橘子皮东边丢一片，西边丢一片，南边丢一片，北边再丢一片，干什么？用橘子皮给人类祈福，给台湾祈福。这不是胡闹吗？橘子皮有这么大魔力，可以到处乱丢保佑百姓，这不是胡扯吗？嘿，他这样子胡扯，还就有这么多人信他。

后来林云不但在台湾骗，还骗到大陆去，应邀到北京大学演讲，跟北大副校长罗豪才教授合影。他还骗了民进党主席黄信介、“台独”大佬彭明敏、作家聂华苓、音乐家申学庸、“中央研究院”院士许倬云、“中华民国总统”陈水扁、台北市市长黄大洲、台湾“监察院”院长钱复……到处招摇撞骗，跟人合影。这样子妖妄的人，这样子荒谬的人，这样子拿橘子皮在电视上作法的人，居然在台湾出现，在大陆出现，在美国出现，证明什么？证明我们不小心就会被这种妖妄的人所骗。

可是林云有一个特色我们必须赞美，什么特色呢？有一次一位怀孕的女士问他，我的小孩五个月以后就要出生了，请大师看看是男孩还是女孩？林云看到她的公公、婆婆在旁边听着，就说五个月以后会生男的。这孕妇笑起来，公公婆婆也高兴得要死。可是五个月以后生出来是女孩，林云怎么解释呢？他的解释倒挺有人情味儿。他说当时他发现这个孕妇希望生男孩，她的公公婆婆站在旁边也希望生男孩，他就说会生男孩，让大家高兴一下，万一五个月以后生女的，让人家多高兴五个月也不是坏事啊，大不了说他嘴巴不灵嘛，没什么了不起。

这个故事倒也证明了林云本人可能是一个忠厚的人，可是再忠厚也是骗子，而且他骗的方法很奇怪，是用现代的科技、现代的造型、现代的周游世界，一路从台湾骗到大陆，从中国骗到美国，从美国骗到罗马，最后直接骗到教皇头上。当有人问他李敖说你是骗子时，请大家注意他怎么回答。他说李敖是有学问的人，李敖是勇敢的人，李敖的爸爸是我的老师。换句话说，他跟你打哈哈，绝不得罪你。可是我也决不因为你是我大师兄，是我爸爸的学生，就放过你。我觉得这个人的妖妄不完全怪他自己，也怪那些前前后后围绕着他的、追随他的、头脑不清的善男信女——你们怎么这么糊涂啊！

林云的故事告诉我们，这个世界上有一种荒谬的人，不管他是真心还是假意，不管他是自觉还是不自觉，他会很有技巧地用现代科技的方法来施展骗术，使我们觉得好笑又荒谬，可是这么多人会相信他，这不更荒谬吗？有人说你李敖骂林云是骂你前妻，其实也不是，我讲过女孩子是比较容易相信这些妖魔鬼怪的，更何况林云还是一个有趣的妖魔鬼怪呢。

坏人的长处

大家经常看到我谴责张三，揭发李四，有人就问了，究竟张三李四有没有一点长处或者好处可以赞美呢？有，但基本上我不太说，不说的原因是这些好话很多人都说了，何必用我来说？我尽量不做别人都能做的事。这并不代表我否决了这些人的长处，如果只是简单地否决，就代表我的思考太简单了。

我们在儿童时代都有这种简单的思维。看完电影，小朋友问，他是好人还是坏人啊？分不清好人坏人，要求你给他定位。可是人不是这么简单就能划分的。好比京戏《法门寺》里的大太监刘瑾[①]，这个人一辈子做坏事，可是在《法门寺》这出戏里，他做了一件好事[②]。再好比我生平痛恨的一个人——蒋介石，我曾经跟我的好朋友汪荣祖教授合写过一本书《蒋介石评传》，列举他的种种恶行，可是蒋介石有没有优点呢？有的，虽然比起他的作恶多端，优点太少了。

什么优点呢？蒋介石1949年被共产党打到台湾来以后，他跟他的同志在一次秘密谈话里用过一个词——忏悔。他说：

---

① 刘瑾（1451—1510），陕西兴平人，本姓谈，六岁时被太监刘顺收养，遂净身入宫当了太监。刘瑾在明孝宗在位时侍奉当时只有十几岁的太子朱厚照，朱厚照登基为明武宗后，他的权力也达到了巅峰，时人称其为“立皇帝”，称武宗为“坐皇帝”。刘瑾贪婪专权，打击异己，卖官鬻爵，大搞钱权交易，最后被人控告谋反，凌迟处死。

② 京剧《法门寺》讲述了一件发生在明朝正德年间的冤案。受害人亲属在权宦刘瑾前往法门寺降香的途中，拦路告状，陈诉冤情。刘瑾主持公道，命县官重审血案，最后沉冤得雪，真相大白。

当我在三十八年初，离职退休，痛切反省之后，对建党立国的根本大计，反共抗俄的基本政策，从个人的忏悔，同志的规劝，革命环境的剖析，世界局势审查的结果，才确定了本党今后革命的方针，乃于三十九年七月，向六届中央执监委员会提出本党改造方案，着手于党的改造。[①]

看到没有，蒋介石在谈话中用了“忏悔”两个字！这个大独裁者居然把“忏悔”用到自己身上了！为什么忏悔？为什么他们所谓的革命失败了？为什么兵败山倒逃到台湾来？当然有他个人的责任，他要忏悔。

蒋介石还有没有别的长处呢？有一张照片，蒋介石跑到伤兵医院去看望伤兵，看的时候他把帽子脱下来——后面的将军们还戴着帽子，可是蒋介石把帽子脱下来，表明他对这个伤兵有某种程度的敬意。我觉得这个小动作虽然也许是作秀，但可以看出他心思细腻的部分。我告诉大家，蒋介石比他儿子蒋经国厉害多了。蒋经国只有一种面相，死板板的，讲起话来像放慢动作电影。蒋介石的面相有好多种，对浙江人，他是乡长；对黄埔军校学生，他是校长；对情报局这些特务，他是黑社会老大；对“国民大会

1937年，蒋介石在国民党老将朱培德葬礼上哭泣

① 见蒋介石民国四十一年（1952年）十月十日在阳明山《对本党第七次全国代表大会开幕致词》。

代表”，他是所谓的“总统”；对钱穆[1]、曾约农[2]这些老先生，他是皇帝；而对那些伤兵而言，他就是一个来慰问的老先生，很客气、很真诚地表示感谢。

钱穆回忆有一次蒋介石找他谈话，他在“总统府”会客室里等着，蒋介石进来以后，先不跟他讲话，打个招呼直接进里面去了。干什么？把军装脱下来，穿上长袍马褂出来跟已经穿了长袍马褂的钱穆会面。表示什么？你是老先生，你是学者，我不要穿着军装来跟你讲话，我换了衣服再跟你讲话，表示我对你的尊重。这就是我所说的蒋介石的心思细腻处。

中国古书里讲：“故好而知其恶，恶而知其美者，天下鲜矣。”[3]喜欢某人而能知道他的缺点，讨厌某人而又知道他的优点，这种人很少，为什么？因为一般人都是我恨你，你就是百分之百的王八蛋；我赞美你，你就完美无缺。就好像有些人谈到“小马哥”（马英九），说他是完人、完美的。——错的，这种态度不对！

英文里有个词叫Devil，魔鬼。有句话叫give the devil his due，“给这

---

① 钱穆（1895—1990），字宾四，江苏无锡人，历史学家，教育家。钱穆本为苏州一中学教员，得力于顾颉刚慧眼识才，进入北京主流学术圈并逐渐为人所知。1949年后，钱穆赴香港创办新亚学院，使传统文化弦歌不绝。1967年受蒋介石之邀赴台。1990年逝世。著有《先秦诸子系年》《国史大纲》《中国文化史导论》等。钱穆对中国古代政治制度所依托的文化保有真诚信念，认为中国传统政治绝非仅仅以“君主专制”就可以简单概括，实为“一种自适国情之民主政治”。弟子余英时称他“一生为故国招魂”。

② 曾约农（1891—1986），湖南湘乡人，曾国藩嫡系曾孙，教育家。早年留英，归国后参与创办长沙艺芳女校、省立湖南大学、湖南克强学院等。1949年赴台，任台湾大学教授。1955年，任台湾东海大学首任校长。1956年，出任联合国教科文组织“中华民国”首席代表，受聘为“总统府”国策顾问。1986年底病逝，享年九十五岁。

③ 语出《大学》：“人之其所亲爱而辟焉，之其所贱恶而辟焉，之其所畏敬而辟焉，之其所哀矜而辟焉，之其所敖惰而辟焉。故好而知其恶，恶而知其美者，天下鲜矣。”意思是很少有人能喜爱某人又看到他的缺点，厌恶某人又看到他的优点，不感情用事、不以自己的好恶来客观公正地评价一个人是很难的。

昔日电影明星蓝苹

受审的江青

个魔鬼他应该有的那一份”。什么意思啊？我们不要以人废言，埋没恶人的长处，魔鬼也可能有他的一项长处。大家看这个人的照片，毛泽东的太太江青当年被铐起来大审判，她的面目是这样狰狞、不友善。江青这个人，我公开跟大家说，她是个坏人——先不谈她是不是坏女人，她是个坏得不得了的人。当然这跟她早年的成长环境，跟她在演艺圈的挣扎以及后来的际遇有关系。

当年的江青就是蓝苹，上海的一位电影明星，后来到了延安嫁给毛泽东。江青的成长过程其实蛮辛苦的，后来她在“文革”的时候做了很多坏事。可是江青真的一无可取吗？她有一点引起了我的注意。

大家看“四人帮”给抓起来，“十恶”[①]大审判的时候，十个人里面九个都是男的，就她一个女的。有些人受审的时候窝窝囊囊的，像吴法宪当年骂朱德是“黑司令”，这样子骂连毛泽东自己都看不惯[②]，可是吴法宪被审的时候那种窝

① “十恶”指江青、张春桥、姚文元、王洪文、陈伯达、黄永胜、吴法宪、李作鹏、邱会作、江腾蛟。这十人是“林彪、江青反革命集团”的主犯。

② “文革”开始后，吴法宪等人散布朱德是“黑司令”“军阀出身”“老机会主义者”“大野心家”“反对毛泽东思想”，欲对其“批倒批臭”“轰出中南海”。消息传到毛泽东耳朵里，毛泽东说：“不能这么搞。过去国民党要‘杀朱拔毛’，现在你们说他是黑司令，朱毛朱毛，司令黑了，我这个政委还红得了吗？朱德不能批斗，他是红司令！”此话一出，造反派草草收场。

窝囊囊的样子啊，让人觉得这是男人吗？这哪里是个将军啊？江青在审判中一直表现出她那种凶悍，至少不孬，觉得自己理直气壮，绝对不认错，绝对偏执狂！我李敖办《求是评论》的时候，给她一个标题叫“临大审而不可夺也！”在大审面前，她的顽固是不可夺的，她的凶悍是不可夺的，她的不认错到底是不可夺的。你不能不说这也是她的一个特色啊。

郑孝胥半身像

郑孝胥书法

末代皇帝溥仪的伪满洲国国务总理郑孝胥[1]是艺术家，毛笔字写得非常好，可是帮着溥仪做事，最后被人骂成汉奸。可是从清朝的角度看，郑孝胥是忠臣啊，到死都拥护爱新觉罗啊，这样的忠臣哪里去找？同样地，江青是个坏婆娘、凶婆娘、死不悔改的可恶婆娘，可是当她被审判的时候，当九个男人都不敢吭气的时候，她一个女人知道自己大不了死路一条嘛，能够这样子“临大审而不可夺”，我们不得不承认这也是一种气魄。

我父亲跟我讲过，他小时候看过一种“出大

---

① 郑孝胥（1860—1938），字苏戡,号海藏。福建福州人，光绪朝举人。历任总理各国事务衙门章京、广西边防大臣、湖南布政使等。辛亥革命后以清朝遗老自居，1923年由陈宝琛引荐入宫，为清室复辟出谋献策。1932年出任伪满州国总理兼文教部总长，1935年下台。郑孝胥工书法，尤善行楷，所作字势偏长而苍劲朴茂，是近代书家中很有特点的一位。

差”[1]，强盗被推出去砍头的路上，一路走，两腿不软啊，还跟每个商家要东西吃，要茶水喝，非常勇敢。我们说他是装好汉也好，充好汉也罢，这也算恶人的一种特色啊，临危不惧，不怕死。所以我才说，我们知人论世，不是说这个人是坏人，他就没有任何长处了；也不是说他是好人，他就统统都好没有任何缺点了。这样子看人的思路太简单、太儿童化。比较成熟的人不会用这种眼光看问题，而会像那句英语所说的：give the devil his due。

① “出大差”，俗谓押犯人到刑场处决。

明星爱玩自杀

我们每天在报纸上或者电视里看到的新闻，按照一般情况，大概热闹一阵子就过去了。一阵子是多久呢？一个星期左右。新闻从起来到淡出大概一星期。有的新闻会闹得比较久，闹到一个星期以上，比如最近台湾就有一条新闻闹了两个星期还没停止。什么新闻呢？一个从事表演行业并且还是喜剧的演艺人员自杀了，他的名字叫倪敏然[①]。据说倪敏然跟上海来的演员夏祎有了纠纷，然后上吊自杀了。

倪敏然和夏祎我都认识。我不但认识他们两位，而且由于我过去有过一个电影明星老婆，我跟这行的人特别熟，也特别了解这批人，这批人在三百六十行里算是一个很特殊的行业。为什么特殊呢？因为他们最需要一个东西——掌声，是

倪敏然与夏祎

① 倪敏然（1946—2005），台湾资深演艺人员。20世纪70年代在电视剧《青天白日》中扮演太监“小德张”走红。曾在相声剧《千禧夜，我们说相声》中扮演“贝勒爷”，为大陆观众所熟知。2005年5月1日被发现在宜兰县头城镇山区上吊自杀。他有过两次婚姻，2004年演出舞台剧《大宅，门儿都没有》，传出与团员上海姑娘夏祎的绯闻。倪死后，有人指责是夏祎逼死了他。

靠着掌声来活的。

由于靠掌声来活，他们的一举手一投足都有戏。因为这个戏，他们认为你们观众会喜欢我们、佩服我们、赞美我们或者为我们鼓掌。我常常笑这批人，我说你们即使便秘拉不出屎的时候也会东张西望，干什么？看看有没有人看他们大便。

阮玲玉

这批人基本都活在一个很虚幻的世界里。我过去的明星老婆说“我现在表演哭”，然后就做出很悲哀的表情，眼泪马上出来。一般人没这个本领的，怎么能说哭就哭呢？哎，她就可以说哭就哭。所以干这行的人非常善用表情，也很会讲话，打扮得漂漂亮亮的，不管是真心还是假意，反正她所表达出来东西会使你觉得受影响。

这一行也现实得不得了，走红的时候大家都捧你，好吃好穿好赌，非常嚣张；不走红就很潦倒，甚至潦倒到不能活的程度，所以这批人的自杀率很高。请注意，我没有任何看不起这个行业的意思，我是告诉大家，的确有这么一个行业在三百六十行里是靠着别人的掌声来活的，是非常虚荣非常脆弱的，搞不好就会自杀。

玛丽莲·梦露

我在大陆出生的那一年的前一个月，1935年3月，有一位大牌电影明星自杀了，她的名字叫阮玲玉。阮玲玉死的时候才二十五岁，年轻得很。死的理由是什么呢？四个字“人言可畏”，大家都讲我的闲话，我受不了，一死了之。

美国有个电影明星玛丽莲·梦露（Marilyn

Monroe）是三十几岁自杀的，死的时候一丝不挂。大家看我收集过的梦露的一些照片，旁边还特别加了括号“（太肥了）”。按照美国人当时的审美标准，他们喜欢这种丰满的女人，我不喜欢。

大陆当年还有一个男明星叫白云[①]，非常有名，有名到全国不管哪里的照相馆橱窗里都摆着他的照片——可以红到这种程度！后来他到了台湾，年华老去，事业凋零，掌声起落，人情冷暖，最后走到日月潭的湖水边，自杀了。死了以后，台湾演艺工会的人怀念他，把他埋在日月潭旁边的南投公墓。我早年经过这个公墓的时候，还叫我弟弟特地下车到墓地里帮我拍了几张照片。那时候他的墓早就变成荒坟了，墓志铭上写着“杨公国韬，字维汉，艺名白云”。

白云活着的时候，我的好朋友、《时报周刊》的负责人简志信写过一篇文章《白云苍狗》，里头说：

> 我要在这里用三千多字来写白云，是因

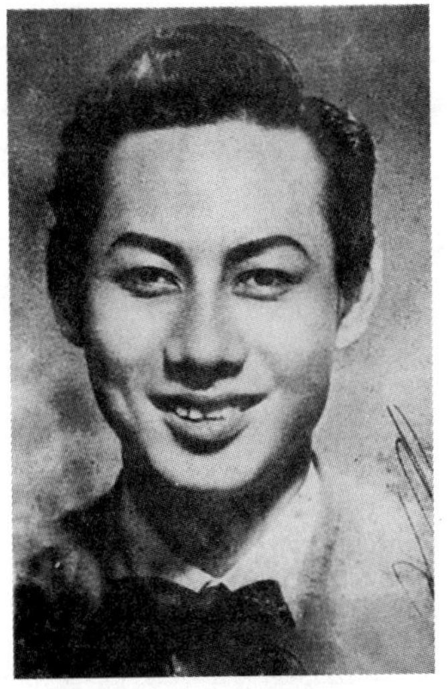

白云

① 白云（1918—1982），原名杨维汉，生于马来西亚一个富商家庭。1937年抗战爆发，他回国想参战，却成了一名演员。白云一生演出超过百余部国语、粤语电影，被誉为中国的“华伦天奴”。1965年，白云赴台，打算重振演艺事业，但失败了。1982年8月被发现死在日月潭湖边的一个小亭子里，衣袋里的遗书表明自己身患癌症，又难耐晚年孤凄，只得以自杀了此残生。

为我亲眼看到了他的老，是因为我亲眼看到了他无言地承受了观众们丢给他的冷漠，是因为白云这两个字在我们的耳朵里听来已经那样遥远、那样陌生……他的一生就像他的艺名白云那样漂泊不定，那样变化无穷，为了这些他不相信有永恒，他不相信有完美，他不相信有三世轮回。多年来他始终记住贾宝玉说的，任他吹皱一池春水，我只取一瓢而饮之。

我不晓得白云饮下的那一瓢是什么，我只晓得他是个寂寞的人，是个很坚强地想要活着的人，可是最后他自杀了。

大家看1982年8月31号台湾报纸的标题：

老演员白云走得凄凉　影剧界惋悼感慨颇深

白云走了，过往恰似一片烟岚，死掉了。他活着的时候，我有个机会跟他认识。那时候他做财神大酒店怀湘楼的副经理，有一次我跟胡因梦去吃饭，有个人走过来，递了张名片给我，原来就是白云。他问可不可以坐下来跟我们谈谈，我们当然欢迎，就坐在一起谈了一下。后来胡因梦写了篇很动人的文章《问白云》，里面谈到“白云最后本身除了满腹的感触与怀旧之外，过桥过得并不算失败”。什么叫过桥呢？电影明星从掌声回归平淡叫作过桥。过桥成功了，我们要庆贺，要祝福他；过桥失败了，我们要哀悼他，因为常常他就自杀了。

演艺人员对掌声的起落、人情的冷暖比一般人敏感得多。我的好朋友邓育昆[①]是电视公司的编剧。他说一个剧编成功以后，你走进电视公司，大家会欢迎你，开香槟酒庆祝；可是如果这个剧失败了，演出不理想，进门

---

① 邓育昆（1946—2011），台湾著名编剧，琼瑶剧女郎刘雪华的老公。1976年以电影《梅花》荣膺第十三届金马奖最佳编剧。2011年7月4日在上海坠楼身亡，时年六十五岁。

的时候理都没人理你。这个行业就这样残酷，除非你特别优秀，否则很难面对。

大家看好莱坞大名鼎鼎的女明星费雯·丽[①]，年轻的时候这样漂亮，演《乱世佳人》和《埃及艳后》的时候这样漂亮，可是老了以后变成这个样子。她还算好的，过桥过得比较慢，老了之后也能演一些电影，虽然风华绝代的程度赶不上当年，可是总算有一个好的收场。

年轻时的费雯丽

一般说来，明星很难有这么好的收场的。比大我一岁的法国性感明星碧姬·芭铎[②]（昵称BB），现在还活着，可是怎么活着呢？家里面没有镜子了，她把镜子全消灭了，不照镜子，干什么？自己不敢看自己，自己不敢面对自己，年

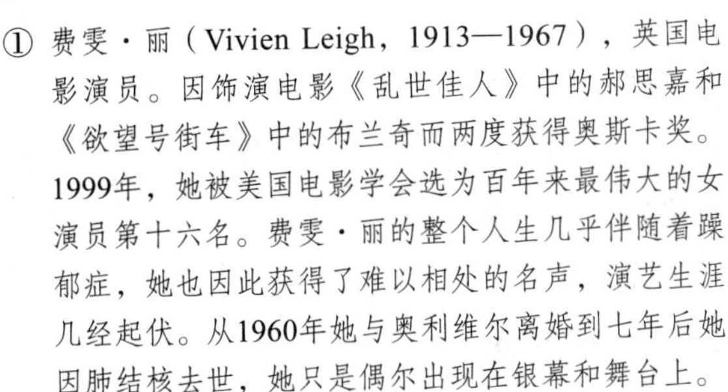

① 费雯·丽（Vivien Leigh，1913—1967），英国电影演员。因饰演电影《乱世佳人》中的郝思嘉和《欲望号街车》中的布兰奇而两度获得奥斯卡奖。1999年，她被美国电影学会选为百年来最伟大的女演员第十六名。费雯·丽的整个人生几乎伴随着躁郁症，她也因此获得了难以相处的名声，演艺生涯几经起伏。从1960年她与奥利维尔离婚到七年后她因肺结核去世，她只是偶尔出现在银幕和舞台上。

② 碧姬·芭铎（Brigitte Bardot，1934— ）法国电影女明星，被称为“性感小猫”。BB少女时代便以美貌闻名，被时尚杂志ELLE发掘并担任模特。1952年，她出演电影《穿比基尼的姑娘》，一举奠定性感女神的地位，使得比基尼迅速流行。1956年，她出演电影《上帝创造女人》，大胆暴露的表演使她在美国的知名度急剧上升，与玛丽莲·梦露并称西方流行文化的性感象征。1973年，BB宣布息影，此后成为积极的动物保护主义者。

费雯丽晚年

年轻时的BB

晚年的BB

华老去。BB晚年开始走动物保护路线，做得也不错。她的邻居也是动物保护人士，有一次出门前把一头公驴托给她照顾，结果这头公驴到了BB的花园里，看中了BB家的母驴，当然公驴就打母驴的主意了……最后BB把公驴阉掉了，惹来一场官司。——可见他们这种动物保护的心态到了怎样离奇的程度！换句话说，她的过桥发生了严重的困难。

我拉拉杂杂讲这些，无非是看到台湾一位演艺人员上吊自杀而引起的联想。他为什么自杀啊？据说一个重要原因是他已经三年接不到通告了。什么叫通告？好比五点五分进棚开戏，要给你个通知单子，三年接不到通告就是“过气”了，没人请你演戏了。可是当他上吊成了大新闻以后，他的好多朋友忽然冒出来，赞美他，歌颂他，七嘴八舌地谈论他的感情问题……请问，他生前有这么多朋友照顾他吗？没有，死了以后才冒出来的。从这儿可以看出这个行业的人情冷暖，因为媒体的焦点在他身上，好多人就想办法挤进闪光灯下。这批人很灵活，也很善于表演，可是当掌声不再的时候，当人情冷暖浮动的时候，他们常常会无法面对问题，最后走上绝路。

职业造就性格

这个世界在变，中国在变，当年很多你敌我友的恩怨情仇也在变，好比1949年蒋介石被共产党打到台湾来以后，很多年都在有意营造一种仇恨情绪——反共抗俄。他们认为中国共产党是苏联支持出来的，而《雅尔塔协定》把中国的外蒙古给骗走了，所以恨苏联人。

当年我被国民党特务监视的时候，美国《纽约时报》的记者包德甫（Fox Butterfield）有一次来看我，问我有什么消息可以给他。我说消息都是公开的，只要你会发现。他说，怎么会是公开的？我说你注意电话号码簿里各机关单位的名字，有一个衙门忽然变了，去年是“中华妇女反共抗俄联合会”，今年变成“中华妇女反共联合会”，“抗俄”两个字不见了，有不有趣啊？这就是情报，这就是新闻。

“中华妇女反共抗俄联合会”是蒋介石的太太宋美龄主持的一个机关——丈夫反共抗俄还不算，我老娘也来搞一个。它名字的变化被我这样细腻的头脑发现以后，《纽约时报》的记者赶快去查。过了几天，查出来了，原来“中华民国驻日本大使馆”有一天忽然收到请帖，说要开国庆酒会，邀请他们参加。一看是哪个国家的国庆酒会呢？U-S-S-R，苏联。台湾“驻日大使”就去问，你们是不是搞错了，我们还在反共抗俄，还在拿你们当敌人啊，怎么你们会给我们发国庆请帖呢？苏联那边说，没错，就是给你们的，一点没给错。

这个消息立刻传回台湾。蒋介石一看，苏联在向我抛媚眼嘛，那我当然要有反应啦，我也向它抛个媚眼。什么人最适合抛媚眼？女人嘛，叫我老婆蒋宋美龄把她衙门的“抗俄”两个字拿掉，回应你们苏联的媚眼，看看你们的反应。就这样眉来眼去之间，“中华妇女反共抗俄联合会”改成“中华妇女反共联合会”。媚眼抛了以后，苏联派出来一个大特务Victor Louis（维克多·路易），到台湾见了曾在苏联留学的蒋经国和他的苏联太太蒋方良，并且安排蒋方良回她的故乡走一走，双方重叙旧好。

这个消息被《纽约时报》登出来以后，国民党傻眼了，怎么搞的这种事情都被你们查出来？然后开始否认，开始扯谎。——扯个屁谎啊，都被我们拆穿了！这就是我李敖的恐怖，能够从电话号码簿的比对之中查出来重要情报。

大家知道当年国民党在反共抗俄时代用的是什么样的制造仇恨和低级趣味的方法吗？有人扮演斯大林，把他五花大绑，颈后插个牌，上写“活捉史达林”——台湾翻译叫史达林；有人扮演毛泽东，照样五花大绑以后，写上“枪毙毛贼东”，毛泽东的“泽”字被改成“贼”字；旁边还五花大绑了一个女的，牌上写“妖妇蓝蘋”。“蓝蘋”谁啊？就是毛泽东的电影明星老婆江青（蓝苹）。“文革”时代大家都领教过这位电影明星的厉害。

“文革”中的江青宣传画

整个演出都围绕着国民党，做了一场五花大绑的戏，假装枪毙了苏联的领袖斯大林、中国共产党的领袖毛泽东和他的电影明星老婆。大家不觉得低级趣味吗？当然低级趣味。事实上，斯大林、毛泽东、蓝苹，都活得好好的，不是吗？可见国民党处心积虑、挖空心思所表达出来的“反共抗俄”是什么水准！

在这里我特别要谈到蓝苹，也就是江青。大家看江青在“文革”中权倾一时的样子，拿着红宝书，多么神气，多么恐怖！

电影明星会闯祸，什么原因呢？告诉你四个字：明星性格。明星有很多优点，可是这种镁光灯下生活的职业也决定了她的性格——用台湾这边的说法叫“作秀”，一举手一投足都觉得有人在看我，看我在表演，所以我一颦一笑都是戏，我的真面目是不能给人看到的。

在跟我前妻胡因梦的短暂婚姻中，我到过片场看他们怎样演戏。当导演说，哭！胡因梦就立刻把脸部肌肉稳定下来，情绪立刻培养出来，然后眼泪立刻哗啦啦地流出来。哪里要靠眼药水才能表演哭啊！好的演员可以立刻制造出眼泪，哭给你看。所以他们才是明星，而我们没有这种表演天才，才沦落到这地方一个人搞脱口秀，不是吗？

我说过，为什么很多电影明星自杀啊？职业决定了他们的性格，要靠掌声才能活下去，没有掌声这种人不能活。可是有了掌声就是演出，演出不是真的，所以我认为这批人是很虚假的一个族群，虽然长得漂亮又能说善道。为什么古代的皇帝身边要有弄臣呢？弄臣就是皇上家里养的电影明星嘛，要哭就哭，要笑就笑，极为可爱，使你快乐。

事实上，我们仔细观察可以发现，不光电影明星，每一行的人都有他职业的性格，好比台湾有个不要脸的人，名字叫作陈水扁，他就公开说他有律师性格。什么是律师性格啊？讨价还价，钻法律漏洞，占小便宜。当然律师性格中也有好的一面，譬如美国了不起的律师丹诺[1]，被称为“20世纪社会正义的代言人”，他永远站在正义这一边。美国总统林肯当年做律师的时候，替当事人辩护，最后发现当事人骗他，他怎么办呢？不干了，当你不诚实的时候，我不要为你辩护!

职业跟生活状态常常决定一个人的性格。有个笑话，一位美国参议员开会的时候睡觉，你把他推醒，他醒来第一个反应是说：“我反对。”为什么反对不知道，可是他的职业是“我反对”。台湾著名歌星费翔的妈妈当年是我的好朋友，一个非常优秀的女人。她到台湾来以后，被当成共产党政治犯抓到牢里，出狱以后就保持高度的警觉性。有一次我们几个朋友在房间里聊天，她开门进来看到屋里有一堆人，第一句话就说：“不是我。”为什么“不是我”？政治犯，惊弓之鸟，把一切责任先撇开，先说不是我，就好像参议员先说“我反对”一样。

我有个弟弟头脑非常好，比我小十岁，现在住在加拿大。我开玩笑说，过去台湾的国民党

丹诺

① 克莱伦斯·丹诺（Clarence Darrow，1857—1938），生于俄亥俄州，木匠的儿子，被誉为美国历史上最伟大的辩护律师，成功地代理过多起疑难经典案件，如《洛杉矶时报》大楼爆炸案、铁路工会罢工事件、娄伯和里波路谋杀案和进化论法庭辩论等。丹诺律师生涯的相当一部分用于无偿地为穷人和弱势群体辩护。他的名言是：“一个人在未定罪前，都是无辜的”，“我恨罪行，但从不恨罪人”。

比野狗还要多，可是我抓住机会压迫过两个国民党，一个是我的前妻胡因梦，她是国民党；另一个就是我弟弟，他也是国民党。我弟弟为我服务，受了我不少气，因为我很能干，也很凶悍，最后我弟弟在我的高压之下，苟延残喘，苟且偷生，终于全家移民到加拿大去了。去之前，他做生意失败，倒了我的钱，也倒了他朋友的钱，我骂他，他朋友也骂他。最后我弟弟在电话里跟我反抗，他说敖哥你骂了我一辈子，你不该付钱吗？那意思是我倒了你的钱没错，可是要折成你一辈子骂我的费用。我听了以后忍不住笑，心想这小子倒聪明，抓住了问题所在。可是后来我也噩梦初醒，以前我觉得我李敖可以一辈子这样骂人而不付代价的，我弟弟提醒我，你骂人你就要付钱。我弟弟一辈子以“李敖的弟弟”为职业，最后挨骂受气成了他所谓的职业性格。

名流很少是好人

英国哲学家罗素活了九十八岁，他一辈子坐过两次牢，常常有一些奇谈怪论出来，好比他有一篇文章讲“坏人为何得志”，很多事情好人做不成功，坏人反倒会成功，什么原因啊？我告诉大家，坏人得志，这是人间的一种现象，我们人间的很多现象跟我们所受的教育是不一致的；教育可能会说“善有善报，恶有恶报”，可是现实有时是“好人不得好死，坏人反倒得志”，为什么呢？这就是人生啊，这就是人间！

我李敖现在七十多岁了，我对人间的了解当然比年轻的时候更成熟一些。我讲过一句跟罗素很类似的话，叫作“名流很少是好人”。名流是什么啊？有一点点清望的、类似好人的那种人。可事实上这种人很少是好人，为什么我要这样说呢？因为在我们这个社会，纯粹的好人他很难爬起来，很难出人头地，很难做“人上人”，因为他太单纯了，太老实了；而名流有好人的面貌，又有很多手段、很多运气、很多机会，甚至做了很多坏事而被他遮掩住了，这种人常常会爬起来。

当然不是说每个名流都这样，但至少有个百分比。名流在社会里以德高望重的姿态出现，他的一个特色是不得罪人，有话好说，有求必应——至少形式上如此。可是这种名流在我李敖看来，是一种伪君子。好比台湾当年闹过一个笑话，《新生报》读者服务部出了一本书，名字叫《世界永久没战争》，作者爱德乐佛。爱德乐佛是谁呢？谁也不晓得他是谁。可是这本书出来的时候，台湾新闻界炒作，很多名流题字来推荐。推荐文章说：

> 《世界永久没战争》是以间谍小说的形式，又以我民族精神之发

扬，并特通过一个极曲折极有趣味的故事而献给读者的……该著作结构奇美，文笔流畅，情节动人，正义参天……因此小说不仅为一部极有价值的文艺作品，不仅于我反攻大陆含有积极性的促进功能，且对于我们四亿六千万苦难同胞所受的残酷浩劫而向世界做一极忠实的、极悲壮的报道，并对于联合国的安全理事会也可以权作一份有力的反共资料的参考，并特提高警觉，与自由世界的团结问题共赴此一危害人类的空前灾难……谨此略志数语，郑重推荐，中华民国一九五三年八月于台湾。

什么人推荐的呢？这可不得了了：于右任，当时所谓“中华民国”的“监察院”院长；何应钦，蒋介石以外的四星上将；吴铁城，“总统府”秘书长；阎锡山，前“行政院”院长；贾景德，“考试院”院长；周至柔，“参谋总长”；黄季陆，“教育部长”；徐傅霖，民社党头子；蒋匀田，民社党头子；陈纪滢，文艺协会头子；谢冰莹，女作家；苏雪林，女作家；方豪，教授、神父；董作宾，考古学家；王云五，“行政院”副院长、“考试院”副院长；梁实秋，名翻译家；王平陵，作家；罗家伦，“五四”健将、“考试院”院长；沈刚伯，台大文学院院长；何容，语言学家；毛子水，台大教授；英千里，台大教授；任卓宣，“反共专家”；胡秋原，“立法委员”；梅仲协，台大法律系主任；萨孟武，台大法学院院长；赵友培，作家；黄少谷，“行政院”副院长；陶希圣，“中央日报社”社长；牟宗三，哲学家；秦德纯，原北平市市长；邓文仪，国民党“总政治部”主任；沈昌焕，“外交部长”……

这个名单不胜枚举，结果出了纰漏。什么纰漏？谁是爱德乐佛啊？看起来像是洋人写的书，事实上根本没这个人！这完全是一本捏造的书，写得荒腔走板，可是有这么多名流签名盖章来推荐它，最后被雷震的《自由中国》杂志读者投书，揭发说你们这些名流到底看没看过这本书啊，有没有查查这本书值不值得推荐啊，你们就这样子草率地人云亦云地跟着签名盖印？

结果有些名流公开声明：我错了，我把推荐撤回……变成当年一个大笑料。这个笑料的形成就是我所分析的，这些所谓社会名流、社会贤达、有头有脸的人，他们的基本特色是不愿意得罪人；你有事求他的时候，他给你敷衍，给你搅和一阵，最后变得不负责任，闹成个笑话。你根本就没有好好看过这个书，对不对？对书的作者是谁都不了解，然后张三推荐李四推荐你也推荐，变成一个连锁性反应。当然这个连锁是很有心理技巧的，譬如第一个推荐人是于右任，国民党元老，他一签名，后面大家都跟进，不怀疑了。

蒋经国也发生过一个类似的事情。当年他在台湾炙手可热，叫别人捐钱的时候，第一个人捐了一百万，他在后面加个圈，变成一千万；第二个人一看，不好意思捐一百万了，也跟着捐一千万。所以募捐的时候，带头的这个人很重要，带头的如果是个小气鬼，捐得少，第二个第三个就跟着捐得少。蒋经国懂得这个心理，他一看第一个人捐得少了，就再给你加个圈、十倍，你敢吭气吗？你敢不捐吗？他这种捐钱的方法虽然很恶霸，可是他懂得人的心理。

同样地，于右任带头推荐一本书，大家一看，就都跟着签名签下去了。我李敖会不会干这种事呢？不会。为什么不会？因为我不人云亦云。虽然我也是有名的人，但是你叫我跟你联名，我不干！我在台湾没有一件事情是跟别人联名干的，只有一件事情我被人家联了名我不吭气，什么事情啊？台湾“立法院”有个规则，“立法委员”死了发讣告，所有同人的名字都要摆进去。人家家里死了人，把你李敖的名字挂一下，我也就算了，不要过问了。但是除了这件事以外，没有人敢用我李敖的名义做任何事，绝对不可以的，我一定追究到底。

当年台湾有名的歌手邓丽君死了以后，报纸上登出消息，说追悼会还没开始，一大清早李敖就来了，在灵堂里跟邓丽君打了招呼走掉了。大家就奇怪，你李敖跟邓丽君什么关系啊？怎么大清早跑去灵堂看她呢？我看到这个消息以后就追究，什么人敢这样子利用我的名义干这种事。我李敖早就声明过，四样事情——婚丧喜庆，我一概不参加。邓丽君死了属于丧事，我李敖当然不参加，这是我的原则。如果我参加了邓丽君的丧事，那我的好朋友张光锦将军的妈妈死了，我叫“张伯母”叫了几十年，伯母死了你都不去，你什么意思啊？所以这个事情我一定要更正。

后来发现台湾有一个名叫慈济的慈善团体，里面有位女士很佩服李敖，也佩服邓丽君，邓丽君死了，她觉得应该有个新闻出来让李敖去吊唁一下邓丽君，就发了这条假消息，而记者们也不加追查，就这样子公布了。可是碰到我这个人，对这种事是非追究不可的，因为我的名义不可以这样子乱用，并且我私下告诉大家，其实我并不喜欢邓丽君，我觉得她的脸太圆了。所以结论是，比起那些所谓的名流、所谓社会上有头有脸的人，我李敖对自己挂名干的事要严格、认真、负责得多，并不是我不通人情，而是人情不可以这样子滥用。

大家看前清翰林张元济[①]的一副对联：

言或自生天趣，事当曲尽人情。

什么叫作曲尽人情？很细腻、很婉转、很用心地把人情世故做到最好的状态，就叫曲尽人情。注意啊，这不是敷衍，而是一种境界。这件事该我做，我会做；如果不该做，我也会“曲尽人情”。举个例子，金陵刻经处讲到《百喻经》的印行因缘时说：“《百喻经》乃鲁迅先生施资刻印之本。”这个经是鲁迅捐出钱来刻印的。什么时候呢？民国三年秋。“九月，会稽周树人施洋银六十圆”，花了这么多钱来印佛经。请问今天赞美

---

① 张元济（1867—1959），字筱斋，号菊生，浙江嘉兴海盐人，出版家。生于书香世家，光绪朝进士，曾在总理事务衙门任章京。1902年，张元济进入商务印书馆，历任编译所所长、经理、监理、董事长等职。1959年病逝于上海。著有《校史随笔》等。

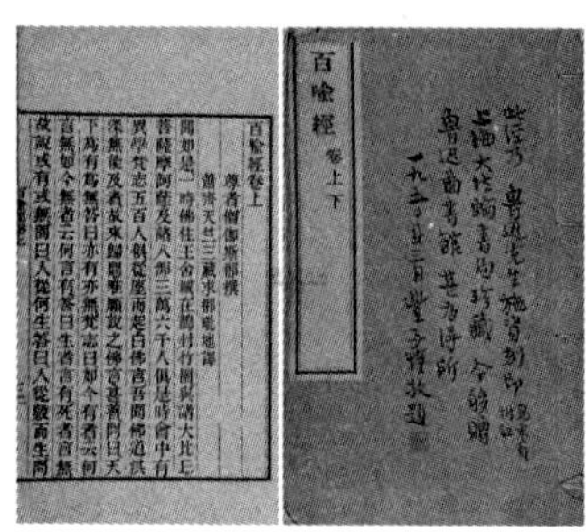

鲁迅1914年捐印的《百喻经》

鲁迅的人有没有想到，鲁迅这个钱怎么不捐给穷人，为什么要用来印什么佛经呢？

鲁迅捐钱印《百喻经》是1914年的事。那时候鲁迅还不是一个今天我们所赞美的思想家，他的头脑还相当旧式，认为印佛经可以赎罪或者有什么好处。告诉大家，如果我李敖生在那个年代，我不会印这些书，我会用这个钱去做更有意义的事。所以当我跟你一样有头有脸，成了所谓“名流”的时候，有些事我李敖可以做，但是我选择不做，这就是我“曲尽人情”负责任的部分。

好人半自躲中来

曾国藩写过一副对联：

> 世事多因忙里错，好人半自苦中来。

世界上的事情，很多都因为忙而做错了；人间的好人，有一半是从吃苦中磨炼出来的。我必须说，这副对联的下半句在我李敖看来，是错的！好人不是一半从苦中来，好人是一半从躲中来的。什么意思呢？好人其实是非常消极的、闪躲的。我们常常会看到一种场景：恶人、坏人在台上演戏，张牙舞爪；好人在家里叹气，无能为力。为什么呢？好人的一般特点是怕坏人，好人的性格是与世无争的、不惹是生非的、睁一只眼闭一只眼的。好人虽然有这么多问题，可是这个社会毕竟还要靠好人来维系。

大家看毛主席的一段话：

> 提高警惕，肃清一切特务分子；防止偏差，不要冤枉一个好人。[①]

这是毛泽东在1955年发出的一个讯息，但是“不要冤枉一个好人”在下面做得到吗？当订出一个制度，每个机关给我摊派，提供百分之五的“坏分子”，一百个人里面要有五个坏分子，名单交出来、报上来，请问

---

① 1955年5月12日，毛泽东在最高国务会议上提出“肃反”工作的方针：“提高警惕，肃清一切特务分子；防止偏差，不要冤枉一个好人。”

林海音

哪这么凑巧就有五个坏人啊？有一个机关只有三个人，三个人都是好朋友，忽然要交出百分之五的坏分子，怎么交呢？好，交一个好了，三个人里面报一个上去。怎么报呢？大家正在愁眉苦脸的时候，其中一个人跑去小便了，小便回来就变成“坏分子”，另外两个人把他报上去了。

告诉大家，做好人很难，叫好人做好事更难。大家看这个很富态的老太太，她的名字叫林海音[①]，台湾有名的作家，日据时代跑到北京念书，嫁给了一个北京人叫何凡[②]。何凡有一次跟我见面，指着我说，你李敖写文章闯祸有什么意思啊，你看看我何凡在《联合报》上每天写一篇专栏，连续写了十年，一篇文章都不出事，你李敖写了一两篇就闯祸，怎么搞的啊？我怎么说？我说你要不要脸哪，你是耍笔杆儿的人啊，你有这么好的机会可以在《联合报》上每天发一篇文章，十年三千六百多天，你没有把言论自由写宽一点点，没有把那些控制言论自由的大老爷的思想写开一点点，反倒夸耀自己的文章不会出事？

---

① 林海音（1918—2001），原名林含英，生于日本大阪，原籍台湾苗栗县，作家。主持《联合报》副刊十年，提携发现了大量台湾本土作家。晚年创办台湾第一个文学专业出版社“纯文学”。她自己亦从事文学创作，成名作为长篇小说《城南旧事》。

② 何凡（1910—2002），本名夏承楹，江苏江宁人，生于北平。来台后任《联合报》主笔，为《联合报》副刊写作专栏长达三十一年，完成了五百多万字的文章。

你丢不丢人啊？你太失职了，太可耻了，不是吗？你的文章太烂了、太没有影响力了，你还好意思来说我？这位何凡先生自己觉得自己是好人，做的是好事，可是在我李敖看起来，统统是狗屁！什么原因？好人怕事。

林海音有一个老师叫方豪[①]，是位神父，台大历史系的教授，也是我的老师。他在1935年我出生那一年当了神父，后来做到“国立政治大学”文理学院的院长。他在台大教我《宋史》的时候，跟我蛮谈得来的。我心里知道他是不愿意做神父的，因为他一喝醉酒就哭，一哭就抱怨，抱怨他小时候家里穷，父亲怎样在教会里做事，把他许愿到教会，他稀里糊涂地吃着天主教的奶水长大，最后稀里糊涂地在我出生那年做了神父。

方豪很用功，那时候神父要学拉丁文，方豪除了学拉丁文以外还学英文。教会不许他学英文，他就自己躲在厕所里偷偷学，所以他的英文是男厕所里学来的。他后来讲给我听，我就笑说，你们神父在厕所里面要做的事情可太多啦！

我必须说，这位方神父人格分裂，他一方面信天主教，靠天主教的奶水吃饭，自己还主持了一个教堂；另外一方面呢，他又常常写匿名文章来发泄他的不满。有一次他给香港《新闻天地》杂志写了一篇文章叫《台湾

① 方豪（1910—1980），字杰人，笔名芳庐、绝尘、圣老。原籍浙江诸暨，天主教神父、历史学家。出生于基督教圣公会家庭，十一岁入杭州天主教修道院，二十五岁晋升为神父，任教于浙江大学、复旦大学。1949年到台湾，任教于台湾大学、“辅仁大学”。1974年当选为“中央研究院”院士。1980年去世。著有《中西交通史》《宋史》《方豪六十自定稿》等。

挤挤挤挤》，其中有段话还骂到我[1]。后来有人跟我告密，说那篇文章是你老师方神父写的。我就找到方豪，我说我晓得天主教有很多内幕，尤其是最近复校的教会学校“辅仁大学”[2]里有很多内幕，你神父近水楼台就请帮我写一点吧。他说这怎么可能呢，我是神父啊，我怎么会写教会的坏话呢？我说那你为什么在香港写《台湾挤挤挤挤》，化名写文章还骂到我，难道我不知道吗？他吓了一跳，说你怎么知道？我说，我就知道，并且我还要揭发你。他说，不可以不可以。我说，那好，请你把“辅仁大学”的内幕写出来，我匿名给你发表。他没办法，就写了，写得真好，把天主教的内幕写得非常生动。

当时天主教的枢机主教田耕莘[3]看了之后大怒，说这是谁写的？你们给我查！旁边的人众口同声说，这篇文章只有一个人写得出来，就是方豪，找他没错。消息传出来，方豪赶紧找我，说可不得了，他们要把他抓

---

① 方豪神父在《台湾挤挤挤挤》一文中写道：“在青年人之间，这里挤，那里挤，处处碰壁，最后以倒数第二名，挤进台大历史研究所的李敖，再也忍不住了，喊出‘老年人不肯交棒’‘青年人无棒可接’的怨声，其实这呼声是被挤出来的。这个孩子，小有聪明，崇拜胡适，近于狂热，写得一笔胡适体的字，染上许多五四时代派胡适的思想，也不知道他从哪里读了许多禁书。在台湾出版界，近来突然挤进了一个销路并不太大的文星杂志，李敖便在第九卷第一期（五十年十一月）发表了《老年人和棒子》这篇文章，结结实实地在许多老年人头上打了一棒，最爱护他的姚从吾（从文章上看出来他和姚先生似乎是同在一个研究室工作）和‘为青少年陈情’的曾约农，都逃不掉他那无情之棒，他最尊敬的胡适之和梁实秋，也受他一点揶揄。……哎！假如李敖能挤入台大助教行列，或挤进中研院当个助理研究员，何至于搞得天下大乱。”

② “辅仁大学”前身为1913年英敛之创办的辅仁社及1925年美国本笃会主持的北京公教大学。20世纪初，辅大曾与北大、清华、燕京并称北平四大名校。1949年后，辅大被接管，后并入北京师范大学。1961年，梵蒂冈方面与台湾的天主教会协力在台湾建校。“辅仁大学”目前列为全台规模第三的全科性综合大学。

③ 田耕莘（1890—1967），字聘三，山东阳谷县人。自小接受天主教洗礼，曾担任天主教北平总教区总主教、台北总教区署理主教，为天主教第一位亚裔枢机主教，也是第一位非白种人枢机主教。“辅仁大学”在台建校后，出任第一任董事长。

出来了。我说抓出来大不了破门律[1]，把你赶出来算了，没什么了不起。他说不行，我这个神父的皮如果不披着，一辈子就毁掉了。他说你一定要救我，他们问到你，你要掩护我，说是你写的，不是我写的。我说好。

果然第三天，教会派了一位神父来找我，说李先生，你是《文星》杂志的主编，这篇文章发表在《文星》上，我们知道是方豪神父写的，请你提供原稿。我说对不起，这篇文章是我写的，跟方神父没有关系。对方说，不可能是你写的，虽然你的文章写得好，可是这里面涉及天主教的很多内幕，很多肮脏、丢人、黑暗、见不得人的事，只有方豪知道，请你李先生帮助我们，否则的话，我们就要告你。我说告我可以，你没告我之前，我先公布一个名单，把全台湾天主教同性恋神父的名单公之于众，你还敢告吗？

他吓死了，跑回去跟枢机主教田耕莘报备，说李敖惹不起。这时候他们又把方豪叫来："跪下！向玛利亚发誓，文章不是你写的。"方神父应声跪倒，说文章绝不是他写的，赖得一干二净。最后这场风波总算过去了，方豪偷偷跑来看我，说，李敖，吓死我了，差一点被天主教开除，你逼我做了一次好人好事，可是我从此再也不要做了，吓死人了。

我讲这个故事干什么？告诉大家，很多好人做好事是我们逼他，他才做得出来的。《富兰克林自传》里有个故事，说当年很多清教徒从欧洲坐船到美洲来寻找新天地，那时候没有轮船，帆船走得很慢。有一天他们遇到一艘海盗船，海盗要来抢他们，这时候这些清教徒吓得都跑到船舱底下去了，把他们的仆人和那些不信教的人留在甲板上。干什么？我们是清教徒，我们是和平主义者，我们是不打仗、不打架、不动刀枪的；可是你们是仆人啊，或者你们不信我们的教，你们可以去打仗，可以去动刀弄枪，可以留在甲板上跟海盗作战来保护我们。换句话说，这些清教徒是好人，但也是伪君子，他们并不敢真正面对问题。可是我必

① 破门律是教会开除教徒教籍、废黜教徒和放逐教徒的处罚律令。

须说，伪君子不全是坏的，伪君子有时候就是我们所了解的一般的好人。当伪君子有机会做好事，或者我们逼他做好事的时候，他也会抛头露面做一件好事。

《战国策》里有个故事，公元前262年，秦国军队围困了赵国的都城邯郸，这时候有个了不起的义士叫鲁仲连[①]，他用三寸不烂之舌把秦国军队给说退了，救了赵国。后来赵国的国家领导人要答谢他，送他礼物，他不要，说收礼物那是商人干的事，我不干，最后悄然而去。司马光在《资治通鉴》里记载了一段：

> 魏安釐王[②]问天下之高士于子顺[③]。子顺曰："世无其人也；抑可以为次，其鲁仲连乎！"王曰："鲁仲连强作之者，非体自然也。"子顺曰："人皆作之。作之不止，乃成君子；作之不变，习与体成，则自然也。"

魏安釐王问孔子顺，普天之下什么人最高明？子顺说，世界上没有第一流高明的人，如果退而求其次，公元前262年把秦军说退的鲁仲连算是一个高人。魏安釐王说，鲁仲连是强迫自己这样做的，是装腔作势硬干出

① 鲁仲连，战国时齐国人，生卒年代不详，钱穆推算约为公元前305年至前245年。秦国攻打赵国时，鲁仲连一席话使秦军退军五十里。事后平原君欲封赏鲁仲连，他辞让再三，终不肯受。《汉书·艺文志》有《鲁仲连子》十四篇，今逸。苏轼说："仲连辩过仪、秦，气凌髡、衍，排难解纷，功成而逃赏，实战国一人而已。"

② 魏安釐王（？—前243）姬姓，魏氏，名圉。魏国第六代国君，魏昭王之子，其异母弟弟信陵君为"战国四公子"之一。秦国在长平之战大败赵军后，围攻赵国国都邯郸。信陵君的姐姐是赵国平原君赵胜的妻子，多次写信请求两个哥哥援救赵国。魏安釐王慑于秦国的实力，只派出军队虚张声势，不敢与秦军交战。信陵君不得已定计盗取了魏安釐王调动军队的兵符，指挥魏国大军逼退了秦军。这件事后，信陵君怕魏安釐王恼怒，不敢回国，自己与门客居留赵国达十年之久。

③ 孔斌，字子顺，孔子六世孙。魏王闻其贤能，遣使者奉黄金束帛，聘以为相。

来的，不是自然而然天生就是高人。子顺说，大家都要强迫自己做一些事情，假如这个人做好事做个没完，他就会变成君子，他的习惯会跟他的天性渐渐融合，变成一回事，自然而然就成为高人了。换句话说，这个人他本来不要做好事的，可是你逼他去做，强迫他去做，他也举手之劳弄假成真，然后做一件好事又做一件好事，没有时间停下来去做坏事，也没有机会把他好人的面具拿下来，最后一路这样做下来，他的造型跟他的行为就变成一回事了，真的成了好人。

这就是我所说的“好人半自躲中来”，他藏在那儿，他胆小、怯懦、伪善，你逼他、推他、鼓动他去冒险，因缘际会之下他也会做出一件好事；然后一次又一次，弄假成真，最后这张脸改不回来了，真的变成好人了。可是你逼他要有技巧，像我能够逼方豪神父，是因为找到了他的弱点。我硬要把他摆到第一线，他也只好硬着头皮上。

所以我认为逼好人做好事是很重要的，听任好人自然而然地去做好事是错误的。我李敖一辈子不相信好人可以自动做好事。一般的好人，你要逼他、捶他、打他、推他、恐吓他，他才会为我们做好事，看起来很勉强，可是勉强久了之后弄假成真，他就会变成一个真的好人。否则，好好好，只是嘴巴上的，是不够的。请大家记住这句话，“好人半自躲中来”，并且记得使好人不躲的方法就是逮着他，逼他上前线。

知人论世的公道标准

我们每个人都难免有一些不可告人的事，所谓“不可告人”并不一定卑鄙无耻，而是有些事不愿意让别人知道。可是有时候这种资料会在你意想不到的时候自己泄露出来，好比美国总统杜鲁门[①]，一般都认为他是一个比较平庸的总统，后来才发现这人其实很有性格，也很有美德，所以对他死后的评定越来越好。

杜鲁门家里有三口人，他、他太太[②]和他女儿[③]。他太太很低调，在美国历届总统夫人里，属杜鲁门太太最低调。他女儿是一个歌唱家。有一次一位评论家写文章批评他女儿唱歌唱得不好，杜鲁门大怒，直接写了封信对这个人说，我女儿歌唱得很好，你小子说我女儿唱得不好，我很生

---

① 哈里·S.杜鲁门（Harry S. Truman，1884—1972），美国第三十三任总统。一战时曾任炮兵在法国作战，退役后进入政界。1945年4月罗斯福总统病逝，时任副总统的杜鲁门接任总统，并于1948年取得连任。杜鲁门执政期间，国内政绩平平，国际上大事却频频发生，如制定联合国宪章、接受德国投降、决定在广岛和长崎投放原子弹、提出“杜鲁门主义”、批准“马歇尔计划”、订立北大西洋公约、建立中央情报局、发动朝鲜战争等。1953年杜鲁门离开白宫过起退休生活，1972年底病故。著有回忆录《试验和希望的年代》。

② 即伊丽莎白·维吉尼亚·华莱士·杜鲁门（Elizabeth Virginia Wallace Truman，1885—1982），昵称贝丝·杜鲁门（Bess Truman），自1945年至1953年为美国第一夫人，也是美国历史上最长寿的第一夫人，去世时享年九十七岁。

③ 玛丽·玛格丽特·杜鲁门·丹尼尔（Mary Margaret Truman Daniel，1924—2008），早年活跃于娱乐界，立志成为歌手。1950年12月，她在一次表演后遭到《华盛顿邮报》音乐评论人的批评，杜鲁门大怒，立刻写信给这位评论家，“要是让我抓住，我会敲掉他的下巴，踢出他的肠子”。后来玛格丽特改行写作，出版了不少有关白宫和父母生平的书，晚年则创作了多本畅销悬疑小说。

气，我警告你，不要叫我看到你，看到你我就要揍你。

这封信曝光以后，大家觉得好好玩，你杜鲁门是美国总统啊，你知道什么是言论自由啊，言论自由的一个重要条件是你可以批评我，我要容忍，怎么人家说你女儿歌唱得不好你就要揍人家呢？可是仔细想想，又觉得有道理，他是总统，你批评他，他可以忍耐，可是涉及他心爱的女儿，他就要抱以老拳了，这种爱女儿的精神也是美国牛仔的性格之一。后来这个评论家又写文章赞美了他的女儿，杜鲁门写信去道谢，成为一段佳话。

杜鲁门

杜鲁门这个人快人快语，他下台以后，政权转移给艾森豪威尔[①]。他不喜欢艾森豪威尔，后来写完回忆录不甘心，觉得有些话还没有说，就把一些杂七杂八的问答集合起来出了本书叫*Plain Speaking*：*An Oral Biography of Harry S. Truman*（《杜鲁门口述传记》），里头提到艾森豪威尔

艾森豪威尔

① 德怀特·大卫·艾森豪威尔（Dwight David Eisenhower，1890—1969），美国第三十四任总统（1953—1961）。二战中，他担任盟军在欧洲的最高指挥官，布置诺曼底登陆及攻占德国等重大军事行动。战后出任北大西洋公约组织武装力量最高司令。1952年代表共和党竞选总统成功，并取得连任。1969年因心脏病去世，终年七十九岁。他的遗言里有一句话：“我始终爱我的夫人！我始终爱我的儿子！我始终爱我的孙子！我始终爱我的祖国！”著有回忆录《远征欧陆》《白宫岁月》等。

一段故事。第二次世界大战的时候，艾森豪威尔在欧洲带领英国、法国、美国这些部队跟德国人打仗，英国人找了一个漂亮女人做他的司机，这女人极有姿色，并且是个小寡妇，丈夫在前方作战死了。久了以后，艾森豪威尔就跟她有了男女之情。战争过后，他写信给上司马歇尔将军说，我要回美国跟我老婆离婚，跟这个英国女人结婚。马歇尔就臭骂艾森豪威尔，说如果你想变心，想弃妻别娶，我马歇尔叫你一辈子完蛋！艾森豪威尔被吓住了，不敢闹了，到此为止，跟那个英国女人拜拜。

杜鲁门说我不喜欢艾森豪威尔，可是我当总统的最后一件事是把国防部档案里有关艾森豪威尔给马歇尔写信的卷宗全部毁掉。在这些信里，艾森豪威尔表示不要发妻，要娶英国女人，整个故事被杜鲁门封住了，并且在回忆录里也没有写出来，最后却忍不住在这种八卦书里抖搂出来，证明什么？证明有些黑资料虽然掩饰掩饰再掩饰，别人也帮你瞒瞒瞒，可是最后还是会曝光。

人间有很多这种情况。《亚洲周刊》报道，得到诺贝尔文学奖的德国作家格拉斯[①]有过纳粹经历，他自己也承认十五六岁的那段往事是生命中的一个污点，当时他并没有罪恶感，但是后来渐渐感到羞愧。什么事呢？格拉斯十五岁的时候，闹着要离家当兵，小男生都有叛逆情结。当时德国举国若狂拥护希特勒，他跑去当兵就被编到希特勒党卫军里，成了领袖贴身

---

① 君特·威廉·格拉斯（Günter Wilhelm Grass，1927—　），德国作家，代表作为但泽三部曲（*Danzig Trilogy*）：《铁皮鼓》《猫与老鼠》《狗年月》。瑞典皇家科学院1999年授予他诺贝尔文学奖时，认为他的作品“以嬉戏中蕴含悲剧色彩的寓言描摹出了人类淡忘的历史面目”。2006年，格拉斯自爆十几岁时曾是希特勒武装亲卫队的成员，给世界文坛扔下一颗重磅炸弹。德国历史学家米夏埃尔·沃尔夫松批评说：“格拉斯作为道德说教者的一生，已经因为持久的沉默而一钱不值。”波兰前总统、诺贝尔和平奖得主瓦文萨表示：“无法原谅格拉斯过于推迟的忏悔。”格拉斯接受采访时为自己辩护：“我知道那是耻辱，六十年来我一直把这段历史视为耻辱，并努力忏悔。对战争的反思也定义了我后来作为作家和公民的行为方式。”

格拉斯

部队SS①的一员。SS臭名昭著，做了很多坏事，包括杀犹太人等等。这位诺贝尔文学奖得主承认他当年追随过希特勒，加入了SS，自己把自己的黑资料曝光了。

可是大家想想看，一个十五六岁的孩子，在举国若狂拥护领袖希特勒的时候，他能有多少辨别力来做一个清醒的选择和判断啊？如果当年他做了一个糊涂的选择，那他的余生要不要带着这种原罪、这种痛苦、这种回忆，一直内疚到今天？我认为一个十五六岁的少年不应该受这么多压力。格拉斯晚年对这件事做了澄清，可是澄清得太过度了，我觉得当面对整个社会和群众的疯狂和错误时，个人要承担多少责任是值得检讨的。

我李敖在台湾最得意的一点是什么，大家知道吗？我从来没有加入过国民党。有人说，这会变成一件光荣的事吗？为什么啊？大家想象不到，当年加入了国民党就可以吃香的喝辣的，占很多很多便宜，而不加入国民党要吃很多很多亏。照着中国古代哲学家的说法，“有之不必

① SS即纳粹党卫军的简称。党卫军从成立那天起就只效忠于希特勒一人，直到纳粹倒台。欧战爆发后，党卫军分为三种，第一种负责“处理”犹太人、看守集中营；第二种是武装党卫军，属野战部队；第三种是盖世太保，负责镇压反抗者和反对派，也参与集中营事务。

然，无之必不然”[1]，你有这个国民党党证没什么了不起，因为国民党像野狗一样多，并不稀奇；可是当你没有这个党证时候，你就麻烦了。为什么你不入党啊？你是不是对政府有意见啊？你是不是异见分子、共产分子、“台独”分子或者其他什么分子？你会被怀疑，被排斥，被不断地找麻烦。

我李敖当年就这样子啊。我在部队当预备军官的时候，上面的排长、连长通通是国民党，下面的组长、班长也通通是国民党。他们开党会的时候不晓得把我放在哪里，说李排长你不是党员，现在你到福利社去吃碗冰好不好。——那意思是你不要妨碍我们，我们要开会。

不是国民党给我带来了很多麻烦、很多怀疑、很多不方便，也失去了很多机会，可是我一辈子始终引以为豪的是我没有加入过任何党。我必须说，对那些跟我同年龄的、做了国民党的人，我对他们充满了谅解，为什么？人总要生存啊，不能要求每个人都像你李敖这样子硬骨头、这样勇敢啊。当年台湾年轻人加入国民党的比例高得不得了，就像希特勒盛极一时的时候，几乎所有德国人都效忠他，不是吗？何况十五六岁的格拉斯！所以后来出现一个现象，当英国人、美国人联手把德国人打垮之后，想在德国找一个有头有脸的、不屈服于希特勒的人来做号召，找了半天只找到一个老头子叫阿登纳。他以前做过科隆市的市长，因为不跟纳粹合作被整得很惨，妻离子散，自己坐牢，后来逃到修道院。那时候他没有希望，因为希特勒几乎统治了整个欧洲，可是他就是不屈服。结果阴错阳差，希特勒垮了，纳粹垮了。

这证明什么？证明人在成长的过程中，当整个群体都在做一种错误的选择时，当多数人都活在一种标准底下时，这时候如果能有人站出来搞特殊，能拒绝去做一些大家都习以为常的事，就会显示出这个人的了不起。

---

① 出自《墨辩·经说上》：“故：小故，有之不必然，无之必不然。体也，若有端。大故，有之必无然，若见之成见也。”意思是：一样东西有它不一定能成事，但没有它一定不能成事。

这也是我佩服法国戴高乐将军[①]的原因。当年法国在德国的闪电战之下，巴黎沦陷了，全国投降了，可是他不肯投降，搞出来“自由法国”运动，出来跟德国人对干！这就是高人一等，这就是特立独行，不是吗？我们要特别赞美这种行为，要向他顶礼。可是像格拉斯这样子的污点，我觉得也不必苛求，可以谅解嘛。这才是知人论世的公道标准。

① 夏尔·安德烈·约瑟夫·马里·戴高乐（Charles André Joseph Marie de Gaulle，1890—1970），法国军事家、政治家。参加过一战。二战爆发时，他只是一个上校，1940年晋升为准将。法国投降后，戴高乐在英国组织“自由法国运动”，号召法国人继续抵抗。1944年法国解放后，戴高乐短暂出任临时政府首脑，后因反对总统没有实权，与“左翼”斗争失利后辞职。1958年，戴高乐因阿尔及利亚战争重返政坛，制定新宪法，成立法兰西第五共和国第一任总统。1965年成功连任，1969年因公投失利辞职。1970年病逝。

雕塑家罗丹

“老虎总理”克里蒙梭

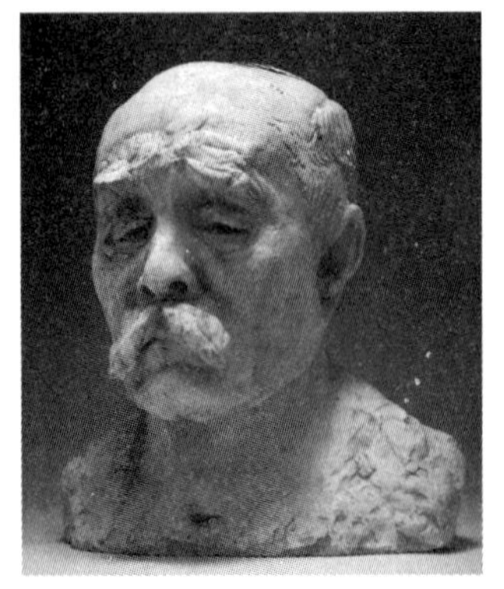
罗丹为克里蒙梭雕塑的头像。据说克氏本人并不喜欢这个作品，觉得把他雕成了拿破仑时代的老兵，不同意在沙龙中展出

要清白请长寿

法国有一位有名的艺术家罗丹[1]，他的作品里有一件克里蒙梭像。克里蒙梭[2]什么人呢？他做过两任法国总理，外号“老虎总理”。第一次世界大战的时候，德国人怎么样打法国都打不下首都巴黎，是克里蒙梭把巴黎守住了。第二次世界大战，德国人很轻易就把巴黎打下来了，那时候克里蒙梭已经过世了。他活了八十八岁，是非常有毅力、有个性的一个人，可是他生平最怕什么大家绝对想不到——他最怕打针，住院的时候每次打针都痛苦不堪。

克里蒙梭除了在第一次世界大战中救了法国以外，他本身也是一位非常主张正义的人。那时候德国人反对犹太人，认为犹太人非常可恶，可

① 奥古斯特·罗丹（Auguste Rodin，1840—1917），法国艺术家，西方雕塑史上划时代的人物。代表作有《思想者》《青铜时代》《吻》等，并有《艺术论》传世。

② 即乔治·克列孟梭（Georges Clemenceau，1841—1929），人称“法兰西之虎”。1906年至1909年担任法国总理。一战爆发后，以七十六岁高龄再次出任总理，带领协约国作战。战后签订《凡尔赛和约》，主张严惩德国，要其“赔至最后一个马克”。

是大家不要忘记，反对犹太人不是德国人的专利，更早的时候法国人也反对犹太人，法国军方就出过一件反对犹太军官的丑闻叫“德雷福斯案”[①]。

德雷福斯是一名犹太军官，被人冤枉“叛国”，泄露军事机密给德国人，军事审判后，军方把他送到南美洲一个岛上关起来——法国叫“魔鬼岛”，很像台湾地区的“绿岛”。文学家左拉[②]实在看不过去了，觉得怎么可以制造冤狱把这个可怜的犹太军官关起来呢，就开始替德雷福斯写文章申冤，最后引起军方和反犹团体的反弹。军方打击左拉，判了他一年徒刑，他不愿意服刑，逃亡到国外去。当时主持正义刊登左拉文章、替犹太军官打抱不平的报纸就是克里蒙梭所办的《曙光报》。

后来克里蒙梭慢慢做到法国总理，下台之后继续办报，又办了一份《自由人》报。这个报于1913年创办，1914年9月就被查禁了。查禁两天以后，他又办了一个《桎梏人》报。什么意思啊？“在足曰桎，在手曰梏”，戴着脚镣手铐不自由嘛，等于讽刺政府查禁报纸，打击言论自由。

---

① “德雷福斯案”（Dreyfus affair）是19世纪末20世纪初法国最为喧腾轰动的案件。1894年，法国犹太裔陆军参谋总部专属炮兵上尉艾弗雷·德雷福斯（Alfred Dreyfus）被控出卖国防机密给德国，判处无期徒刑，在魔鬼岛上终身监禁。1896年，情报机关查出一名德国间谍与此案有涉，德雷福斯无罪。但是军事法庭不但无意纠错，反而极力掩盖事实真相，调离该情报机关负责人，判处真正泄密的德国间谍无罪。随后，左拉等文化人士起而纠举有关单位对德雷福斯的阴谋诬陷，引发军方与反犹人士的强烈反弹。1899年此案重审，为安抚军方与反犹人士，再度判处无辜的德雷福斯有罪，后又转圜余地，使德雷福斯接受法国总统道歉并获得赦免。1906年此案撤诉，德雷福斯终于恢复了清白。

② 埃米尔·左拉（Emile Zola，1840—1902），19世纪法国最重要的作家之一，自然主义文学的代表人物，也是法国自由主义政治运动的重要角色。著有《卢贡-马卡尔家族》《四福音书》等。德雷福斯案发生后，左拉挺身而出，接连发表《告青年书》《告法国书》以及致总统的公开信《我控诉！》，为德雷福斯鸣冤，在社会上引起强烈反响。军方恼羞成怒，以“诬陷罪”起诉左拉，判处他一年徒刑和三千法郎罚金。左拉被迫流亡英国，一年后返回法国，继续与军方斗争。直到1906年，即左拉逝世四年后，蒙冤长达十二年的德雷福斯才获得正式昭雪。

我们中国也有这种例子。死在台湾的于右任，年轻的时候是一个革命分子，老了变成老顽固，在台湾做所谓的“监察院”院长。这就是美国诗人弗罗斯特[①]所说的，我在年轻时不敢做一个激进派，是怕我年老时变成保守派。为什么？丢人现眼嘛，所以宁可年轻时不要那么激进。于右任当年办了一份报纸叫《民呼报》，《民呼报》被查禁以后，他改办《民吁报》。“吁”是叹气的意思，我呼唤你不让我呼唤，我就办个报纸叹气。“吁”字比“呼”字少两点，等于两只眼睛被挖掉了，可见古往今来东方西方都有人用这种方法跟政府斗争。

德雷福斯这个事前后闹了十二年，最后经过大家的斗争，法国政府把德雷福斯放出来了，还补偿他，本来你不是上尉嘛，好，现在给你升为少校，后来又升成中校，等于和解了。克里蒙梭就有意见，说当年我们这么样替你喊冤，替你呼吁，替你斗争，怎么这么轻易你就跟政府和解了呢？原来这个犹太军官根本就是个凡人，并不是英雄，他稀里糊涂地被人家整了十二年，现在有机会放出来，给他勋章来做补偿，他觉得也可以接受。

我李敖在台湾白色恐怖时期也坐过牢，后来政府愿意赔偿点钱，赔给我两百八十万。我把支票拿回去给我太太看，我太太问，别人赔多少钱呢？我说坐三十年牢或者被枪毙的赔六百万，相当于一百五十万人民币。我太太就笑，说现在枪毙还来得及吗？这当然是开玩笑。赔钱之外，他们还送了我一枚勋章，我给丢回去了。谁要你的勋章啊？你有什么资格给老子发这鬼东西啊？换句话说，我根本不承认你这个鬼政府有资格给我发勋章。

德雷福斯死在我生那一年，1935年。他使我想起日本有个人叫吉田石松，他在1913年被人冤枉，说他杀了人，关了7880天，1935年3月才假释

---

① 罗伯特·弗罗斯特（Robert Frost，1874—1963），美国诗人，四次获普利策奖。著有诗集《新罕布什尔》《又一片牧场》《一棵做证的树》等。

出狱。又过了大约三十年，到1963年他已经八十三岁的时候才平反[①]。这个故事告诉我们什么？要清白，请长寿！你必须活得够久才能得到你的清白，如果不幸活不久，在你有生之年可能就得不到清白了。所以长寿很重要，你要比你的敌人，比那些害你、整你、折磨你、诬赖你的人都活得久，才算胜利。

可是这里面也有一个危险，就是英国文学家王尔德所说的，一个人要小心地选择他的敌人。为什么呢？敌人有有水准的，也有没水准的。我们选择敌人的时候，要门当户对。像我李敖活到这把年纪，大部分敌人都死光了，最近还死了一位前“立法院”院长倪文亚[②]，报纸上说他“不幸于民国九十五年六月三号与世长辞，享寿一百零三岁”。他活到一百零三岁才死，活了这么久才死。幸亏他死掉了，不然我多冒险，自己好不容易活到七十一岁，才终于等到我最老的一个敌人一百零三岁死掉了。

蒋介石的老婆蒋宋美龄不是活到一百零六岁吗？当你的敌人这样子老不死，这样子健康长寿，对我们当然构成威胁。我必须说，虽然我的敌人现在绝大部分都死光光了，可是我自己也日薄西山，老了，我是在夕阳下享受着我的胜利、我的清白，不是吗？当然我们也可以自我陶醉，什么“夕阳无限好，只是近黄昏”，可是毕竟是夕阳啊，毕竟是黄昏啊。虽然你能够长寿地拖到有一天在夕阳中老去，但这也是人生最后的安慰了。

---

① 1913年8月13日，日本名古屋市一位农夫被人打死，在当地玻璃工厂做事的吉田石松因为白衬衣上的一点血迹，被真正的杀人凶手诬为罪犯之一，判以无期徒刑。他从入狱那一刻起便开始呼冤，期间屡遭狱吏和牢友的虐待，于1932年入狱二十二年后终于获得假释出狱。出狱后他的第一个行动便是寻找当初诬陷他的凶手，两人天良发现写下谢罪书，希望他“过去的都过去，不要再提啦”。但吉田石松不甘心，他拿着两张谢罪书要求名古屋高等法院重审此案，没想到法院以谢罪书可能是在威胁下写成的不足为凭而拒绝重审。吉田石松仍不放弃，又经过了极为漫长的抗争，终于在1963年拿到了法庭的无罪宣判书。从三十四岁入狱熬到八十三岁真相大白，吉田石松的冤案耗费了半个世纪的光阴，被称为日本的基督山伯爵。

② 倪文亚（1903—2006），浙江乐清人，美国哥伦比亚大学教育学硕士。1972年至1988年任台湾“立法院”院长。

要胜利不要得胃癌

我跟大家说过，台湾这些年前后花了很多钱向美国人买武器。最近这批武器要六千一百零八个亿，相当于人民币一千五百亿，台湾的老百姓不干了，觉得太贵，买不起——现在小学生连营养午餐都吃不起，怎么可以买这么贵的武器呢？于是，大家闹起来。

正在群情激愤之时，台湾“中央研究院”的十一位院士站出来，发表声明说我们反对买美国人的武器！这些站在最高阶层的知识分子总算站出来了——一个人不敢啊，害怕，要你拉着我，我拉着你，十一个人手拉手，壮胆发表意见，我李敖赞美了他们，可是我也挖苦他们。为什么挖苦？带头的那个叫劳思光的院士四十七年前跟我的老师殷海光打过笔仗，当时他的结论是殷海光“曲学而不阿世”——不阿世，敢讲话，可是学问不好，歪曲学术。殷海光看了很不高兴，跟我抱怨，我说不要理他，此人头脑不清。

当年殷海光的勇敢，劳思光他们没有，现在忽然有了，可是晚了四十七年。要经过四十七年，这批知识分子才开始能够向政府表示一点点抗议，才敢于表达他们反对的心声。所以，他们怎么能跟殷海光比呢？！我说过，我在台湾这些知识分子里最佩服两个人，一个是我的老师殷海光，另一个就是胡适，其他的我还都没看在眼里。

为什么我佩服他们？我觉得一个知识分子要有那种独来独往的性格，要有勇气和心怀不做某些事情。当你可以不做而你做了，我对你的评价就不一样了。在国民党统治时代，政府推出一项政策或发表某个言论后，常常要大家众口一词表示支持。当时大学里面今天这个运动要全体教授签名表示支持，明天那个运动又要全体教授签名表示赞成，好比1979年12月16号，“各公私立大专院校教授联名发表反共爱国自强团结宣言”，底下密密麻麻全部是这些所谓的大学教授的签名；再看1980年6月2号，“八百零一位大专教授学者联合发表声明谴责黄信介等美丽岛叛乱案”，底下又是密密麻麻的每个教授的签名。你敢不签吗？不签就证明你跟我政府过不去，我就对你另眼看待，心里就害怕，怎么办呢？只好签名。为什么不让中学老师签呢？中学老师人更多，大学教授人少又有代表性，所以专门找大学教授签。

有一次闹签名，我的老师殷海光不签，不签的原因他在《我被迫离开台湾大学的经过》里写过：

> ……本年上学期末，各校发现一种宣言，不知是哪儿来的。宣言的内容主要的是批驳费正清等在美国国会的证词，说他们“助匪”“犯罪”。照我看来，这篇文章可算官方雇用文人的写作精华，彼等立论，完全是从一个政权的利益出发，罔顾世界大势。其实，费正清等人的言论，意在保卫台湾。台湾这个小岛，若不是美国第七舰队保卫，恐怕早在一九五零年便“陷共”了，还有什么“反攻”空话可说？复次，这一宣言表面系“自由签名”，实际则为一“忠贞检查”。在台湾住了十几年的人，面对这一签名运动心里都有数，如不签名将被怀疑为不忠于某党政权。这样的人将蒙种种不便，甚至有打破饭碗的危险。在台湾这种形态的绝对主义的统治之下，谁不怕麻烦？在台湾这个饭碗难找的岛上，谁不怕打破饭碗？于是而有一千四百位文化工作者签名的盛举。我因为一方面认为那一宣言的内容幼稚可笑，另一方面我尤其憎恶那种“间接强迫”的作风，所以拒绝签名。后来校方一高级党务人员亲自来舍劝签，仍然被我拒绝！
>
> 于是，多年累积的问题爆发了！

殷海光

殷海光不愿意签名的这篇宣言，谁写的呢？国民党一个“立法委员”胡秋原[①]写的。胡秋原跟殷海光结过梁子，结梁子的原因据说跟我有关，因为我写文章骂了他，而殷海光是我的老师，胡秋原就迁怒于殷海光。殷海光跟雷震办《自由中国》杂志办了十年，最后杂志被掐死，雷震判了十年徒刑，殷海光因为没有搞政治活动并且是台湾大学教授，蒋介石就放他一马，没有让他坐牢。可是“多年累积的问题爆发”以后，胡秋原写信给台湾大学要求把殷海光解聘。台大校长钱思亮[②]是国民党的官僚、“监察院”院长钱复[③]的爸爸，他跟殷海光说，薪水照样给你，

① 胡秋原（1910—2004），湖北黄陂人。曾任“中华民国”“立法委员”，《中华》杂志发行人，“中国统一联盟”名誉主席。早年加入共青团，入读日本早稻田大学，游学英美、苏联等。后加入国民党，1951年赴台从事文化教育工作，历任台师大、世新、政战学校教授，“中央研究院”近代史研究员。1962年，与《文星杂志》的李敖、居浩然等人展开文化论战，李敖发表《胡秋原的真面目》一文，对其“闽变”“叛国”问题进行研究，胡大怒，一状将李敖告上法院，自此两人前前后后打了近三十年官司。

② 钱思亮（1908—1983），化学家、教育家。美国伊利诺伊大学博士，曾任北大化学系主任、西南联合大学教授、台湾大学第五任校长、“中央研究院”院长等。

③ 钱复（1935—　），浙江杭州人，美国耶鲁大学博士，两蒋时期的外交闻人。曾任台湾“外交部”部长、“监察院”院长。与连战、陈履安和沈君山并称台湾政坛“四大公子”。

学校宿舍你照样住，开学的时候功课表也照样挂，可是你不要上课。从此殷海光就窝在家里生闷气，最后得胃癌死掉了，活了五十岁。

后来我把整件事的经过写出来，写胡秋原怎么样写信叫台大解聘殷海光、殷海光的家门口有治安人员监视等等。结果胡秋原跑到法院告我，要法院到台大和“警备总部”去查殷海光是什么原因被解聘和被监视的。法院到台大去问，台大耍赖，说我们请他上课了，课程表都贴出来了怎么能不让人上课。“警备总部”说我们从来没有派人去干涉别人自由，没有监视殷海光这个事。

我李敖找来证人，请殷海光的太太夏君璐出来做证。大家看1996年11月25号，经美国加州法院律师见证的夏君璐的证词：

> 我的前夫殷海光住宅弄口，即台北市温州街十八巷十六弄，确有被情报人员监视的情况……

再看后来当了台大文学院院长的朱立民口述：

> 在我到台大的时候，好像殷海光事件已经被钱思亮校长以不让他开课的手段解决了。钱思亮这种做法也是没办法中的办法……

足见我李敖说的是真的。可是法院把台大和“警备总部”耍赖的答复拿出来给我看，我说这种话能信吗？法院信，判我败诉。法院说殷海光胃癌病逝“有《殷海光纪念集》在卷可稽，足证殷海光并无受胡秋原迫害而死之事，其在台大的教职也不无不保的情形……”；你李敖若说学生不能修殷海光的课，“显与事实及经验法则有违，故上诉之证言不足采信”。同样地，殷海光太太夏君璐的话也不足采信。什么人的话能信呢？信国民党大员胡秋原的话、治安单位“警备总司令部”的话、台湾大学耍赖的话。

《逻辑基本》

大家想想看，官司打到这种程度，你怄气不怄气？气死了吧！我李敖不气，为什么不气？我气我就不能活了，我早得胃癌了。殷海光为什么得胃癌？怄气，怄气，怄气，最后死掉了。殷海光太太跟我讲，殷海光在吃饭的时候，忽然想到蒋介石，拍桌子就骂，骂到后来饭也不能吃了，站起来直喘气。这不是找死吗？后来果然得胃癌死掉了。胃癌的病因很多，心情不愉快是重要原因。可是殷海光你是哲学家啊，你是哲学教授啊，你是学哲学的人啊，怎么可以这样想不开啊？哲学家得胃癌死掉，就好像神父得了梅毒一样。干什么？不搭调啊。

大家看这本书，《逻辑基本》，殷福生译。殷福生就是殷海光。书在中华民国二十六年（1937年）四月出版，殷海光生于1919年，出这本书的时候他多大啊？十八岁。十八岁就翻译了这种哲学著作，不能不说是天才。可是天才在处理实际的人生方面未必在行。在一个艰苦的环境、一个被人家欺负的环境、一个怄气的环境，他不能排解自己，最后怄气怄死了。我李敖为什么能活过来？我不怄气啊。虽然被国民党这种烂法院判我败诉，可是我能够笑嘻嘻地熬过来。熬到最后，胡秋原死掉了，法官老掉了，只有我还扬眉吐气地坐在这里，把整个事件的资料搬出来给大家看。证明什么？我李敖是胜利者啊，不是吗？所以结论是，我们要胜利，我们不要失败，不要怄气，不要得胃癌！

只学吹箫便得仙

我李敖讲话向来一针见血，并且很刻薄，当然也可能会武断。譬如我说国民党的官是“人面兽心”，心虽然很坏，可至少是人的脸，长得像个大官的样子。民进党陈水扁这些人，他们是什么啊？不是“人面兽心”，是“兽面兽心”了，长得那个德行啊，跟老鼠一样，根本就是衣冠禽兽。

大家看国民党一个老官僚的照片，他的名字叫谭延闿[①]，做过国民政府行政院院长。他的女婿陈诚做了所谓“中华民国”的“副总统”、国民党副总裁。谭延闿什么人呢？他爸爸是清朝考取了翰林的进士，一辈子做大官。爸爸做大官，

谭延闿像

谭延闿的毛笔字

① 谭延闿（1880—1930），字组庵，号无畏、切斋。湖南茶陵人，清末民初政治人物。二十四岁中进士，二十八岁点翰林，后与时偕行支持立宪，辛亥革命后又追随孙中山，与蒋介石结盟，直至去世。曾任湖南都督、南京国民政府主席、第一任行政院院长，善书法、诗法、枪法，绰号“谭三法”，当年与陈三立、谭复生并称“湖湘三公子”。其父谭钟麟为清末封疆大吏，官至两广总督。女儿谭祥嫁给后来当了“行政院”院长、“副总统”的陈诚。陈诚的儿子陈履安后来当了“监察院”院长。

他也跟着做官，并且非常会做官，八面玲珑谁都不得罪。因为他可以调和鼎鼐，很多尖锐的冲突都被他化解掉了。他的毛笔字写得也一级棒，他还抄写过一首诗，我念给大家听：

炼汞烧铅四十年，
至今犹在药炉前。
不知子晋缘何事，
只学吹箫便得仙。[①]

汞，就是水银。炼汞烧铅四十年干什么呢？中国的道家相信，炼丹炉里面可以炼出长生不老的仙丹，吃了这个仙丹可以成仙，所以炼丹是道家一项很重要的修炼。大家都知道大科学家牛顿很了不起，可是他在提出了万有引力定律之后，花了很多时间干什么呢？搞炼金术。当时的人认为可以从炼金术里得到很多发明、财富和真理，所以牛顿也滚进去搞炼金术。

道家这种丹鼎派出来以后，很多人相信炼丹吃仙丹可以长寿，结果绝大部分害了自己，吃下去变成铅中毒。中国古代的很多皇帝就死在铅中毒上面。这也是我李敖对中药的一部分存有戒心的原因，它里头的成分我们没能很准确地掌握，万一出现铅中毒的问题呢？

"炼汞烧铅四十年"表示什么？我是一个道家的信徒，炼丹烧来烧去烧了四十年，可是还没有炼成，所以"至今犹在药炉前"，还坐在那儿炼。"不知子晋缘何事，只学吹箫便得仙"，我不晓得子晋[②]究竟做了什么

① 此诗为《全唐诗》中的一首，题为《闻河中王铎加都统》。作者高骈（821—887）为唐末军事将领，出身渤海名门，祖上世代为武将。唐朝末年，黄巢军西进长安，唐僖宗急调高骈勤王，他不服朝廷节制，割据一方。后僖宗以王铎兼中书令，充诸道行营都统，高骈听闻颇不以为然，写诗加以讽刺。

② 子晋相传为周灵王太子，喜吹笙作凤凰鸣，被浮丘公引往嵩山修炼，后升仙。范仲淹《天平山白云泉》诗云："子晋罢云笙，伯牙收玉琴。"

事，他只学了吹箫，这么简单就成为神仙了。子晋什么人呢？他是周灵王的太子，喜欢吹笙作凤鸣，后来得道成仙。整句诗的意思是说，他子晋只学吹箫就成了神仙，而我苦哈哈地坐在药炉前炼汞烧铅四十年，还没有成仙，里面有讽刺的意味。

谭延闿抄写这首诗什么意思呢？他运气好啊！清朝有多少进士、翰林都在改朝换代以后潦倒了，埋没了。他老先生居然能够跟新朝的政权混在一起，不但一路做官，还做到了“国务总理”这种一人之下万人之上的位子。结论是，我的运气好，你运气不好，努力没有用。今天台湾就有现成的例子啊，第一名就是马英九啊。美国留学回来的多了，可是有谁能像马英九这样一回来就被蒋经国相中，“无灾无难到公卿”呢？什么罪也没受，不是吗？“不知小马哥缘何事，只学吹箫便得仙”。

但是我必须说，跟有的人比起来，“小马哥”也不算什么，有人比他更青云直上啊。谁呢？他的名字叫连胜文，连战的儿子，一个大块头，从美国回来摇身一变，进了国民党中央党部，变成常务委员，相当于政治局常委。你连胜文何德何能可以这样子摇身一变啊？当然是连战的原因了，就这样幸运！证明什么？证明国民党没有公平，没有正义，没有前途，不是吗？

同样的还有台北市市长郝龙斌，他什么人啊？他爸爸郝柏村是国民党的军头，做过“国防部长”“参谋总长”和“行政院”院长。当然老子英雄儿好汉，老子做了大官，儿子念书回来在台湾大学做教授，然后摇身一变做了新党的党主席。后来忽然改朝换代，民进党陈水扁他们执政了，拉拢他加入政府，做了“环保署”署长，二级小官。我骂郝龙斌是“个人没身份，团体没立场”，你一个主张中国统一的党的党主席，怎么跑到一个主张“台独”的政府里面去做个小官呢？你有没有身份啊？你有没有立场啊？证明什么？证明这个社会没有了公义，没有了公道。为什么会出现这种现象？就是我刚才讲的，“只学吹箫便得仙”，人间很多事都是这样的。

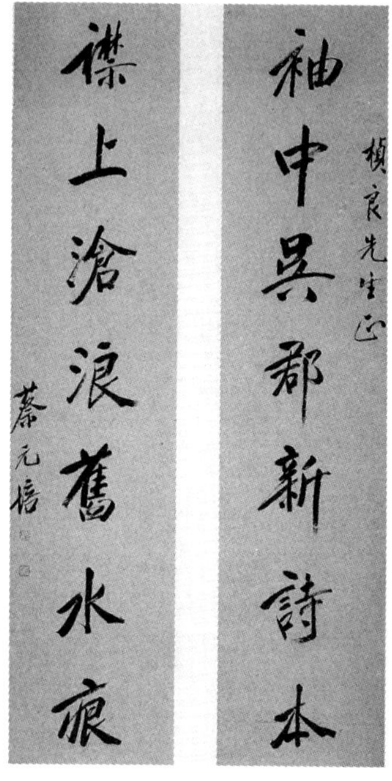

蔡元培写的一副对联：袖中吴郡新诗本，襟上沧浪旧水痕

请大家注意，谭延闿是清朝的翰林，蔡元培也是清朝的翰林，可是谭延闿在清朝做官的时候，蔡元培出来革命——这就是蔡元培了不起的地方，明明可以做大官而跑去革命，最后做了中华民国第一任教育总长和北京大学的校长。蔡元培也算运气好的，没有被埋没，可是两个人的成长道路不一样，一个是无灾无难到公卿，一个是有灾有难到公卿。

当年北大一个教授钱玄同问校长蔡元培，蔡先生你也是翰林出身啊，为什么你的字写得那么烂？蔡元培回了一句，说可能大家当时都喜欢学黄山谷，我也学黄山谷，走了这条路。什么意思啊？我的字写得并不坏。可事实上呢，蔡元培的字我觉得写得不怎么样。蔡元培写过一副对联非常动人，我念给大家听：

惜竹不除当路笋，伐薪教护带巢枝。

不该长笋的地方笋长出来了，挡着路，可是我不忍心把它消灭掉；我特别嘱咐伐树的人，树上有鸟窝的枝子不要砍它，为什么呢？会伤害到窝里的小鸟。这个句子后来被很多人改写，比如做过国民政府主席的林森就改成“惜竹不除当路笋，惜花犹护压头枝”，意思跟蔡元培的大同小异。请注意，这里有一个重要的人生精神出现了，什么精神呢？当我做一件事的时候，要保持某种程度的例外、某种程度的弹性。

当年美国有个大法官叫Holmes[①]，他是九位联邦最高法院大法官中的一个。Holmes有个特色，当一条法案解释出来，其他八个法官都投赞成票的时候，他一定投反对票。明明在法理上他知道应该赞成，为什么投反对票呢？他的理由是，我的反对代表一种精神，让美国人看到我们大法官在面对一件事情的时候，绝对不是九票一致通过，而应该有一个人站出来唱反调，唱反调保留了一个机会，什么机会呢？我们没有把话说死，没有把法律定死，如果这个决定不正确，将来还有机会改正。换句话说，这就是“惜竹不除当路笋，伐薪教护带巢枝”的精神。我李敖就这样子，有时候我会唱反调，可是我也会注意到树枝上的那个鸟巢。有这种仁心和美意在里面，虽然有些事情表面上做得不完满，但这其实才是最完满的。

① 霍姆斯（O. W. Holmes，1841—1935），美国现代实用主义法学创始人。出身哈佛大学法学院，1902年至1932年担任美国联邦最高法院法官。著有《普通法》《法律之路》等。

叁／

只要有理想就可圈可点

四大自由

我们中国人描写一个完人，常常说他是“智、仁、勇”三全，所谓“知者不惑，仁者不忧，勇者不惧”是也[①]。什么是勇者不惧呢？表示我什么都不怕，任何人或事都不畏惧。可是按照孔夫子的另一种说法，君子还是要怕些什么的。怕什么呢？“君子畏天命，畏大人，畏圣人之言。”[②]可是这种怕不是恐惧，而是对一个目标或者信仰有某种程度的虔诚和敬畏。

对于人有所怕、有所恐惧这件事，有一个人做了一种解释和演绎影响到了全世界的人，谁呢？就是这个人，大家看照片，一个很漂亮的小男

① 在儒家传统道德中，成为圣人是极高的境界，虽不易达到，但仍可通过修行达成，其中智、仁、勇是三个重要的范畴。《礼记·中庸》说：“知、仁、勇，三者天下之达德也。”孔子在《论语·子罕》中说：“知者不惑，仁者不忧，勇者不惧。”有智慧的人不会迷惑，有仁德的人不会忧愁，勇敢的人不会畏惧。

② 出自《论语·季氏》。子曰：“君子有三畏：畏天命，畏大人，畏圣人之言。小人不知天命而不畏也，狎大人，侮圣人之言。”

生，老的时候变成这个样子。他就是二战中的美国总统罗斯福[①]。

美国有两个罗斯福总统，一个是西奥多·罗斯福，也叫老罗斯福，一个富兰克林·罗斯福，又叫小罗斯福。老罗斯福严格说来是19世纪的人物，开凿巴拿马运河就是在他主政时期推动的。巴拿马当时属于南美洲的哥伦比亚，美国要在那儿开运河，哥伦比亚要的条件比较苛刻，美国说你这样苛刻，我就鼓动巴拿马地区的人闹独立，哥伦比亚说他们闹我们当然要去平定了，弥平叛乱。美国人就派军舰“纳什维尔”号（Nashville）卡在那里，不许哥伦比亚中央政府

小罗斯福年轻时

小罗斯福总统签署对日宣战声明

① 富兰克林·德兰诺·罗斯福（Franklin Delano Roosevelt，1882—1945），第三十二任美国总统，是20世纪美国二三十年代经济危机和第二次世界大战的核心人物之一。从1933年至1945年间，连续出任四届美国总统，也是唯一连任超过两届的美国总统。富兰克林·罗斯福出身纽约州最富有和古老的家族，是父母的独子，从小在优渥的环境中长大，毕业于哈佛大学。他起先是一名律师，后来加入政界，当上了纽约州州长。1932年，他以民主党候选人身份竞选美国总统成功，上台后推行新政，恢复经济，二战爆发后主导美国成为“自由国家的兵工厂”，提供武器支持英、法、中国和苏联，最后正式参战打败了德、日、意等法西斯国家。1945年4月12日，罗斯福去世时，盟军部队正在包围柏林。他死后，一篇《纽约时报》的社论说：“从现在开始后的一百年，人们会跪下感谢上帝，赐给了他们富兰克林·罗斯福总统，带领他们渡过难关。”2005年，罗斯福在“最伟大的美国人”票选活动中荣获第十位。

来平定地方叛乱。结果巴拿马地区独立了，也就是今天的巴拿马共和国，独立以后美国立刻承认它，然后开始建造巴拿马运河。

富兰克林·罗斯福和老罗斯福有一点亲戚关系。他的照片一般都不照脚，因为年轻时得过小儿麻痹，两条腿瘫痪了。他六十三岁临死前有一张在飞机上的照片，有个瘦瘦的男子坐在他对面，叫霍普金斯[①]，是他的智囊团之一，替他操盘决定过很多事情。有人问罗斯福总统，你为什么这样子相信霍普金斯啊？罗斯福说，我是美国总统，每天坐在办公桌上，对面门一开，进来的人绝大多数都有求于我，只有霍普金斯帮我的忙而一无所求，所以我相信他。后来罗斯福死了，死后不到一年，霍普金斯也死了。美国人出了本书叫《罗斯福与霍普金斯》，讲他俩之间的故事。

霍普金斯登上《时代》周刊封面

罗斯福和霍普金斯在飞机上

富兰克林·罗斯福做了十二年总统，比美国任何一位总统做的时间都长，因为中间赶上二战。1945年，第四任总统当选以后他得病了，三个月之后死掉，没有亲眼看到二战结束。他的第一任副总统叫嘉德纳，是个大胖

① 哈里·劳埃德·霍普金斯（Harry Lloyd Hopkins，1890—1946），美国政治家，民主党人，1938年至1940年任美国商务部长，是富兰克林·罗斯福重要的顾问之一，也是新政的主要设计者，参与组建并领导了公共事业振兴署。二战期间，霍普金斯是罗斯福的首席外交顾问并在《租借法案》的制定和实施中扮演了重要角色。

子，又抽烟又喝酒又发胖，结果活了一百岁。证明什么？一个人健不健康后天努力也许没那么重要，如果先天有长寿基因，这样折腾也可以活一百岁。

罗斯福之所以出来选总统，是因为一个人——纽约州州长史密斯[①]。他是一个很乐观的政治家，外号“快乐战士”。他当年跟胡佛竞选总统，被胡佛打败，后来他就推出罗斯福再跟胡佛竞争。本来史密斯认为他可以控制罗斯福，结果罗斯福当了总统以后，自己独当一面，不太听史密斯的，于是两个人等于绝交了。这证明了政治上的离合是不可测的，可是史密斯还是常常去白宫跟罗斯福夫人见面，有说有笑的。

罗斯福总统在1941年1月6日做了四大自由（Four Freedoms）的演说，哪四大自由呢？第一种是freedom of speech and expression—everywhere in the world，全世界任何地方发表言论和意见的自由，也就是言论自由；第二种是freedom of every person to worship God in his own way—everywhere in the world，全世界任何地方，人人都可以以自己的方式信仰上帝，即信仰的自由；第三种是freedom from want, which, translated into world terms, means economic understandings which will secure every nation a healthy peacetime life for its inhabitants，简单翻译就是各国政府为其居民提供健全的、和平时期的生活，即免于匮乏的自由；第四种是freedom from fear, which, translated into world terms, means a world-wide reduction of armaments to such a point and in such a thorough fashion that no nation will be in a position to commit an act of physical aggression against any neighbor，在全世界范围内裁军，务使没有一个国家有能力侵略别国，即免于恐惧的

① 阿尔·史密斯（Alfred Emanuel Smith，1873—1944），美国政治家，民主党成员，曾四次出任纽约州州长，并且是民主党1928年美国总统选举候选人。在1932年的总统选举中，阿尔·史密斯把自己得到的支持拱手让给罗斯福，最终使罗斯福成为民主党总统候选人，击败了当时在位的共和党总统赫伯特·胡佛。

自由。前两个自由是freedom of，后两个是freedom from，严格说来，免于匮乏的自由、免于恐惧的自由，这样翻译是错的，“免于匮乏”就完了，“的自由”三个字是累赘的。整个翻译应该是：言论的自由、信仰的自由、免于匮乏和免于恐惧，可是因为他用了四个freedoms，最后就变成“四大自由”了。

罗斯福提出的“四大自由”的观念深深地影响了全世界。台湾地区也到处出现这种话，好比1982年7月15号台湾报纸上登，“内政部长”林洋港在“立法院”表示，要保护大多数善良沉默的百姓免于恐惧的自由；1991年6月27号《自由时报》上说，我们有免于恐惧的自由；2001年10月18号，国民党《“中央”日报》登，“法务部”部长廖正豪说，要保障民众免于恐惧。

什么叫免于恐惧的自由啊？严格说来，免于恐惧的自由其实是一种很卑微的要求，就是说我的人身权利要有固定的保障，你不可以随便侵犯我、迫害我。譬如台湾“宪法”里说，政府抓人民要有合法证据，如果不合法，“人民得拒绝之”。可是我给大家举过一个例子，忽然夜里三点钟，“咚咚咚”有人敲你门，开门一看，三个或四个彪形大汉站在你面前，他们要抓你，请问你怎么样拒绝呢？一个你都打不过，怎么打得过三个四个？你拒绝不了，他们就要把你抓走。证明什么？这就是警察国家的恐怖！你没有办法拒绝它，你对它就是有恐惧。很多统治者是靠着人民怕政府来统治的，像斯大林能够统治苏联，是靠着人民怕他，可是斯大林死了以后，慢慢就开始演变了，人民不怕政府了，统治者松懈了，最后垮掉了。台湾也是这种现象啊，过去蒋介石高压统治的时代，白色恐怖，人民怕极了政府。可是蒋介石死掉以后，他的儿子蒋经国就开始松懈了。蒋经国死了以后，李登辉这些浑蛋就更松懈了，人民不怕政府了，台湾开始变乱了。这就是极权统治留下的后遗症！

我必须说，“四大自由”是我们要积极努力去争取的，可是在这四大之外，还有一项自由是我们自己能控制的，什么呢？你心灵的自由。这是你自己的事情，跟别人无关，跟外在的坏政府无关。当你有了四大自由而没有心灵自由的时候，你等于还是把自己困住了，你自己不能解脱自己，最后得胃癌气死[1]或者怎么样，等于你还是没有自由。大家想想看，我这个说法有没有道理。

① 见98页《要胜利不要得胃癌》。

各有所怕

我手里拿着一本书，一本旧得不得了的书，是美国罗斯福总统早年写的家信。这本书1947年出版，从里面搜罗的内容来看，罗斯福写信非常勤快，他整个的家族结构非常完整，关系也非常紧密，大事小事都写写写写写。无独有偶，美国的里根总统也喜欢写信，也写出好几万封信来。为什么这么能写？勤快。中国的曾国藩也一样，他告老还乡的时候跟西太后讲，我怎么样带我这些湖南子弟呢，亲笔给每个人单独写信，把他们盯住，把他们统驭住；可是现在我老了，写不动信了，所以我要退休，请让我退休。由此可见，过去人与人之间那种紧密的关系、那种感情的维系、那种统驭的建立，主要是靠着写亲笔信来完成的。现代人好像不太写信了，因为通信太发达了。

喜欢写信的罗斯福总统在1941年提出了“四大自由”：言论自由、信仰自由、免于匮乏和免于恐惧。说到恐惧，我认为人有所恐惧并不是坏事，因为恐惧会使我们保持某种程度的清醒。可是人恐惧的对象因人而异，五花八门，好比有人怕洗澡、怕洗东西，这是洗涤恐惧症；有人怕高、怕从高处往下看，这是恐高症；还有人怕独自一人在空旷的地方待着，这是所谓的旷野恐惧症。

有旷野恐惧症的人不能像中国古代旅行家徐霞客那样深入原始森林去探险，回来写成一部书叫《徐霞客游记》；也不能像唐僧玄奘那样从大唐疆域出关，跑到印度去取经。——你有旷野恐惧症，就不能干这行嘛。还有人怕黑，怕噪声，怕过马路，怕猫，怕蒜头，怕尘土，怕风，怕花，怕蜜蜂，怕蝴蝶（我就认识一个女孩子怕蝴蝶），怕蜘蛛，怕火，怕雷，怕混乱，怕飞行，怕镜子（在镜子里看到自己就害怕），怕脚踏车……各种怕花样繁多，讲都讲不完。

英国有个人叫蔼理士[1]，这个人很妙，他是研究性心理学的，结果他怕什么？怕女人的阴毛，看见女人的阴毛就紧张得不得了。我有个朋友蔡自军，是位很勇敢的政治犯。他坐牢的时候，判的是死刑，他怕什么呢？怕whisper——低声细语。隔壁偷偷摸摸讲话的声音，他听了之后很不舒服。

也有怕打官司的。过去新党的赵宁被我告（赵宁现在变成了我的好朋友），他收到传票以后很紧张，第二天到了法庭，一看我摇着扇子很得意、很轻松地进来，他更紧张。我跟法官说，对不起，你们等我一下，我要打的官司实在太多，隔壁还有一场，我先去打完隔壁的，再回来打你们这一庭。赵宁后来被判无罪，但还是吃不消，跟我和解，为什么呢？他实在怕跟我打官司。

我李敖怕什么呢？怕冷。因纽特人住在那种冰房子（igloo）里，我光看看就害怕。所以人间无奇不有，人各有所惧，把这些怕收集到一起蛮

因纽特人的冰屋

① 亨利·哈夫洛克·霭理士（Henry Havelock Ellis，1859—1939），英国科学家、思想家、作家，终身从事人类性科学的研究和教育，是与弗洛伊德齐名的性心理学研究先驱。著有《性心理学研究录》《性的道德》《性的教育》等。

好玩的。最有趣的一个例子是怕自己，什么人怕自己呢？国民党的刘玉章[①]将军。他好像是唯一一个没有被共产党军队打败的国民党将军，为什么呢？没跟共产党直接交手就跑掉了。在东北作战的时候，他跑到营口；上海作战的时候，他撤到台湾；他几乎没有被共产党打败的记录，可是有一个记录是跑得快。

刘玉章在台湾做了所谓的公安头子，也就是“警备司令部”的总司令，那时候正赶上我最倒霉的时候。有个传闻，刘玉章自己说他只怕三个人：第一怕“总统蒋公”，就是蒋介石；第二怕“蒋院长”，“行政院”院长蒋经国；第三怕刘玉章，他自己就是刘玉章。人家问他，为什么要怕自己呢？刘玉章说我是台湾的“警备总司令”，每个大饭店和旅馆内外都贴有我具名的大布告，我一看到自己具名的布告就什么私事都不敢做了。什么私事呢？他喜欢搞女人。在金门做防守司令的时候，电影明星到前线劳军，他看中一个电影明星，要人家陪他睡觉，人家拒绝了；拒绝可以，别人坐飞机回去，你拒绝你就坐船回去，折腾你。——就这么个坏东西。

刘玉章是个大老粗，不过这个大老粗有他的特色，他的军队五十二军外号“铁军”，很能打仗。“铁军”怎么来的呢？班长训练士兵打靶，训练完了，班长自己拿个靶子站在那儿，让阿兵哥打，打到就算你训练好了，打不到就打到你自己了。他用这样残忍的方法来练兵，所以他的部队好。可是部队过去在大陆常常发生补给问题，钱跟不上。部队没钱士兵就跟他闹，他把阿兵哥找来，桌子一拍，你们知道我是什么吗？我就是鸡

---

① 刘玉章（1903—1981），字麟生，陕西兴平人。国民党高级将领。毕业于黄埔军校，参加过北伐、中原大战等。抗战初期，参加台儿庄战役、武汉会战、长沙会战，后随五十二军入云南，负责滇南守备。抗战胜利后，率师入越南受降日军。内战爆发后，率军赴东北战场，未尝败绩。1948年，接任五十二军军长。其军旅生涯中一共负伤五次，伤愈后头发脱落，外号“刘光头”。刘玉章抵台后，曾任台湾“金防部”司令官、“陆军副总司令”，1967年任台湾警备总司令兼军管区司令，任内发生“彭明敏潜逃事件”，李敖因此锒铛入狱。1981年病逝，终年七十八岁。著有回忆录《戎马五十年》。

巴！（请注意，这是刘玉章的原话，《红楼梦》里也有“鸡巴”两个字，查禁单位或者道学之士如果要查，对不起，先查《红楼梦》吧。）你们是什么呢？你们是鸡巴毛，拔哪一根我心里不痛啊，我跟你们什么关系，我会不爱你们吗，有钱当然给你们，没钱就欠着嘛，啰唆什么，下去。大家吓死了，赶紧跑掉。这就是刘玉章，所以刘玉章怕自己，他自己的确有可怕之处。共产党也有一个很凶悍的将军，后来当了南京军区的司令，就是许世友大将，我很佩服他，听说他查禁《红楼梦》，不许手下人看《红楼梦》。

当然也有人什么都不怕，有一本书的题目就叫《无所恐惧》，讲一些飞机试飞员的故事。他们是胆子大到玩命的人，没有什么害怕的。我举这些例子告诉大家，人生中会碰到各种奇奇怪怪的故事，我李敖把它们集合在一起，觉得非常好玩。譬如这个人，大家看他照片，美国有名的大导演西席·地密尔[①]。据说他拍《一代艳后》的时候，给女演员戴的那条项链是真的价值连城的项链。人家奇怪为什么要这样啊，画面就那么大，里面千军万马，中间远远坐个女王，她戴个

西席·地密尔

① 西席·地密尔（Cecil B. Demille，1881—1959），美国著名电影导演、编剧、制片人，是好莱坞黄金时代的大师，以拍摄“圣经题材”的史诗性巨片而著称。他拍摄的影片，无论服装、道具、内景、外景都极尽豪华堂皇之能事。1992年获奥斯卡终身成就奖。作品有《万王之王》《十诫》《一代艳后》等。

假项链也可以嘛，为什么你要给她戴真的？他的理由是，你们不了解女明星的心理，女明星戴着真正女王戴的那种项链，演起女王的感觉才会不一样。还有一次他让演员踩在一张价值两千美金的名贵地毯上演戏，旁边的人说，镜头照下去谁晓得脚底下那块东西值多少钱啊，十几块钱的毯子就够了嘛，搞这么贵的毯子干什么。他说用脚踩在这个地毯上的人会知道他脚下踩的是多少钱，那种真实的感觉会出来。

我讲这个故事干什么？告诉大家，人间有很多事情是非常细腻、非常微妙的，我们要有那种文化水平去观察和吸收这些东西，譬如我们不可能或者没有机会做大导演，没有机会去试验人心、测验人性，可是看到别人有机会来试验时，我们要能够参考，这样我们就活得很丰富了，知道得越多，活得越丰富；而知道并不一定要靠很多硬邦邦的大书，看一张照片，读一些零零星星的小故事，也可以帮助充实我们。

大家看这张照片，当年的电影明星嘉宝（Garbo）演的一部有名的电影叫《茶花女》。《茶花女》的作者是小仲马，他是大仲马的私生子，大仲马是写《侠隐记》的。因为他爸爸太有名了，而他是私生子，有人故意讽刺他，问他上一代是干什么的？他说我爸爸的爸爸是白人黑

嘉宝《茶花女》剧照

人的混血[①]，他的爸爸是一个黑人，他的爸爸的爸爸是一只猴子，我们家族的起点好像正是你们家族的终点。什么意思？你们还是猴子时，我已经从猴子变成黑人，从黑人变成混血，现在变成法国人了。你挖苦他的身世，他反过来挖苦你还没有进化，你文化水平赶不上他。所以我跟大家说，我们要努力去提高我们的文化水平，永远做到别人的终点是我的起点，我觉得这样的人生才是值得骄傲的。

---

① 大仲马的祖父与一名女黑奴生下了大仲马的父亲，仲马是这位女黑奴的姓，因此大仲马是黑白混血第二代，一生饱受种族主义的困扰。小仲马是大仲马和一名女裁缝生下的私生子。小仲马七岁时，大仲马良心发现，从法律上承认了这个儿子，但始终没有承认他的母亲。

不平等是走向平等的开始

网上有人挖苦我，说这个李敖越来越“左”倾了。告诉各位，我的思想本来就是“左”倾的。还有人说，你李敖越来越像共产党了。我答复说，我真希望我是那种老一代的共产党。大画家毕加索就称自己是共产党。苏联说，你是什么共产党啊，你根本不是，我们不承认你。毕加索说，凭什么我要加入你们的组织才是共产党，我说我是共产党我就是共产党。——这就是毕加索！

为什么我希望自己是老一辈的共产党呢？这里面有一个痛苦的故事。西班牙东北部有一个小地方叫Bilbao（毕尔巴鄂），在西班牙内战的时候被帮着佛朗哥这一边的德国人炸得七零八落，死了一千两百多人。德国人说，他们要试验两种炸弹的不同，要用这个城做试验。他们可以这样残忍，把小城炸得七零八落。

毕加索知道后，画出了举世闻名的《格尔尼卡》。德国人看到画就找到毕加索，说这是你干的事情吗？毕加索回答，这是你们干的，因为你们

《格尔尼卡》

炸成这样子，我才把它画出来。

西班牙怎么会发生内战？这要追溯到1936年，左派的人在选举中成功了，可是右派有人不服气，要推翻选举，就由佛朗哥将军带队，要消灭左派的政府。最后军队包围了马德里，左派人士前后苦战了三年，马德里还是被攻下来了，成千上万的人死掉，政治犯就有两百万。

电影*Behold A Pale Horse*海报

整个西班牙内战死了六十万人，没有被杀掉的左派只好逃亡，逃到哪里去呢？越过了比利牛斯山，跑到法国。有一部电影叫*Behold A Pale Horse*，讲的就这种故事。这个电影的名字直译为“看见一匹灰色的马”，典故出自《新约全书》最后一节《启示录》：And I saw, and behold, a pale horse: and he that sat upon him, his name was Death，我看着，见有一匹灰色马，骑在马上的，名字叫作死。所以Behold A Pale Horse的意思是“我看到了死”。

电影讲一个西班牙共产党领袖在马德里被围困，逃出来跑到法国去生活。这个共产党由美国大明星格利高里·派克（Gregory Peck）饰演。他在法国的生活很潦倒。有一天一个小孩子找到他，说起他爸爸的名字，原来他爸爸是格利高里过去在马德里的同志，被杀掉了，小孩子自己越过比利牛斯山，从西班牙走到法国来寻找他心目中的英雄，找到了格利高里·派克，认为他是他爸爸的战友，请他回西班牙给他爸爸报仇。

这个问题提出之后，将了格利高里一军。他无法把真实情况讲给小孩子听：我们没有希望了，我们作战失败了，你爸爸死了我帮他报不了仇。他说不出口，只好答应小孩子说：我会回去，你等着，我会回去。结果他真的从法国翻过比利牛斯山回到西班牙。当时西班牙的警察头子——由电影明星安东尼·奎恩（Anthony Quinn）饰演，知道他要回来，因为这个重要的共产党员离开西班牙之前跟自己的母亲做了一个承诺，说妈妈我要走了，可是此生我们还会再见面，至少死前我们会再见一面。这时候他妈妈已经生病住院快死了，警察头子觉得他会偷偷溜回来见他母亲。果然他往回走了，但不是为了他的妈妈，因为他不晓得自己妈妈快死了，而是为了这个小孩子。半路上他遇到一位神父，神父跟他说，你不要回去，你妈妈已经死了，你跟妈妈再见一面的诺言实现不了了，你现在回去很危险，他们知道你要来，你回去以后不会有好下场。可是他还是继续往前走，到了马德里，到了他妈妈住的医院，他走进去，一进门就被乱枪射杀……

后来这个警察头子知道了神父在半路上给格利高里透露了他妈妈已死的消息，就一直摇头说，为什么他知道他妈妈死了，还要回来？知道医院里我们会有埋伏，还要进来？他宁愿被打死，为什么呢？最后知道真相，原来他回来是为了兑现对他过去革命战友儿子的诺言：我回来为你爸爸报仇了，我回来证明我们共产党是有骨气的，我们不怕死，我们要回来！

这就是我所欣赏的一个古典的、老派的共产党员的故事。我自己家里也发生过类似的事情。我爸爸的亲弟弟、我的六叔就是共产党。他当年是跟苏联直接搭线的国际派的共产党，日本侵略中国的时候，他做地下工作被日本人抓到，坐牢。抗战胜利以后，国民党把他抓住，说他是共产党，坐牢。1949年以后共产党执政，他又坐了牢，为什么呢？过去身份交代不清楚。结果一个人一生坐了三回牢，坐日本人的牢，坐国民党的牢，又坐共产党的牢，这就是我的亲叔叔！大家想想看，在那个时代，一个人为了救国，有这么多离奇悲惨的遭遇，可是你能说他错了吗？不付代价的理想，那叫理想吗？虽然有时候这个代价会叫你付得哭笑不得。

台湾过去发生了孙立人的案子，故意用郭廷亮上校的事件[①]来整他，把郭廷亮关在牢里，多少年以后才放出来。出来以后，国民党的情报机构找到郭廷亮说，我们知道你是冤枉的，可是当时我们不得不这样办，为了台湾请你委屈一下。后来我李敖发起“翻案风”，找到郭廷亮的儿子，请他揭露真相。国民党的特务又找到郭廷亮，说郭上校啊——他要不坐牢的话，早就是将军了，请你再为台湾做一次事好不好，这件事不要跟李敖他们讲，因为讲了以后会影响我们政府的形象。大家想想看，第一次为了台湾请你坐牢，第二次为了台湾请你把冤情闭嘴不谈，人间的事情怎么会这么荒谬、这么样令人哭笑不得？可事实上人间很多遭遇就是这样子。

西班牙内战的时候，海明威写了本书叫《战地钟声》，写人在战争中会遇到朋友和敌人，但有时候朋友敌人你分不清，朋友会变成敌人，敌人也会变成朋友，唯一能够辨清的是你的理想没有变。当年我坐牢的时候，觉得天都塌下来了。朋友吓得跑掉了，女朋友嫁人了，同志把你出卖了，什么都没有了，任何人和事都靠不住了；并且当你被刑求的时候，你发现连你自己都不可靠了，为什么？你的疼痛在出卖你的肉体，你的肉体在出卖你的灵魂。这时候你唯一能够做的就是确定你那个信仰还在，在信仰维护的过程里，朋友的来去、女人的来去、敌人的来去、同志的来去，都变得不重要了，重要的就是你和你的信仰还在。

有人说你李敖讲这些话，你是不是共产党啊？我告诉你，在台湾的标准里，我就是共产党。大家看我回忆录里的一段话：

---

① 又称“郭廷亮匪谍案”，为发生于1955年台湾白色恐怖时期的政治冤案。陆军上将孙立人部属、少校郭廷亮被指预谋发动兵变，孙立人“纵容部属武装叛乱，窝藏共匪，密谋犯上”，被革职软禁。此案牵连下狱的孙立人部属达三百多人，孙被无限期软禁，郭被判无期徒刑。1975年，蒋介石过世，郭廷亮被减刑为十五年，刑满出狱。1988年，蒋经国过世，孙立人被解除软禁，恢复自由。1991年，为平反孙立人案而积极奔走的郭廷亮，在桃园中坜因火车坠落神秘死亡。

……这样一判，妙事来了，根据“戡乱时期检肃匪谍条例”第二条：“本条例称匪谍者，指惩治叛乱条例所称之叛徒。”再根据“惩治叛乱条例”第一条：“本条例称叛徒者，指犯第二条各项罪行之人而言。”换句话说，只有用第二条判的人，才是“叛徒”；用其他条判的人，都不算叛徒。所以同案六个人中，只有我是“叛徒”，他们都不是了，他们都只是“受叛徒之指使”的罪犯而已，这倒真是令人会心的变化哟！①

我李敖坐牢就是根据“惩治叛乱条例”第二条判的，是“匪谍”。匪谍比共产党还严重，你替共产党做工作，刺探情报，是活动的共产党！所以我的思想是非常“左”倾的。我一再跟大家说，共产党的“各尽所能，各取所需”是人类最美丽的一个理想，这个理想是任何人打不倒的，就跟法国大革命的口号“自由、平等、博爱”一样，谁能反对？谁能说人与人之间“各尽所能，各取所需”是错的？可是当你为这个理想去奋斗的时候，你才发现要付这么多代价，应了外国那句名言：“为一个主义去死远比实现这个主义容易。”为什么？真的要实现它的时候，你才发现有那么多人会是你的拦路虎，会是你的绊脚石，有那么多你本人无法控制的原因会使你变得失落。怎么样才能鼓起勇气来，不那么失落？就靠你的一点点微薄的信仰。

这就是我李敖七十多年来的人生经验。有时候我难免也会怀疑，到底这样做值不值得呢？当我怀疑的时候，我会给自己打气，好像宗教活动的祈祷一样。有时候我也怀疑我这一辈子所宣传、所相信的一些东西，到底有没有错的地方？经过诸项检讨以后，我发现基本上都是站得住脚的，虽然我已经不像年轻时那样天真了。

我年轻的时候相信“自由、平等、博爱”，相信人跟人平等以后，社

① 见《李敖回忆录》“监狱（1971—1976 三十六岁到四十一岁）”一章。

会会好得不得了。可是当我年纪越大我越发现，人根本是不可能平等的。就像《1984》的作者乔治·奥威尔（George Orwell）说的：为什么有的人生来就那么漂亮，有的人生来就那么丑？为什么有的人生来那么健康，有的人生来就那么衰弱？为什么有人生来含着银汤匙，有人生来穷得要死？

我们必须承认，不平等是人间的一种现象，在不平等的前提下再来改善，反倒是务实的做法。就像今天共产党终于承认，穷是错的，要使大家有钱，有钱以后才可以共产啊。可是十三亿人口同时有钱，那是不可能的，只能使一部分人先富起来，然后大家再慢慢地一起阔起来。今天我们在北京、在上海、在广州、在深圳，亲眼看到了多少暴发户，亲眼看到人跟人之间的贫富差距是多么大，可是我们必须知道，真正的平等就是从不平等开始的，从不平等才会慢慢走向平等这个结果。这个事实虽然令人痛苦，但我们也只能忍耐它、接受它。

只要有理想就可圈可点

给大家介绍一位18世纪的意大利人，他是个怪人，怎么个怪法呢？他把他一辈子跟女人的关系都用生花妙笔写了出来。一辈子扯了多少女人呢？一百一十六个。这个人叫卡萨诺瓦[①]，活了七十三岁，小时候丧父，祖母照顾他；后来他

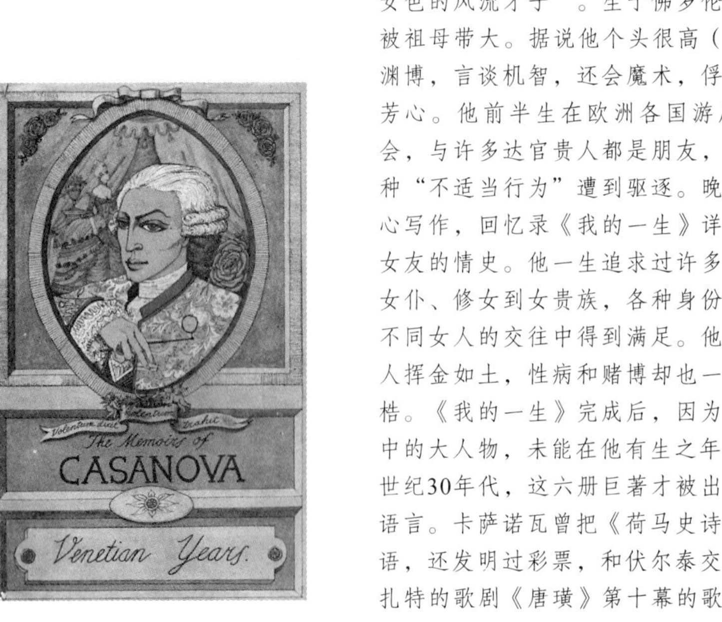

卡萨诺瓦回忆录《我的一生》

① 贾科莫·卡萨诺瓦（Giacomo Girolamo Casanova，1725—1798），意大利冒险家、作家、“追寻女色的风流才子”。生于佛罗伦萨，幼年丧父，被祖母带大。据说他个头很高（1.87米），知识渊博，言谈机智，还会魔术，俘获了许多女人的芳心。他前半生在欧洲各国游历，出入上流社会，与许多达官贵人都是朋友，然而最后总因各种“不适当行为”遭到驱逐。晚年他回到故乡专心写作，回忆录《我的一生》详述他和一百多位女友的情史。他一生追求过许多美丽的女人，从女仆、修女到女贵族，各种身份都有，他也从和不同女人的交往中得到满足。他会为了心仪的女人挥金如土，性病和赌博却也一直是他生活的桎梏。《我的一生》完成后，因为其中涉及交际圈中的大人物，未能在他有生之年被出版。直到19世纪30年代，这六册巨著才被出版并翻译成各国语言。卡萨诺瓦曾把《荷马史诗》翻译成意大利语，还发明过彩票，和伏尔泰交情颇深，据说莫扎特的歌剧《唐璜》第十幕的歌词及对白当年也由他代笔。

跟神父扯在一起，自己也成了宗教界的神职人员；再后来他跟神父的妹妹扯在一起，又因为提倡巫术坐牢……总而言之，这个人一辈子活得生龙活虎，最大的特色是把他跟很多女人的关系都写了出来。写完以后，这个东西被埋没了，埋没了六十年，才被人家发掘出来，翻译成各种语言。我李敖有一本英文版的书，平常没机会看，坐牢的时候我让他们把这部书送进来，算是仔细看了看。

卡萨诺瓦肖像画

《卡萨诺瓦》电影海报

这部书一共六本，是他全部的回忆。书里有很多18世纪女孩子造型的插画，当时的女人流行戴大帽子，裙子很厚，脚藏在裙子下面显得很小。除了这六大全本，还有一种浓缩版回忆录，我也有。大家看卡萨诺瓦的画像，那时候男人都戴假发。后来他的故事被拍成了电影。他的回忆录里有很多精彩的细节，譬如他跟一个女孩子发生恋情，两个人聊天、捉迷藏，女孩子说我有一件小饰品藏在身上的某个地方，你能找见吗？他一找，发现这个女孩把小饰品藏在她的小乳房中间……类似这种小故事整本书多得不得了，证明什么？他是用细腻的方式在跟这一百多个女朋友相处。有人说这是不是西门庆啊？他是不是很淫荡啊？我告诉你，西门庆跟这种人没法比，因为他很细腻地在处理感情问题。

真正的“西门庆”是这个人——20世纪美

国全能型篮球明星张伯伦[1]，他性开放，透露自己曾经跟两万多个女人上过床。大家看台湾的报道：

床上万人斩　群雄自叹弗如

——自称一尾火龙　能耐十足

曾与两万名女性同享鱼水之欢

他活了六十三岁，我们从他十六岁开始算好了，四十七年每年三百六十五天，天天跟女人上床也不过是17155次，两万次的数字我们好像无法置信。如果是真的，不过证明他变成了一头种猪，没有文化水平。张伯伦比起卡萨诺瓦，可以看出差距了，卡萨诺瓦会把他跟女人之间的关系用很细腻、很精致的笔触记录下来，而张伯伦没有。换句话说，虽然从道学家的眼光来看，这两个人一个是18世纪的大色狼，一个是20世纪的大淫虫，都是外国的西门庆，可是从卡萨诺瓦的记录来看，我们认为他比较有文化水平。除了上床以外，卡萨诺瓦会把男女之间的那些有趣味

美国一代篮球名将张伯伦

① 威尔顿·诺曼·张伯伦（Wilton Norman Chamberlain，1936—1999），前美国NBA联盟职业篮球运动员，NBA一代名将、五十大球星之一。1959至1973年先后替费城勇士（现为金州勇士队）、费城七十六人及洛杉矶湖人效力。1990年，张伯伦出版了一本名叫《俯瞰》的自传，他在书中表示自己曾与两万多名女子发生过性关系，一时间引起轰动，但也有人怀疑这是他为卖书而故意找的噱头。

的、有情调的小故事、插曲、花絮记录下来，请问今天那些所谓的“情圣”，有几人能够做到？

这也是一种人生，不是吗？卡萨诺瓦一辈子把他和女人的关系放在人生的首位，如果说有人是唯物史观，有人是唯心史观，他老兄就是“唯性史观”。他搞这些事、写这些书，如果目的是要靠它成名或者拿版税，那就其心可疑；可他不是，他死掉几十年后这些东西才正式出版，才被人家肯定，他对自己的一生做了非常忠实的记录，就是这样一个与众不同的、奇怪的人。

司马迁在《史记·伯夷列传》里讲了句话：“贪夫徇财，烈士徇名。”贪财的、喜欢赚钱的人为钱而死，爱名的、英雄豪杰那种人为名而死。在模式上两种人都一样，都有杀身成仁的精神。同样地，“唯性史观”的人为女人而死，求仁得仁，又有何怨？可是他为什么会变成这种人呢？卡萨诺瓦在回忆录里说，他十六岁的时候认识了一个十四岁的女孩子，觉得这女孩好纯洁、好伟大，他好爱她，好崇拜她，想要一辈子保护她。结果这女孩子没三天五天就被一个流氓骗走了，失身给这个流氓。他非常痛苦，从那时候起心里就起了反动——原来这个女人我不搞她，她会给流氓搞啊，从此修正了他以前的看法，变成了一个跟女人一辈子纠缠不清、到处扯女人的人，直到他七十三岁死掉。他晚年过得蛮悲惨的，因为那时候还没有台湾现在所谓的“威尔刚”——大陆叫“伟哥”。他最后在一个贵族家里做图书馆管理员死掉了，可是谁都没有想到，他留下了这部回忆录，并且在一百多年后享誉世界，各种版本和电影都出来了，大家觉得怎么世界上曾经有过这样一个大色狼？！当然，用“色狼”形容他不够准确，他是所谓的“一代情圣”，会把自己跟女人的关系做秘密记录，既不是为了卖钱，也不要给人看，是在死后多少年才出土公布。好像俄国诗人普希金一样，普希金也有一部日记，讲好了死后一百年才公布，公布以后大家发现了普希金的另外一面，包括他跟女人的关系。

从他的故事里，我们也看到那个时代的人搞男女关系有点痛苦：第一，脱衣服是大工程，不管男女，脱衣服都很麻烦，男的要戴假发，女的要穿紧身衣，我觉得脱起来蛮痛苦的；第二，那时候的人不太洗澡，也没有很好的洗浴设备，不管男女，每个人身上都有体臭。法国香水就这么发明出来的。现在女人浑身洗得干干净净喷上香水，当时女人没得洗澡，只能拼命用香水来遮盖体臭，所以香水味道很重。

为什么不流行洗澡？除了卫生条件外，中世纪教会的人根本反对洗澡，认为洗澡跟信仰不合。英国人洗澡是受到罗马人的影响。罗马人会享受，有洗浴设备，被维苏威火山岩浆埋了的庞贝古城发掘出来以后，发现罗马时代的人有很漂亮的浴池。英国人跟罗马人学习洗澡，可是中世纪由于宗教的原因大家都不太洗了，到了近代由于自来水的发明才开始经常洗澡。

我拉杂讲这些故事给大家听，告诉大家一个人为他的理想着迷一辈子，即使他的理想是女人，也可以做得可圈可点、精彩万分，然后把自己着迷的记录流传下来也算是一种阴错阳差，是很难得的事，因为他没有碰到“文革”，否则这辈子就有得清算了，并且这些记录会被掘地三尺挖出来，不是吗？

大人格与小人格

我们跟人吵架或者论定人的时候，常常会说“你这个人没有人格”。什么是人格啊？按照一般标准，人格的定义是很狭窄的，好比人家问孔子，管仲[①]这个人怎么样？孔子讲了一句话：“管仲之器小哉。”[②]管仲这个人的格局是很小的。人家又问：

> “管仲非仁者乎？桓公杀公子纠，不能死，又相之。”子曰：“管仲相桓公，霸诸侯，一匡天下，民到于今受其赐。微管仲，吾其披发左衽矣。”[③]

---

① 李敖《要把金针度与人》一书对“管仲：《管子》”的介绍如下：管仲（约前七一九—前六四五），字夷吾，安徽颍上人。他年轻时候很穷，但是碰到一个知己——鲍叔牙。两人在齐国内乱时，分别在公子纠和小白两个继承人身上押宝，结果管仲押的公子纠失败，管仲被关起来；鲍叔牙押的小白成功，变为齐桓公。鲍叔牙深知管仲有才干，乃请齐桓公放管仲出来，并用之为相。结果九合诸侯，一匡天下，成就了大的功业。管仲后来回忆说：吾始困时，尝与鲍叔贾，分财利多自与，鲍叔不以我为贪，知我贫也；吾尝为鲍叔谋事而更穷困，鲍叔不以我为愚，知时有利不利也；吾尝三仕三见逐于君，鲍叔不以我为不肖，知我不遭时也；吾尝三战三走，鲍叔不以我为怯，知我有老母也；公子纠败，召忽死之，吾幽囚受辱，鲍叔不以我为无耻，知我不羞小节而耻功名不显于天下也。——生我者父母，知我者鲍子也！在管仲名下的这部《管子》，包含的思想很杂，有儒、道、名、法、纵横、兵等各家，并包含管仲死后的史实，当然不是管仲所作，该是祖述其说的战国稷下学派所作。朱熹说：“其书恐只是战国时人收拾〔管〕仲当时行事言语之类著之，并附以他书。”是可信的。

② 出自《论语·八佾》。

③ 出自《论语·宪问》。

齐桓公杀了他哥哥公子纠，管仲本来是跟着公子纠的，后来跑到齐桓公那儿做国务总理。他这样子做，人格有问题吧？他应该为主公殉难的啊！孔子怎么回答？孔子说，管仲给齐桓公当家，称霸诸侯，统一天下，人民到今天还得到他的好处。如果没有管仲，我们可能还披着头发，左边的衣襟大敞着。为什么？沦为胡人了。所以管仲是我们的民族英雄啊，没有他的话，我们都被胡人统治了。——注意，孔子在这里不谈管仲要不要忠心于主公，或者给主公的敌人做国务总理对不对，他不谈这个，他关心的是有了管仲，能够使我孔夫子免于做胡人，因此“桓公九合诸侯，不以兵车，管仲之力也。如其仁，如其仁”[①]。管仲的“仁”就在于他辅佐齐桓公九合诸侯，使天下没有战事，人民享受和平，所以管仲是从大处着眼的人。

多年以前我写过一篇文章《大人格与小人格》。我在里面说：

> 孔夫子若生在现代，以他的聪明，一定不再用不精确的泛仁字眼来答复管仲的人格问题了。他只要点出“人格的两层面”，就会使学生解惑了。
>
> 什么是“人格的两层面”？
>
> 第一层面是“管仲的层面”；第二层面是“匹夫匹妇的层面”。
>
> “管仲的层面”是大人物的层面，是特立独行的层面，是大无畏的层面，是“虽千万人，吾往矣”的层面；
>
> “匹夫匹妇的层面”是小市民的层面，是随波逐流的层面，是依附权势的层面，是“庸德之行，庸言之谨”的层面。

换句话说，管仲的层面叫大人格，匹夫匹妇的表现是小人格。大人格当然会跟小人格发生冲突，尤其是在大人格尚未功成名就以前，冲突更为

① 出自《论语·宪问》。

明显。

> 管仲在尚未功成名就以前，与朋友做生意，要多分钱，在“小人格”标准，这是吃人；管仲为朋友办事，给办砸，在“小人格”标准，这是害人；管仲同朋友出征，作战时退后，凯旋时在前，在“小人格标准”，这是胆怯；管仲在公子纠被杀，朋友殉难时，反倒投奔敌人，在“小人格标准”，这是无耻。……即使在管仲功成名就以后，在“小人格”标准下，他的作风，也可议颇多，孔夫子以“小人格”标准看管仲，就骂出“管仲之器小哉”的话，就骂出“管氏而知礼，孰不知礼”的话。管仲的一切不合“小人格”标准的行径，虽为大家所不谅，但他的朋友鲍叔牙却一直信任他、一直让他。最妙的是，在管仲临死前，齐桓公来问他谁做他的接班人，他竟不推荐曾推荐他的鲍叔牙，理由是鲍叔牙不能搞政治。这在“小人格”的标准下，十足是忘恩负义了，但在“忠于为国，不私其友”的“大人格”标准下，管仲却能天下为公。管仲所以为管仲、所以伟大，就在于这里！

当年鲍叔牙推荐管仲来做齐桓公的国务总理，结果管仲快死的时候，他不反过来推荐鲍叔牙，什么原因呢？他说鲍叔牙跟李敖犯同一个毛病，看到别人的缺点，一辈子不忘记。这种人怎么能搞政治呢？搞历史第一流的，能够把真相记录得很完整，可是搞政治是跟大家搅和在一起啊，你不但不能搅和，还把别人的缺点揪出来，这怎么搞啊，所以鲍叔牙不能做国务总理。注意啊，管仲并没有因为鲍叔牙是他的好朋友，就忘掉了好朋友的缺点，这在匹夫匹妇的标准看起来，你不够朋友嘛，你忘恩负义啊。所以我说：

> 在这种标准的泛滥下，胸怀“大人格”标准的英雄豪杰，都会长期遭到舆论、谣言、群众、世俗的打击。所以，“父子责善”的贤

人匡章，全国说他不孝；“弟死不葬”的志士张良，社会说他不仁；周公旦被诬不利孺子，直不疑被诬与嫂通奸；马援被诬贪污，袁崇焕被诬反叛；张自忠被骂汉奸，蒙羞六七载；岳飞不得昭雪，沉冤二十年……多少大丈夫，在“小人格”标准下，都变成了“人格有问题”的下三烂，这种不公道局面的形成，毛病出在哪儿呢？

毛病出在“匹夫匹妇的层面”。“匹夫匹妇的层面”所见者小，这种层面的“道德判断”，只是小市民的横断面，小市民只会从个人的利益、家族的利益、朋友的利益、宗教的利益、职业的利益、帮派的利益和党的利益检定人格，他们要求的人格标准也只是他们小圈圈的人格标准。在小圈圈内，他们不失为好丈夫、好朋友、好龙头、好领袖；但在小圈圈外，他们都是魔鬼。

德国希特勒时代的军需部长叫施佩尔，他是非常能干的一个人，一般判断如果不是因为他做军需部长，德国会提前投降，提前垮掉。纽伦堡大审的时候，施佩尔被判了二十年徒刑，他是唯一承认自己有罪的人。当他看到犹太人被杀的照片时，犹太人被推进毒气室、焚尸炉的照片时，他觉得自己帮希特勒作恶是有罪的。施佩尔坐牢出来写了本回忆录，这本书卖到以色列的时候他宣布不要版税，表示他对犹太人的抱歉。施佩尔就是个典型例子，他在小人格上完全没问题，爱国爱家爱领袖，可是在大人格的标准下他错了，最后付出了代价。

我常常笑台湾这些替国民党服务的高干、将军、党国要员。我说从马英九的爸爸到马英九，你们都是些什么人啊？都是中国统一的罪人啊。这么多年来你们帮着国民党这个江河日下的政权在中国东边一个岛上负隅顽抗，你们可以说是好人，是能干的人，是漂亮的人，在小人格上是完美的，可是在大人格方面、在大的方向上，这么多年的努力都错了，不是吗？

当年国民政府驻南非负责人杨西崑[①]下台以后，有一天来敲我家的门，门一打开，他旁边一个年轻人替他抱着一根非洲象牙雕塑要送给我。杨西崑说：李先生啊，我一辈子崇拜你，可是我不敢讲，因为我要做官，现在我下台了，我也老了，我要表达对你的敬意，所以非洲朋友送我的这根象牙转送给你。从朋友的角度，杨西崑是赏识我的人，是我的知己，可是他一辈子干的什么事呢？全是帮着维持国民党政权。美国向台湾卖武器所根据的一部条例叫“台湾关系法”，这个“法”就是当年在美国宣布跟中华人民共和国建交以后，杨西崑一个一个地拉拢美国国会议员而通过的。后来杨西崑请我吃饭，我跟他谈到这个问题，我说你有没有想到，你这一辈子这么样“爱国”，这么样努力，可是你爱的是什么“国”啊？他无法答复这个问题。就好像我问当年查禁我很多书的国民党上将许历农将军[②]，我说当年你们以为不查禁我的书会亡党亡“国”，现在发现李敖的书没有被查禁也没有亡党亡“国”，你们完全搞错了嘛，你能分得清你爱的是“国”还是蒋家政权吗？他无法回答。

---

① 杨西崑（1912—2000）字宿佛，江苏人。毕业于北京大学，后赴美国哥伦比亚大学深造。曾执教于北大和西南联大，后投身政界，主要负责外交事务。1963年任台湾“外交部”常务次长兼非洲司司长，时称“非洲先生”。1971年，联合国大会驱逐台湾代表，恢复中华人民共和国的席位，杨西崑向蒋介石建议台湾应向全世界正式宣布“与大陆无关”，并将国号改为“中华台湾共和国”，并举行“全民投票”以“决定台湾未来地位”。此建议遭蒋介石否定。

② 许历农（1921—　），安徽贵池人，台湾“陆军”上将，历任“陆军官校”第十二任校长、金门防卫司令部司令、“国防部总政治作战部”主任、“总统府”“国家统一委员会”副主任委员等职。1993年因反对时任的国民党主席李登辉而退党，与赵少康等另组新党，现仍具备新党顾问身份。

双重人格也不坏

图鲁兹-劳特雷克

我这辈子写过书，办过杂志，也办过报纸。办报纸的时候，正好赶上国民党解除“报禁”，我就办了一张《求是评论》。这个报纸只有一大张，四面，以思想、文化、文学、艺术等方面的消息做头条。大家看1991年7月1日《求是评论》的新闻标题：

青楼情孽　红尘奇才

作品留世　侏儒长埋

图鲁兹-劳特雷克的人物画

什么人呢？一位画家叫图鲁兹-劳特雷克[①]，他的一张名画在伦敦拍卖了610万美金，成了我报纸的头条。为什么我说他“侏儒长埋”呢？因为他长得很矮小，不但矮小，并且长相很怪。他

① 亨利·德·图鲁兹-劳特雷克（Henri de Toulouse-Lautrec，1864—1901），法国贵族，后印象派画家，近代海报设计与石版画艺术先驱，人称“蒙马特尔之魂”。由于近亲通婚和疾病等因素，图鲁兹-劳特雷克的身高只有1.5米。身体残疾导致他经常从酒肆娼寮的夜生活里寻找安慰，也因此他的人物画作，很多是巴黎蒙马特尔一带的舞者、女伶、妓女等中下阶层人物。

常年在妓院里鬼混，得了阴茎肿大症，妓女给他起了个外号叫“茶壶”，所以我又说他是“青楼情孽”。图鲁兹-劳特雷克是一位了不起的画家，我搜罗过他的一些画册，也看过一本关于他的传记，里面有张照片是画家坐在椅子上正在画他自己，两个人看起来天衣无缝，给我一种什么感觉呢？一个人可以变成两个我。

图鲁兹-劳特雷克设计的海报

当年我坐牢的时候，跟我同案的有一个老朋友叫魏廷朝，他出狱以后每天清早在运动场上跑步，忽然有一天心脏病发作，当场死掉了。我有一点感慨，你大清早起来，不睡懒觉去跑步，目的是为了维持身体的健康，怎么可以在这种时候心脏病发作死掉啊，非常讽刺，不是吗？我想起来那时候我们一起坐牢，有段时间每个人是单独关押的，魏廷朝弄了一盘围棋，在单人牢房里下棋，跟谁下呢？跟自己下。他又是白子，又是黑子。我就问他，你怎么跟自己下棋啊？他说怎么不可以，一个人根本就有两个我嘛。——按照心理学的解释，这就是所谓的双重人格。

我出过一本书叫《蒋介石国大现形记》，司马既明著，李敖配图。司马既明是谁呢？它是个笔名，至于真名，他跟我有个约定，在他有生之年我李敖不能公布。换句话说，他活着的时候我不能说，可是他死了我当然就可以说了。现在我

刘心皇

告诉大家他是谁，看这张照片，他叫刘心皇[①]，第一届国民大会[②]代表名录里有他的名字。刘心皇是河南叶县人，由河南省农会选出来作为国大代表参加国民大会。他来台湾以后，当了“中国文艺协会”理事、“中国青年写作协会”总干事等。换句话说，他的身份是国民党控制文艺活动的一个重要高干。

刘心皇长得相貌堂堂，有一天他找到我，手里拿着一部书稿，说他前后写了四十二年才把它写完，不敢出版，可是又想出版，怎么办呢？他

① 刘心皇（1915—1996），河南叶县人，作家、评论家。中华民国第一届国民大会代表。赴台后主编过《幼狮文艺》《阳明》等杂志。20世纪70年代始，从事文学史料和传记研究。著有《徐志摩与陆小曼》《现代中国文学史话》《二十世纪的中国散文》等。

② “国民大会”原系孙中山提出。在中华民国宪法的设计中，“政”是众人之事，“治”是管理，“政治”亦即管理众人之事。照此，孙中山将政府的功能分为政权与治权。人民有选举、罢免、创制、复决四种政权，而治权则由五院（行政院、立法院、司法院、监察院、考试院）行使，提供人民必要的协助。国民政府原定于1936年召开首次中华民国国民大会，因当时东北和华北沦陷区代表选举困难被推迟。1947年11月，全国举行第一届国民大会代表选举，实际选出约2961名国大代表。第二年春，第一届中华民国国民大会召开，选举中华民国总统和副总统，被称为“行宪国民大会”。很快国民政府迁台，许多追随赴台的第一届国大代表因为无法重新选举而无限期延任，在台湾曾被讥为“万年国代”。

不要任何报酬，希望我给他印出来，同时帮他保守秘密。我接受了这个条件，给这部书不但配了图，并且改了名字叫《蒋介石国大现形记》。我在这本书的序《秘刊〈蒋介石国大现形记〉的经过》里特别点破，这部衰世之书的作者具有双重人格：

> 作者司马既明先生生逢衰世，躬逢衰世，俛仰与衰世，虽身为国民党国大代表四十二年，但是一线良知，使他虽然俯首苟活，却不甘默尔而息，因而发奋秘密成此野史，然后秘密商之于我，无条件要我为他出版。唯一条件是，在他有生之年，不能透露他的真名字，我感于他的一片至诚，完全同意了。
>
> 也许有正人君子，讥笑本书的作者是涉嫌双重人格……但是反问一下，双重固然不当，但是单一到底，不是双重人格，只有一种人格，这种人格冥顽至死，老顽固至死，难道就是对吗？难道老“国代”一做四十二年，最后同流合污，守口如瓶，一点底也不掀，一点省也不反，坚守从一而终，对蒋介石昧心仁义道德，就比双重更好吗？

这位刘心皇先生表面上是国民党的忠心党员，忠党“爱国”，帮着国民党来搞文艺活动，控制文学作品，完全是个“打手”；可是骨子里他还有另外一面，这一面的刘心皇竟然秘密写了一部蒋介石出丑录。如果他不是双重人格，他就写不了这个书，所以我说双重人格虽然不可取，可是单一人格就好吗？在不得已的选择之下，白天我跟着国民党这个祸国殃民的集团鬼混，做他们的“打手”，四十二年领干薪；可是夜里我天良发现，写出这种书来揭发他们黑暗集团里面的种种黑暗，这不是坏事，是好事，不是吗？

刘心皇在这本书里写了蒋介石如何在大陆操纵民意，如何控制国民党集团，最后这个“小朝廷”被共产党赶到台湾以后，这批人又搅在一起，整天想办法荼毒民意。他把整个的内幕都写了出来，只有双重人格的人才能干这种事，不是吗？什么是双重人格啊？白天喊“万岁”，晚上下毒手。

虽然我李敖对那种一路走来始终如一的人很佩服（好比我佩服联邦德国总理阿登纳，他本来是科隆市长，在纳粹势力如日中天、全体都喊“希特勒万岁”的时候，他能够不合作）；可是我也能够理解一般匹夫匹妇、普通小民的选择，他不敢公然跟那个威权政府作对，也不敢公然把自己的饭碗砸掉，像刘心皇这样做了蒋介石的“国大”代表，每个月领干薪，什么事都不做，只是每六年选一次“总统”，每次还选错，每次都选出蒋介石。可是在私底下他是另外一个人，他有他的抱负、他的思想、他的骨气。当他有一天抱着这部书稿神秘兮兮跑来找我的时候，我真是觉得一个人有双重人格也不坏。

还有一位“国大”代表叫“马五先生”[①]。他有一次偷着跑来告诉我，每六年蒋介石会找我们开会，请我们选他做“总统”，当时我真想跟蒋介石谈判，我说你直接给我们一大笔钱好了，不要每个月零零星星给，一次给一大笔钱，我们就选你做皇上，从此大家再见，你做你一辈子的皇上，我们再也不要每六年出来演这个所谓的民主假戏了，大家都轻松，不是吗？

① 即雷啸岑（1896—1982），国民党政要，笔名“马五先生”。湖南嘉禾人，早年留学日本。曾任“中央日报社”主笔。第一届国大代表。1960年在港创办《自由报》。1982年病逝。

了不起的自杀者

我这次去北京，承凤凰电视台刘老板的好意，帮忙做了很多安排，其中一个安排是游览颐和园。颐和园我小时候来过，经过六十年再回来，在昆明湖上游着游着我就生出很多感想，我想起一个被我写过的人就在这个地方跳湖自杀了，谁呢？王国维。

多年以前我写过一篇文章叫《王国维自杀写真》，我说：

> 王国维对中国学术的贡献，是空前的。他在思想上、文学上、史学上、古文字学上、古器物学上、古地理学上，都有开山之功，史外求史，发前人所未发，“不屈旧以就新，亦不绌新以从旧”。中国学者中，像他那样有博大精深成绩的，真是“古之所无，今之罕有”了。

王国维

王国维是搞古书的人，可是大家想不到，最早把康德、叔本华、尼采这些西方哲学家介绍到中国的人，就是他。这位老先生古文好到什么程度呢？一些古代的龟壳或者牛骨出土之后，别人看是古物，他看了之后能够跟我们的古书结合起来，认出是甲骨文——中国殷商时代的文字。他写了好多甲骨文方面的文章，到今天他的结论大家都推翻不了。

这样一位了不起的学者只活了五十岁，就在颐和园昆明湖跳水自杀了。我游昆明湖的时候不由得生出很多感慨，这还不严重，严重的是第二天我又承刘老板的好意，被请到国家图书馆去看一些藏品，其中一件我一看就愣住了——《海甯王忠悫公遗墨》。海甯是浙江海宁，王忠悫公就是王国维，他死了以后被宣统皇帝封为“忠悫公”，又忠实又谨慎。什么遗墨呢？自杀留下来的遗书，上面还有淹过水的痕迹。我看到以前在文章里引证过的话：

五十之年，只欠一死，经此世变，义无再辱。

活了五十岁，什么该做的事都做了，经过时局这些变化，我不愿意再被人家侮辱了，怎么样？死掉算了。最后落款：

五月初二日，父字。

遗书是写给他第三个儿子王贞明的，毛笔字写得极好。他说：“我虽无财产分文遗汝等，然苟谨慎勤俭，亦必不致饿死也。”写完，他就揣着这封信到了颐和园昆明湖，跳下去。周围人听到落水声来救的时候，已经来不及了。后来发现那儿的水很浅，他只要站起来就不会死，结果他把自己淹死在烂泥巴里。换句话说，他是真的不想活了。

当年我有一个台大历史系的同学，比我晚一班，叫华昌平，他是海军的游泳选手，后来自杀了。怎么自杀呢？游泳把自己淹死了。大家想想看，一个游泳高手不想死立刻就能浮上来嘛，他却把自己淹死，需要多大的决心！

为什么王国维不想活了呢？他说“五十之年，只欠一死，经此世变，义无再辱”，什么叫“再辱”啊？第二次受侮辱我不愿意了，因为第一次侮辱在清朝亡国的时候，你一“辛亥革命”我就应该死掉，可是我没有；现在你国民党联俄容共乱搞，在湖南杀了一个有名的学者叫叶德辉①，当这个势力往北方走的时候，我不能再忍了，自杀了。②

王国维是清朝的忠臣，一直留辫子。当年北京大学请他做教授，他拒绝，不去。清华大学请他做教授，他也拒绝，不去。清华觉得太可惜了，这么有名望的学者不能请来，就跟胡适商量，胡适说我有办法，什么办法呢？请末代皇帝溥仪下一道诏书，命令他的臣子王国维去教书。王国维一看，皇上下命令了，好，跑到清华国学院教了一年书就发生了自杀事件，最后皇上没死，大臣死了。

---

① 李敖在《王国维自杀写真》一文中写到叶德辉的死：“叶麻子”，湖南湘潭人。他28岁就中了进士，30岁后就“乞归故里，奉亲读书”。他在学术方面，经学、律法、小学、碑版、摹印、占卜、星命等等，都很在行。他写的《书林清话》，是中国目录学上的精品。他的藏书丰富，书架上贴“老婆不借书不借”条子，书中夹有春宫画，用来防火，他说火神是女性，看了春宫画会不好意思，所以就不会来烧书了。叶德辉在性格上，有点反革命。在戊戌变法时候，他编了《翼教丛编》反对新政，新党正要找他算账，忽然政变失败，他逃过一劫；在辛亥革命时候，他被捕，要被杀，经章炳麟去电力保，他又逃过一劫；在国共合作时候，一切无法无天，他因为挺身批评长沙农民协会，被拉到教育会坪公审，他一点也不怕死，大骂不绝，于是在劫难逃，公审以后，斩首示众，就以六十四岁的年纪，为信仰殉道了。叶德辉死在1927年4月11日，正是国民党党中央承认“滥加罪名，囚幽满狱”后的第二天。消息传来，全国震惊。这时王国维在北京，也听说了。

② 李敖在《王国维自杀写真》一文中引用了梁启超在王国维死后十二天写给女儿梁令娴的信，其中有这样的话：静安先生自杀的动机，如他遗嘱上所说：“五十之年，只欠一死，经此世变，义无再辱。”他平日对于时局的悲观本极深刻，最近的刺激，则由两湖学者叶德辉、王葆心之被枪毙，叶平日为人本不自爱（学问却甚好），也还可说，是有自取之道；王葆心是七十岁的老先生，在乡里德望甚重，只因通信有“此间是地狱”一语，被暴徒拽出，极端棰辱，卒置之死地。静公深痛之，故效屈子沉渊，一瞑不复视。

诸葛亮也是这样啊。魏、蜀、吴三国争霸，蜀国的刘备死了以后位子让给刘禅，就是阿斗，国务总理是诸葛亮。最后诸葛亮在五丈原累死了，因公殉职；诸葛亮的儿子抵抗魏国，战死了；诸葛亮的孙子继续作战，也死了。总之，国务总理系统为了保卫刘家的天下，祖孙三代的命都送掉了，而阿斗干什么呢？投降了。大家想想看，大臣为了保护皇上死光光，而受保护的皇上却投降了，整个逻辑很荒谬，不是吗？同样地，王国维自杀以后，宣统皇帝跑到伪满洲国做皇帝去了，他继续活着，没有自杀。

可是王国维的死并不是出于这种狭窄的忠君思想，他是为了他的理想而死掉的。陈寅恪在《王观堂先生挽词》里说：

> 凡一种文化值衰落之时，为此文化所化之人，必感苦痛，其表现此文化之程量愈宏，则其所受之苦痛亦愈甚；迨既达极深之度，殆非出于自杀无以求一己之心安而义尽也。

我李敖在文章里写：

> 国民党和它“容”的“共”杀了叶德辉以后，王国维似乎感到：这些南来的职业革命家，既然到湖南杀到湖南，到湖北杀到湖北，不久到了北京以后，自然也就杀到北京。在这种杀风下，他自己是该杀的对象，并不意外。于是，他的一片失望，逐渐转化为绝望，“掩卷平生有百端”，从此化为一端——他想自杀了。

王国维写过一首《浣溪沙》的小词，原文是：

> 掩卷平生有百端，
> 饱更忧患转冥顽，
> 偶听啼鴂怨春残。

坐觉无何消白日，
更缘随例弄丹铅，
闲愁无分况清欢。

书一放下来，我的感慨就出来了，一片失望，最后化成绝望。怎么来消磨我的日子呢？搞道家这些炼丹实验，等于做我的学术研究。最后一句“闲愁无分况清欢”，我连忧愁都轮不到，何况快乐？表示人生非常痛苦，非常悲哀。我在《王国维自杀写真》里写：

汉朝的龚胜在王莽篡汉时没有一死，但在十四年后，他从容一死；宋朝的谢枋得在宋亡元兴时没有一死，但在十四年后，他从容一死；王国维在清社既屋时没有一死，但在十六年后，他从容一死。这些志士仁人在可死、可以无死之间，有他们基本的下限。那下限就是：当统治者竟连最起码的清静，都不给人的时候；当职业的革命家连最起码的容忍，都不饶人的时候，再活在这种空气之下，也就全无生趣了！

同样地，老舍也是自杀死的。整个故事说明什么？一个优秀的中国知识分子在面对所谓的“革命势力”排山倒海而来的时候，何去何从？如果你默默无闻，为了求生，也许可以大家一起鬼混；可如果你是有良知、有声望的人，当你不跟“当道者”合作的时候，面临的就是侮辱。最后王国维表示，轮不到你们来侮辱我，我先死了，一死了之。这种清高又决绝的态度是一种了不起的人生选择。

何不“与世推移”

大家都用过柯达（Kodak）胶卷，美国柯达公司（Eastman Kodak Company，简称柯达）发明的一种照相底片。柯达彩色胶卷上有一个词Eastman，台湾这边翻译成“伊士曼”。什么是伊士曼呢？这是个人名，柯达公司的老板，在早期的摄影摄像领域，伊士曼[1]是个前卫的人物。美国《时代》杂志当年以他为封面人物进行了报道。

伊士曼

《时代》报道伊士曼

伊士曼有钱、有地位、有名望，可是快到八十岁的时候，他不想活了。用手枪自杀之前，他留下一句话，大意是我要做的事情都已经做完了，还活着干吗？人的自杀有好多种，我必须说

① 乔治·伊士曼（George Eastman，1854—1932），美国发明家，柯达公司创办人及胶卷发明人。生于纽约州，父亲早逝，少年时代辍学后曾自学会计进入银行工作，后来一心研制摄影器材，创立了柯达公司，发明了卷式感光胶卷和新式照相机。1932年3月14日，他在家中举枪自杀，留下一张字条：“给我的朋友们：我的事都做完了。那还等什么呢？”（To my friends, my work is done. Why wait?）。伊士曼一生捐款倡办教育事业，所捐的善款超过一亿美元。

这位老兄的自杀是相当奇怪的一种，他没有被迫害，个人生活极好，什么都有，可是最后他活得不耐烦了，自我了断。

比伊士曼早死五年的有一个中国人叫王国维，他也很有名望，很有才华，是位了不起的大学者，可是最后也自杀了。他跑到北京颐和园的昆明湖投水，水很浅，跳下去本来可以不死，一站就可以起来，可是他整个人扑下去，扑到烂泥里，硬死死掉了。大家知道我在北京的国家图书馆看到他留有淹水痕迹的遗书，有什么感觉吗？如果说我李敖多愁善感，那就是在这方面了。我很感动，二十多年前我在台湾看到这封信的图片印在报纸上，二十多年后我有机会在北京看到它的原件。王国维在遗书上跟他儿子说："五十之年，只欠一死，当此世变，义无再辱。"我活了五十岁，什么都不欠，就欠一死，就该死；现在世道变了，国民党他们要打来北京了，我不愿意再接受羞辱，自杀了。

这封遗书当年跟着王国维一起下水，人死了，信保留下来。它见证了一个中国知识分子的自杀，可他不是美国式的自杀。美国人不晓得天高地厚，他们从南北战争以后本土没有经历过战乱；在我李敖看来，美国的文化跟他们吃的食物一样，汉堡、热狗、薯条、麦当劳……都是些没有水准的东西。为什么呢？他没有忧患的遭遇。可是王国维不一样，他面对了种种时局的忧患，当他知道湖南发生的事件，而联合军事力量正朝着北京打过来时，他发现自己可能处于"政治不正确"的境地——他还留着辫子，是清朝遗老，他不愿意接受这种羞辱，自杀了。

我拿美国伊士曼的自杀和中国王国维的自杀做对比，告诉大家自杀也是有学问的，自杀也是有理由的，自杀有一些成立的理由和一些不成立的理由，可是在我李敖的信仰里，不管什么理由，自杀表现出来的是一种深层次的软弱，是对现实的厌倦和屈服。我觉得新时代的知识分子应该做一个战士，对这种不合理的世界、不合理的处境要把它击退、把它打败甚至把它骗倒，而不是要放弃、要自杀。

大家看这幅屈原像，屈原在我们传统说法里是一个忠心耿耿的人，他向领导提意见，结果没被采纳，跳河自杀了。跳河以前，屈原碰到渔父，渔父说，这不是三闾大夫吗？怎么这样潦倒地、很不快乐地在河畔行吟呢？[①]屈原说："举世皆浊我独清，众人皆醉我独醒，是以见放。"大家都是混浊的，只有我像清水一样清；大家都喝醉了，只有我是清醒的，所以我痛苦。渔父怎么说呢？

> 圣人不凝滞于物，而能与世推移。世人皆浊，何不淈其泥而扬其波？众人皆醉，何不餔其糟而歠其醨？何故深思高举，自令放为？[②]

什么意思？真正有本领的知识分子要能够随着世道的变化而推移改变；你们黑暗，我在黑暗里面跟你们搅和；你们喝酒，我也跟着一起喝酒；可是我喝酒我搅和，并不代表我就屈服妥协、醉生梦死，我会用你的方式来把你征服、把你改变，最后达成我的目的。这才是真正的有为者啊。可是屈原不愿意，他觉得自己太清白了，太干净了，"宁赴湘流，葬于江鱼之腹中。安能以皓皓之白，而蒙世俗之尘埃乎"，

傅抱石《屈原》

① 见《楚辞·渔父》。原文为：屈原既放，游于江潭，行吟泽畔，颜色憔悴，形容枯槁。渔父见而问之曰："子非三闾大夫与？何故至于斯？"屈原曰："举世皆浊我独清，众人皆醉我独醒，是以见放。"

② 见《楚辞·渔父》。

最后自杀了。

在我李敖看来，屈原是个失败者嘛。第一流的知识分子愁眉苦脸，怀石投河，算什么本领啊？基本的人生观是错的嘛。什么是成功者？就是渔夫提醒的，能够“圣人不凝滞于物，而能与世推移”；这个世界是黑暗的，我要使它光明；这个国家是不自由的，我要使它自由；你不能光嘴巴说说，干不成就跳河自杀；你要很有技巧地去达成你的目的，这才是真正一流的知识分子要干的事!

《孟子》里说：“麒麟之于走兽，凤凰之于飞鸟……类也。”[①]麒麟和一般的走兽，凤凰跟普通的飞鸟，都是同类的；“圣人之于民，亦类也”，圣人跟普通的百姓也是一样的；“出于其类，拔乎其萃。自生民以来，未有盛于孔子也”，高出同类，超出同群的人，没有比孔子更伟大的了。什么意思？圣人跟我们是一样的，只是他“出乎其类，拔乎其萃”，比我们更高一招，更优秀一些。注意中国语文的变化，《孟子》里的“出乎其类，拔乎其萃”到了《三国志·蜀志·蒋琬传》里就变成“琬‘出类拔萃’”，八字变四字，中文在浓缩，成语出现了。

说到“出类拔萃”，我总觉得我们这个世纪的人已经不像19世纪末20世纪初的人那么快乐了，原因是我们人类在那个时代出现了很多出类拔萃、非常有个性的人，譬如爱迪生，一个人就发明了那么多东西。现在我们的发明更多是靠群体的力量，大家合作干，不需要你一个人又是发明电灯又是发明留声机的。当年一个人就能光芒四射，现在个人被群体吃掉了。你想“出于其类，拔乎其萃”，可是你冒不起来，你被群体牺牲掉，被打压掉了；或者说这个世界越变越复杂，不是你个人所能够了解的，好比现在的学者，一个人只能知道一个问题的一点点，古希腊亚里士多德时代、法国狄德罗时代那种百科全书式的学者没有了，我觉得很遗憾。

---

① 出自《孟子·公孙丑上》。原文为：有若曰：“岂惟民哉！麒麟之于走兽，凤凰之于飞鸟，太山之于丘垤，河海之于行潦，类也。圣人之于民，亦类也。出于其类，拔乎其萃。自生民以来，未有盛于孔子也。”

你可以说人类在这个世纪整体在进步，大家的生活越过越好，都能吃饱饭，认识字，有了钱发了财，不需要那种拔尖的个人了。这种说法也成立，可是在我的感觉里面，总觉得这个世界如果少了这些“出于其类，拔乎其萃”的个人，味道不太够！当然不管怎么“出于其类，拔乎其萃”，如果你去搞自杀，就是我李敖不赞成的，不管是美国式的自杀还是中国式的自杀。

最好的死法

当年我被国民党伪政府的公安机关抓走的时候，他们是当着我女朋友的面抓我走的。我当时的女朋友叫小蕾，很可爱的一个女孩子，我们一起在台湾游山玩水，去了很多地方；其中一个经常去的地方是阳明山公墓，我们常常去那里看死人。为什么看死人呢？我觉得人对生死问题应该有更深刻的了解。我在台湾有十四年之久是被封杀的，不管广播、电视、书刊、杂志，统统不许出现“李敖”的名字，封杀的过程中没人知道我在干吗。我干吗呢？做一些有趣的研究，其中就包括对生死问题的研究。

十四年过后，环境松动了，有学校敢请我去演讲了。我在演讲中常常提出一个问题让听众回答，我说如果可以选择死，你最喜欢哪一种死法？众说纷纭。有人说他喜欢吃安眠药死，有人说他喜欢在睡梦里死。我说你们都太不罗曼蒂克了。有幅漫画，丈夫要谋杀他太太，把太太捆在铁轨上，等着火车来轧死她。等的过程中，他在旁边准备了一台电视机给太太看，准备了一个枕头给太太枕，又准备了一把洋伞给太太撑着。他太太讲了一句话，她说我知道你有神经病，可是我必须承认你非常体贴，死都让我死得这么周到。

这当然是个笑话。我说不管吃安眠药静静地死，还是火车轧过来迅速地死，我都提前知道我在死，这都不是最好的死法。我认为舒服的死、快乐的死，并且在死的过程中不知道我要死，才是最好的。举个例子，老先生打麻将，打到后来听牌了，忽然自摸，太兴奋，当场死掉。我觉得这算是一种快乐的死法，可是精神和肉体不够一致。什么意思呢？打麻将这个动作太微弱了，听牌以后自摸，和了，一高兴，死了。精神上是兴奋的，可是肉体上太安静。我认为肉体和精神同时兴奋才好。

大家看中国古代金簪的造型，古人不但女人头上戴簪子，男人偶尔也戴。这个簪除了别住头发做装饰以外，还有一种民间传说的功效——防止男女做爱时，男人“马上风”。什么叫“马上风”啊？历史上有个匈人领袖叫阿提拉[①]，他在5世纪的时候把欧洲搅得天翻地覆，有本小说*Attila the Hun*讲的就是他的故事。传说阿提拉在新婚之夜跟一个现在等于是德国人的女孩子上床，忽然在性高潮的时候，“咚”，死掉了，马上风！中国女人急救马上风的方法是用头发上的这个簪子扎他，刺激他，给他放血，可能会使男人恢复过来。所以簪子在民间传说中还有这样一种用途。

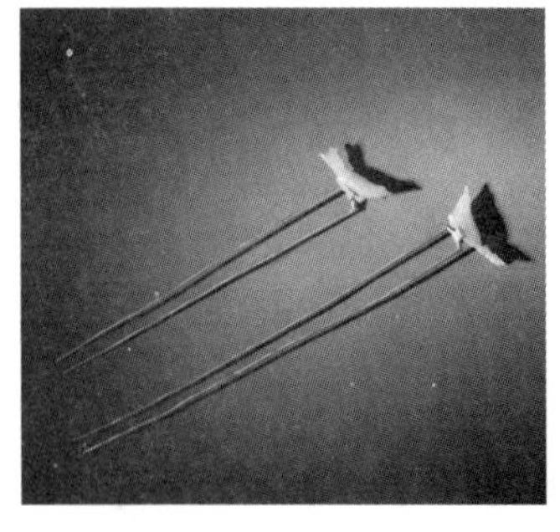

古代金簪

阿提拉在新婚之夜死在新娘子身上，在精神和肉体同时最兴奋、最协调一致的时候死掉，这就是我李敖所向往的最好的一种死法。除了这个死法以外，有没有第二好的死法呢？也有，那就是你跟你的情人一起殉情死掉，你死得并不孤单，跟自己心爱的人在一起。英文有个词叫

电影《阿提拉大帝》海报

① 阿提拉（Attila，406—453），古代欧亚大陆匈奴（Hun）帝国的领袖，史学家称之为“上帝之鞭”。曾多次率领大军入侵东、西罗马帝国。全盛时期的疆土东起咸海，西至大西洋海岸，南起自多瑙河，北至波罗的海，征服和管理着多个附属国。但是在阿提拉死后，他的帝国迅速瓦解消失，这也使他在欧洲历史中更富传奇性。

suttee，殉夫自焚。古代印度有这种风俗，丈夫死了以后，寡妇要陪着死。火葬是露天的，木头在上，尸首在下，光天化日之下把你烧掉。在熊熊烈火燃起来的时候，你这个寡妇就要跳到火里去，跟着丈夫一起死。当然这种殉情不是我说的殉情，它是制度化的，有强迫性，真正的殉情应该是两相情愿的。

殉夫自焚

19世纪末奥地利约瑟夫国王①的独子接班人鲁道夫只活了三十岁，他爱上一个女孩，两人因为不能结合，一起跑到维也纳西南十五公里边上的一个有名的村子梅耶林（Mayerling）殉情自杀。②殉情的方式是两人并排躺在床上，奥地利

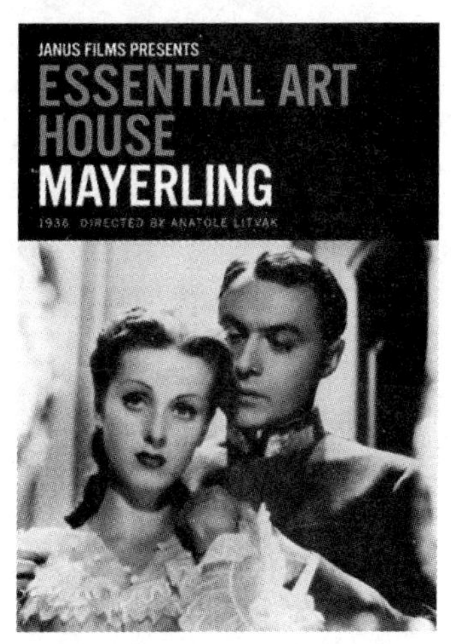

电影《魂断梅耶林》海报

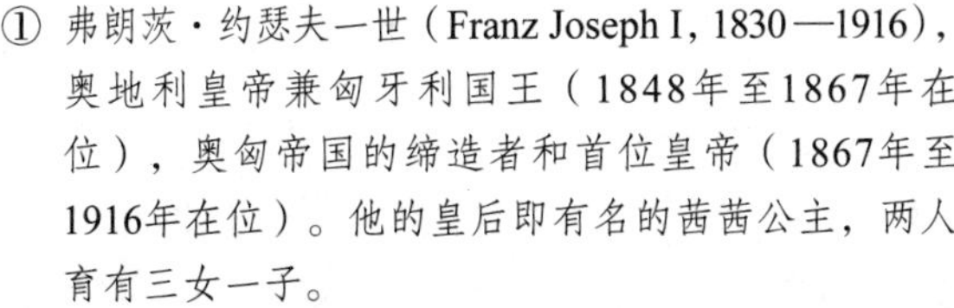

① 弗朗茨·约瑟夫一世（Franz Joseph I, 1830—1916），奥地利皇帝兼匈牙利国王（1848年至1867年在位），奥匈帝国的缔造者和首位皇帝（1867年至1916年在位）。他的皇后即有名的茜茜公主，两人育有三女一子。

② 即震惊欧洲的梅耶林事件。1889年1月31日清晨，三十岁的奥匈帝国皇储（Crown Prince Rudolph）和他十七岁情人（Mary Vetsera）的尸体，在维也纳近郊的梅耶林太子行宫中被发现。据说两人是殉情自杀，一直以来皇储鲁道夫和比利时公主的婚姻都不幸福，他爱上了十七岁的男爵之女玛丽·维特色拉，但二人无法结合，最后殉情了事。梅耶林事件对日后欧洲历史的走向产生了重大影响。鲁道夫是约瑟夫一世皇帝的独子，婚后育有一女，没有儿子。他死后，约瑟夫一世立其三弟的长子弗朗茨·斐迪南为新皇储。1914年，弗朗茨·斐迪南大公与庶妻霍恩贝格女公爵苏菲在波黑首府萨拉热窝遇刺，由此导致奥匈帝国对塞尔维亚宣战，随后德、俄、法、英等国相继卷入战争，第一次世界大战爆发。

殉情的皇储鲁道夫

鲁道夫的情人玛丽

皇太子先用手枪把自己的女朋友打死，然后开枪自杀。这是一个很凄美的故事。现在问题来了，这女的要充分相信她的爱人，才会有这个结果啊，不然你打死我，你自己跑了——北京话叫颠儿了，那怎么得了？

有没有人颠儿了呢？有。他约你一起死，你死了之后，他颠儿了。当年国民党兵败山倒来台湾的时候，发生过一起“淡水河十三号水门事件”[①]。一个有妇之夫叫张白帆，福建人，跟一个本省女孩子陈素卿谈恋爱，两人无法结婚，女孩子说不能结婚，我们也希望永远在一起。什么方法呢？殉情自杀好了。于是男的写了一封声情并茂的遗书，叫女孩子抄一遍，好像她自己写的一样，信里拼命赞美这个男的，把他们的爱情描写得多么伟大，然后两人相约到淡水河十三号水门去上吊。女孩子吊上去以后，当场死了。男的

① 1950年1月13日清晨六时，台北淡水河十三号水门旁边发现一具上吊的女尸，河堤上留有两封遗书，一封写给反对本省和外省人通婚的父母，还有一封万言书写给她的情人张白帆。第二天，国民党的《“中央”日报》就全文刊载了这封信，并刊出张陈两人照片，成为台湾钦定版的“罗密欧与朱丽叶”，轰动一时。但是一周后，有心的记者和警方就查出，此案另有蹊跷。原来陈素卿的两封遗书是张白帆早就写好了骗她抄下来的，目的是让陈家人以为女儿自尽，两人好一起私奔，远走高飞。12日晚，两人相约在淡水河边自杀，张白帆的绳子打了活结，陈素卿那根却是死结。两人同时套脖，一跃而下，张白帆安然落地，陈素卿却香消玉殒了。真相大白后，张白帆被判处七年有期徒刑。

的绳子是个活扣，吊上去一拉，他活了，颠儿了，跑了。后来被逮住，判了七年徒刑。

这个例子证明什么？殉情有危险，你不能保证大家同时死掉。最有趣的一个例子是文天祥，蒙古军队打过来的时候，大家知道守不住，要亡国了，要被俘了，文天祥就跟他这些班底开会，说蒙古人打过来以后我们怎么办？有人说了三个字：一团血。我们用血肉之躯去抵抗蒙古人，大家都死了，满地是血，一团血。文天祥就笑，说你们搞得一团血可不要变成刘玉川啊。刘玉川什么人？他跟妓女一起约好自杀，结果妓女喝了毒酒以后，他老兄不喝，颠儿了。文天祥说不要到时候蒙古军队一打过来，大家都变成刘玉川了；意思是有人去殉国了，有人就跑掉了。结果呢，文天祥真的殉国了，其他那些所谓的英雄豪杰都颠儿了，都成了刘玉川。

刘玉川模式之外，还有一种模式。笔记小说里有个故事，一个人也跟妓女约好殉情自杀，女的喝了毒酒，男的不喝，女的就问，你怎么不喝啊？男的说，我跟你一起死，我家里人恨你，他们只埋我，不埋你，你这个尸体就没人管了，我等你死了，先把你埋好，然后我再死。结果女的又上当了，男的又颠儿了。

大陆也出过一起殉情事件。1988年11月21号，一男一女用炸弹在北京的长城上把自己炸死了。男的叫关云芳，三十岁，女的叫张国英，二十九岁，都是我李敖家乡——吉林省人。他们各有妻室和丈夫，殉情使用的是自制炸药。目击者说，两人在长城烽火台上搂在一起，一边看风景一边就爆炸了。我觉得这是最好的一种殉情方式，因为炸弹炸开时你颠儿不了啊，炸弹比你快啊。有个笑话，一对好朋友在帐篷里睡觉，忽然听到外面来了一只熊。甲赶快穿球鞋，乙说穿球鞋你跑得过熊吗？甲说我不需要跑得过熊，我跑得过你就好了啊。那意思你被熊吃掉，我不就脱身了吗？所以我才说所有殉情模式里以我们吉林老乡这对男女的方式最好，你跑不过炸弹嘛，对不对？我唠唠叨叨讲这些故事，告诉大家，“马上风”的死法是最好的，而一起殉情非常危险，除非你能保证跟你一起死的人真的会死。

肆／
男女大不同

限时分手最浪漫

我三十五岁时看过一部电影叫*Sweet November*，中文翻译叫《寂寞小阳春》（又译《甜蜜十一月》），我觉得这个翻译真好。唐朝诗人李白说：“况阳春召我以烟景，大块假我以文章。”[①]小阳春，指中国农历的十月，也就是阳历的11月。电影的女主角是一个幽怨的女子，得了绝症，什么时候死不知道。她不愿意孤单地死掉，希望能死在爱人的怀里，可是哪有那么理想的男朋友能够陪着她从病到死呢？于是，她异想天开地想出一个方法，每个月找一个男朋友，同居刚刚好一个月，立刻分手。找到11月男朋友的时候，这个男人提着皮箱进来，正好看到他的前任、10月男朋友被这女孩请走。10月男朋友有点恋恋不舍，女孩却一脸冰霜，因为约好的10月

《甜蜜十一月》海报

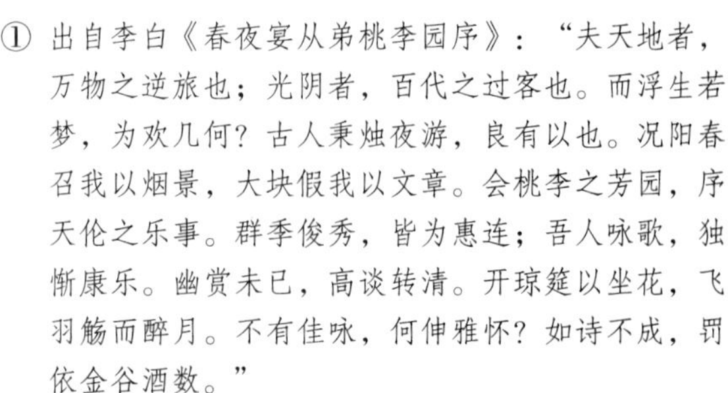

① 出自李白《春夜宴从弟桃李园序》：“夫天地者，万物之逆旅也；光阴者，百代之过客也。而浮生若梦，为欢几何？古人秉烛夜游，良有以也。况阳春召我以烟景，大块假我以文章。会桃李之芳园，序天伦之乐事。群季俊秀，皆为惠连；吾人咏歌，独惭康乐。幽赏未已，高谈转清。开琼筵以坐花，飞羽觞而醉月。不有佳咏，何伸雅怀？如诗不成，罚依金谷酒数。”

1号到31号是你，11月就换另外一个人了。

11月男友出现以后，两个人的感情非常好，像新婚伴侣那样甜蜜。到了11月30号这天，男的对女孩说，我们白头偕老吧，不要分开，永远不要离开11月。他找了很多11月的月历，全部摊开在房间里让女孩看，那意思是11月是甜蜜的，11月是永恒的，11月属于你和我，让我们的爱情在11月常驻。女孩看了非常感动，感到非常温暖，哭了起来。可是到了12月1号这天清晨，有人来敲门，门打开，12月男友报到了——这男的看起来鼠头蛤蟆眼，长得歪七扭八，很显然女孩还是喜欢11月男友，可是她狠下心装作一脸冰霜，仍旧请11月男友出门，把12月男朋友请进来。故事就这样子结束了。

看完这部电影二十多年以后，在台湾一些大学做演讲的时候，我偶尔会提到它。在我的记忆里，11月男朋友准备了一本日历，最后一天他跟女孩谈判说，我们明天不要分开吧。女孩说，日历过一天就撕掉一张，明天是12月1号了，说好的必须分开。男朋友说，你撕撕看吧。女孩就走过去撕日历，撕了一张，下面是11月30号；又撕一张，还是11月30号；再撕一张，还是11月30号……撕撕撕，永远都是11月30号。原来男朋友偷偷印了一本日历，下面的每一天都是11月30号。

后来我请美国朋友买来这部电影的录像带，看完后吓了一跳。明明电影里11月男友摆出是一份一份日历，满屋都是，从来没有印过一本日历，上面每一天都是11月30号。换句话说，一张张撕日历的情节根本没发生，是我二十年来自己在脑海里重新编剧出来的。大家想想看，有不有趣啊？为什么我会在记忆里把这个故事重新改编了？你可以说我老了，可是我觉得这个改编比原剧更好。

这几年美国又翻拍了*Sweet November*，新的女主角更艳丽一些，不像前一部女主角看起来那么幽怨。电影情节大同小异，可是结尾不一样了。旧版本中，12月1号新男友敲门报到，门开了，女孩子拎着皮箱把11月男朋友请出去。新的版本是女孩没有找12月男友。12月1日清晨，11月男友睡醒一看，女孩不在身边，而是正穿衣服往外走。男的就问，你去哪里？女孩说，我到外面走走，给你一点时间。干什么？请你收拾行李离开。现在已经是12月1号了，我们两人的因缘告一段落了，我出去走走让你有时间来打包行李。这男的就赶紧穿衣服追出去，喊她。女孩不理，一直往前走。最后走到一座长满植物的小桥上，男的追到了女孩，说我想跟你结婚，我们不要分开吧——头一天这男的已经知道女孩得了不治之症。女孩子不肯，说我要回到我爸爸妈妈那里，我们两人还是分开吧，我们的未来要靠你对我我对你的那种甜蜜记忆来活，如果继续在一起，就没有那种美好的感觉了，一定要分开！

女孩跟11月男友同居的时候，有一次把自己脱光了，也把男友脱光了，然后用一条围巾把男的眼睛蒙起来，叫他在房间里摸着找她。最后在桥上，她又把身上的围巾取下来，围在男朋友的眼睛上，然后亲吻他。男的就站在那里，等着女孩来亲，等了一段时间，把围巾拿下来，前面什么都没有了。

我觉得这个分手的情节要比前一部 *Sweet November* 处理得好。这个故事传达出一种新的爱情哲学，不论男欢女爱、两人感情多么好，一个月就要分开。换句话说，两个人要限时分手。大家想想看，如果一对男女在一起，发现两人的因缘只有三十天，这时候男人、女人的坏毛病都不会出现了，为什么？来不及啊，要珍惜这仅有的三十天，时间到了自然分手。有人说，为什么不等到两人的感情渐行渐远以后再分手呢？告诉你，那时候就没有趣味了。男女在感情最好的状态下分开，我觉得才算真的懂得爱情哲学。

我写过一首诗：

花开可要欣赏，然后就去远行，
唯有不等花谢，才能记得花红。
有酒可要满饮，然后就去远行，

唯有不等大醉，才能觉得微醒。
有情可要恋爱，然后就去远行，
唯有恋得短暂，才能爱得永恒。

人世间本来就有很多“彩云易散琉璃脆”[①]的情况，男女关系的本来面目是喜新厌旧的。非要爱得死去活来，守到白头偕老，事实上是一种自欺，因为那是不可能的事情啊。最好的男女关系应该在一个最高点上分开，走下坡路再分开就没有诗意了。至于说最后反目成仇，法庭相见，鼻青脸肿，叫骂不绝，这种分手方式太不美了！我认为真正好的爱情关系就应该是*Sweet November*里这种关系，当然这个女孩得了绝症，也情非得已，如果她不得绝症，也可能像一般女人那样死缠活缠，缠住一个男人不放。可是不管怎么说，这个电影给我们提供了一种新的爱情哲学——限时分手，如此使我们对爱情留下最美好的回忆。

① 出自白居易的《简简吟》：“苏家小女名简简，芙蓉花腮柳叶眼。十一把镜学点妆，十二抽针能绣裳。十三行坐事调品，不肯迷头白地藏。玲珑云髻生花样，飘摇风袖蔷薇香。殊姿异态不可状，忽忽转动如有光。二月繁霜杀桃李，明年欲嫁今年死。丈人阿母勿悲啼，此女不是凡夫妻。恐是天仙谪人世，只合人间十三岁。大都好物不坚牢，彩云易散琉璃脆。”

世世兄弟太累人

我手里有一本《八指头陀诗集》，清末民国初年一位有名的和尚写的[①]。他年轻时为了表示对佛的虔诚，烧掉了自己两根手指头。八指头陀的诗里有一句：

与君世世为兄弟，同助如来转法轮。

我和你这辈子做兄弟，下辈子做兄弟，下下辈子还做兄弟，干什么？帮助弘扬如来的正法。在“世世为兄弟”的注解里，八指头陀写了三个字“用苏句”。什么意思？这本来是苏东坡的句子，我把它改写了。苏东坡当年被关在牢里的时候，写了《狱中寄子由》，怀念他的弟弟苏子由。

圣主如天万物春，小臣愚暗自亡身。
百年未满先偿债，十口无归更累人。
是处青山可埋骨，他年夜雨独伤神。

---

① 释敬安（1852—1912），俗名黄读山，字寄禅，湖南湘潭人。他七岁丧母，十二岁丧父，十六岁到湘阴法华寺出家，拜东林长老为师。因曾于阿育王寺烧残二指，并剜臂肉燃灯供佛，故自号八指头陀。八指头陀曾做苦行僧遍游江南，与齐白石、杨度等人交友，问学于王闿运门下，声誉日隆。历任衡阳罗汉寺、衡山上封寺、大善寺、长沙上林寺、宁波天童寺等住持。1912年，担任中国佛教会首任会长。后因处理湖南僧院地产赴京，寂入北京法源寺，享年六十岁。一生留下诗篇1900多首，有《八指头陀诗集》《白梅诗集》传世。

与君世世为兄弟，更结人间未了因。

狱里面写东西要接受狱吏的检查，所以苏东坡先在诗里拍了皇帝的马屁，什么“圣主如天万物春”，然后才说他想念自己的弟弟子由，说我不单这一辈子要跟你做兄弟，下辈子还要做兄弟。

现在问题来了，大陆学者启功发现“与君世世为兄弟，更结人间未了因”这句话在不同版本里文字不一样。什么版本呢？宋刻《施顾注苏诗》，下面三个字“翁同龢”[①]。翁同龢是光绪皇帝的老师，后来被西太后撤职，赶回老家看管。他是清朝的状元爷，有文化也有钱，在他所收藏的苏诗版本中，《狱中寄子由》最后这句话不是“与君世世为兄弟，更结人间未了因”，而是“与君今世为兄弟，更结来生未了因”。换句话说，是“今世”，不是“世世”，是这一辈子，没说下辈子、三辈子。

当年国学大师章太炎被袁世凯关起来以后讲了一句话，说我死了以后中国文化就完了。什么意思？他代表了中国文化。这话的口气跟我李敖很像，很自大。可是我告诉大家，章太炎真的有资格讲这句话，他书念得极好，对中国古典文化的理解和发挥的确后无来者。他还说过一句狠话，说我念古书不讲究版本。为什么？古书因为雕刻者的不同、时间的不同、抄写的不同、校对的不同，文字会有出入，有出入就会以文害意，发生意思理解的错误，可是章太炎说我老章的学问太大了，任何版本对我都不是问题。

现在两个不同版本出现了，“与君世世为兄弟”和“与君今世为兄弟”，请问哪一个更好？这里面涉及修辞学的问题，涉及诗的好与坏。我宁愿相信苏东坡最早写的是“与君今世为兄弟，更结来生未了因”。后

① 翁同龢（1830—1904），字叔平，号松禅，晚号瓶庵居士。江苏常熟人，咸丰六年（1856年）进士，晚清政坛重要人物、书法家。先后担任同治、光绪两代帝师。历任户部、工部尚书，军机大臣兼总理各国事务衙门大臣。光绪戊戌政变后，被西太后罢官归里。著有《瓶庐诗文稿》《翁文恭公日记》等。

来为什么改了呢？也许是根据一个故事改的。什么故事呢？唐朝白居易的《长恨歌》写唐明皇跟杨贵妃的故事。杨贵妃在马嵬坡兵变时被赐死，死了以后唐明皇到了四川：

峨眉山下少人行，旌旗无光日色薄。
蜀江水碧蜀山青，圣主朝朝暮暮情。
行宫见月伤心色，夜雨闻铃肠断声。
天旋地转回龙驭，到此踌躇不能去。
马嵬坡下泥土中，不见玉颜空死处。

这时一个有趣的解释出现了——杨贵妃可能没有死，当时兵变逼着皇帝勒死的那个杨贵妃是假的，是替身，“宛转蛾眉马前死”的是一个宫女，因为“马嵬坡下泥土中，不见玉颜空死处”，表示没有杨贵妃的尸体。后来一个老道跟唐明皇说，我能把杨贵妃找来。在哪儿找呢？在仙山仙境里找。果然这个道士最后找到了唐明皇的老情人。他跟杨贵妃说，你要给我一句话，这话是只有你跟唐明皇两个人知道的情人之间秘密的话，我回去以后告诉皇上，证明我真的找到了你。于是《长恨歌》里写出来：

临别殷勤重寄词，词中有誓两心知。
七月七日长生殿，夜半无人私语时。
在天愿作比翼鸟，在地愿为连理枝。
天长地久有时尽，此恨绵绵无绝期！

“在天愿作比翼鸟，在地愿为连理枝”是杨贵妃与唐明皇之间秘密的情话。可是陈鸿的《长恨歌传》里讲了另外一个版本，杨贵妃告诉道士的是另一句话：

昔天宝十载，侍辇避暑于骊山宫。秋七月，牵牛织女相见之夕，秦人风俗，是夜张锦绣，陈饮食，树瓜果，焚香于庭，号为乞巧。宫掖间尤尚之。时夜殆半，休侍卫于东西厢，独侍上。上凭肩而立，因仰天感牛女事，密相誓心，愿世世为夫妇。言毕，执手各呜咽。此独君王知之耳。

七夕那天晚上，我跟皇上一起抬头望天，有感于天上牛郎织女的故事，互相发誓："愿世世为夫妇。"这一辈子我们是夫妻，下辈子还是夫妻，再下辈子还是夫妻。这是只有我们两人知道的秘密。换句话说，有人可能受到《长恨歌传》的影响，把苏东坡的诗改成"与君世世为兄弟"，这是个很合理的推断，不是吗？从诗的意境上讲，我觉得"与君今世为兄弟"更好，为什么？事情总有个限度，有个范围啊，这一辈子我们两人是兄弟，下辈子再来一次不要紧，可是怎么可以生生世世、一百辈子永远做兄弟呢？太累啦。

外国有一首歌叫《他不重，他是我兄弟》（*He Ain't Heavy, He Is My Brother*）①，可是根据我李敖的经验，重的就是兄弟啊！我跟别人可以快

---

① *He Ain't Heavy, He Is My Brother*是电影《第一滴血》主题曲，歌词为：The road is long, with many of winding turns. That leads us to (who knows) where, who knows where. But I'm strong, strong enough to carry him. He ain't heavy, he's my brother.So long we go, his welfare is my concern. No burden is he to bear, we'll get there. But I know he would not encumber me. He ain't heavy, he's my brother. If I'm laden at all, if I'm laden with sadness. That everyone's heart isn't filled with the gladness of love for one another. It's a long, long road, from which there is no return. While we're on the way to there, why not share. And the load doesn't weigh me down at all. He ain't heavy, he's my brother. 中文大意为：漫漫长路蜿蜒，谁知道它将我们带向何方？我很坚强，足够背负起他，他不重，他是我兄弟。走了很久，他是我的全部惦念，他不需有任何负担，我们终将抵达。我知道他不愿牵累我，可是他不重，他是我兄弟。如果我不堪重负，被这悲伤压垮，我们的心就不会再因爱人感到快乐。这条不归路，既然我们同行，何不彼此分享？他没有把我压垮，一点也没有，他不重，他是我兄弟。

意恩仇，可以悲欢离合，甚至有时候也可以心狠手辣，可是对自己的兄弟下不了手啊。吃亏不算，还哑巴吃黄连，有苦说不出。为什么说不出？说出来以后，对我的威信有损啊。人家说你李敖这么厉害，怎么被兄弟给倒了账，被兄弟坑了？所以当我听到洋人这个鬼歌《他不重，他是我兄弟》，又好气又好笑。告诉你，最重的就是兄弟！虽然我兄弟现在在加拿大，是个非常有才气、足智多谋的小老弟，可是我不太敢跟他发生金钱上的来往。我觉得“与君今世为兄弟”，这一辈子我们做兄弟，“更结来生未了因”，下辈子再做一次也可以；可如果“与君世世为兄弟”，这一辈子完了下辈子继续，没完没了，我认为太可怕了。为什么？人间任何事情都有它的极限，兄弟也好，夫妻也好，朋友也罢，任何关系都有它的结局。

顺便告诉大家，我李敖是不信来生的，前世今生在我看来是一种非常美好的想象。台湾有本书叫《深情到来生》，讲如何安慰快死的人。有来生的感觉固然好，可是像我们这种受过理性训练的人很难相信。中国古代有很多人相信自己有前世今生，俞樾的《春在堂全书》[①]里就讲了很多这种故事。故事是美丽的，可是美丽跟时间的限定有绝对的关系。很多电

---

① 李敖《要把金针度与人》一书对“俞樾：《春在堂全书》”的介绍如下：俞樾（一八二一——一九〇六），字荫甫，号曲园，浙江德清人。他是清朝道光年间的进士，咸丰年间因为“命题割裂”，被革职为民；又因为“故里无家”，就在江苏苏州住下，后来到各地讲学三十年。他“生平专意著述”，每一年下来，都“有写定之书，刊行于世”。中国像他这样勤勉而每年有成绩出来的作者，实在少见。他活了八十六岁。俞樾的名著有《群经平议》《诸子平议》《古书疑义举例》等。《古书疑义举例》出得最晚，写得也最炉火纯青。这书共七卷，把古书疑义分类写成八十八条，用前无古人的科学方法，使人们知道如何认识古书。刘师培说这书“发古今未有之奇”，可谓定评。这书后来引得刘师培、杨树达、马叙伦、姚维锐等的仿作补作，影响极为深远。俞樾的高足有章炳麟、陈汉章。章炳麟后来搞革命，故意写信向他“谢本师”，免得他被牵累。俞樾说：“炳麟，吾徒也。吾爱炳麟深，此炳麟之所以报恩欤？”陈汉章后来是北京大学教授。俞樾的学生很多，《清史稿》说“日本文士有来执业门下者”，可见他的拉风情况。

影里演一对男女经过了多少波折以后，有情人终成眷属，从此快活地在一起。小学生可能会相信这种结论，可是对我们这些真的了解人间万象的老狐狸而言，这是不可能的。要想过快乐日子，要想有甜蜜的回忆，必须有时间的限定，这也就是为什么牛郎织女每年只见一次面的原因。

向动物学习别离

有一个成语叫“江郎才尽”，讲中国古代文人江淹[1]的故事。江淹年轻时是个神童一样的人，后来才能消退，写不出文章来了。《昭明文选》里收了他一篇《别赋》，专门写人间的生离死别，第一句是“黯然销魂者，唯别而已矣”，使我们黯然神伤的就是离别了，离别最让人难过；最后一句“谁能摹暂离之状，写永诀之情者乎”，不管我们是暂时分开还是永久的生离死别，谁能写出这种痛苦的心情呢？

很多人都把人与人之间的离别，尤其是男女之间的离别看成是痛苦的、感伤的、痛哭流涕甚至要死要活的，我认为这都是不能清楚了解和掌握人间状况的错误看法。爱情的艺术不在能合，而在能离；什么时候能够分开，并且分开得很美，这才看出男女之间的真功夫。

---

① 江淹（444—505），字文通，南朝文学家，宋州济阳考城（今河南商丘民权县）人。少时孤贫好学，六岁能诗，二十岁走上仕途，历仕宋、齐、梁三朝，官至金紫光禄大夫，封醴陵侯。江淹的作品包括诗、文、辞赋三部分。他中年以后官运亨通，创作却大不如前，故有“江郎才尽”之说。据《诗品》记载，江淹有一天晚上做梦，一个自称郭璞（晋代文学家）的人对他说：“我有一支五色彩笔留在你处已多年，请归还给我吧！”江淹从怀中取出，还给了那人。从此他的文章就日见失色，时人谓之才尽。

英国有名的诗人威廉·布莱克[1]，小时候没怎么念过书，他在成长的过程里完全是靠自己的努力而成了诗人和画家。他年轻时跟一个邻居的女孩谈恋爱，这女孩是文盲，不认识字，可是他很喜欢她，两人最后结了婚，过了四十年之久的婚姻生活，相处得极好。布莱克夫人说，我丈夫很少跟我说话，因为他常常活在天堂里。这个布莱克是文学史上很奇怪的一个人，他有很多幻觉，好比他说他看见过圣母，看见过仙女，还有很多很多天使。他把这些幻觉画出来或者写出来，成为一位非常优秀的神秘主义诗人。

布莱克写过一首诗叫《爱情的秘密》（*Love's Secret*）[2]，大意是说：绝对不要告诉一个女人你爱她，爱情是不能够告诉的，它就像温和的风吹过来一样，静静的，不可捉摸；可是我犯了个错误，我告诉了她我的爱，告诉她我全心全意地爱她，结果我一边说这些话的时候，她的身体开始发冷、发抖，并且出现那种看见鬼魂一样的恐惧，然后她就跑了，离开了我；她离开我不久，一位旅行者经过她的旁边，一句话也不说，不可捉摸的样子，结果她接受了这个人，跟他走了。怎么走的呢？诗的最后一句说，He took her with a sigh，这个旅行者叹了一口气，就把她带走了。

大家知道这首诗的奥妙吗？就是你喜欢女孩子，你表达的方法很重要。你说你爱她，非她不可，没她你不能活，把心都掏出来给她。好，她

---

① 威廉·布莱克（William Blake，1757—1827），英国诗人、画家、雕刻家。布莱克在童年时代就充满了丰富的想象力，时常能够看到一些幻象。他说他曾看见过缀满天使的大树、安葬在威斯敏斯特教堂中的古圣先贤以及许多宗教神话中的人物。他将自己看到的一切用绘画和诗歌表现出来，著有诗集《天真之歌》《经验之歌》等。布莱克生前没有得到官方或公众的赏识，在时人眼中他是一位反理性主义者、梦幻家和神秘主义者。直到19世纪末20世纪初，叶芝等人发现和重编了他的作品，人们才惊讶于他的纯真与深刻。

② 原文Love's Secret/by William Blake：Never seek to tell thy love/Love that never told can be/For the gentle wind does move/Silently, invisibly/I told my love,I told my love/I told her all my heart/Trembling, cold, in ghastly fears/Ah! she did depart!/Soon as she was gone from me/A traveler came by/Silently, invisibly/He took her with a sigh.

不甩你了！可是来了一个过客，不说话也没有动作，就叹了一口气。女孩子觉得，噢，这口气叹得好，有学问、神秘，跟他跑了。为什么？爱情的关系就是这样不可捉摸的，充满了神秘和含蓄的。当神秘不再有的时候，人就会喜新厌旧；当含蓄不再有的时候，一切都觉得没了趣味。

我跟大家讲过一部电影*Sweet November*[①]，里面的女主人公跟男朋友同居，先说好我们只同居一个月，从11月1号到11月30号，然后就分手。干什么？保留对彼此对爱情的美好记忆。过去我们有一类爱情观是白头偕老，永不分离，我必须说这是错的！真正美好的爱情是限时分手；如果不限时分手，还有一条路可走——同归于尽、殉情自杀，否则的话，限时分手是最好的离别方式。这也是为什么我欣赏动物的一个原因，我觉得动物在处理离别方面有一种很了不起的——算是本能吧。当年白色恐怖时期，我的一个朋友曾送了一条小狗给我当时的女朋友小蕾。它叫“嘟嘟”，胖乎乎的非常可爱，大家都很喜欢它。有一天晚上，嘟嘟忽然跳起来，浑身发抖，把我女朋友吵醒。小蕾立刻就知道出事了，结果一查，发现原来撒在地板缝里的老鼠药被嘟嘟吃了。小蕾的爸爸和妈妈赶紧穿衣服，抱着狗就冲出家门，叫计程车去兽医诊所救这条狗。结果在路上的时候，嘟嘟在小蕾妈妈的怀里呼吸、呼吸、呼吸，忽然伸出舌头舔她妈妈的脸，一边舔一边就死掉了。我觉得这样一条小狗处理生离死别的方法比人类的哲学家还了不起。

非洲有一对动物学家夫妻有一天发现一头母狮子被打死了，身边留下三只小狮子，夫妻俩就把其中两只送到动物园，剩下那只自己来抚养。这只小狮子跟这个动物学家的太太感情非常好，后来她专门写了一本书叫《生来自由》（*Born Free*），讲她跟小狮子之间的故事。她说希望有一天可以把这头狮子放归自然，可以看到它变成妈妈带着孩子回来。几年后，夫妻俩真的把它放生了。一开始小狮子不理解人类养父母为什么不要它，

---

① 见160页《限时分手最浪漫》一文。

经过好几次痛苦的离别，最后才很平静、很有尊严地接受了这个事实。过了一段时间，夫妻俩又回小狮子的放生地，远远看到山脚下一只母狮子出现了，旁边带着几只小狮子，就是他们当年救活、养大，并且最后放归的那只狮子。

《生来自由》

作者乔伊与爱尔莎

美国文学家杰克·伦敦《野性的呼唤》（*The Call of the Wild*）写的也是动物的故事。一条狗经历了许多艰难困苦，最后被一个人所救，它为报答主人救了自己一命，一直对主人忠心耿耿，跟着主人东奔西跑，一起过苦日子，一起赚钱。有一天主人被打死了，这条狗就一直哀嚎，哀嚎完以后跑掉了，加入狼群，回归它原始的本性。可是它生命里经历过两个世界，一个是它跟人的世界，一个是它跟自己同类的世界，两个世界的关系它都可以处理得极好。所以美国诗人惠特曼才会拼命写诗赞美动物，因为动物没有人那些问题，没有人的眼泪，没有人的黑暗，没有人的罪恶感，也没有人对上帝的需求，动物本身就是非常圆满、非常美好的；并且我认为动物在处理生离死别方面要比人了不起，人要向动物学习。

唐朝李义山有一句诗："春蚕到死丝方尽，蜡炬成灰泪始干。"[①]我觉得用这个方法做人、

---

① 见李商隐《无题》：相见时难别亦难，东风无力百花残。春蚕到死丝方尽，蜡炬成灰泪始干。晓镜但愁云鬓改，夜吟应觉月光寒。蓬山此去无多路，青鸟殷勤为探看。

做学问可以，对男女感情问题的处理绝对不可以。英国诗人勃朗宁[①]有一首诗叫《一个文法学家的葬礼》，讲一个文法学家非常喜欢做学问，学生也非常崇拜他。后来他生病了，病到上身能动，下身不能动，但还是继续坐在那里做学问，一息尚存，永不止息，做到了“春蚕到死丝方尽”。可是男女之间的关系要在还有余丝，还有能力吐丝的时候做了断，说再见。为什么？那时候你才觉得有余情，有余味，等到把感情全部用光就没有趣味了。看起来很无情，事实上真的感情就在其中。

大家知道汉武帝为什么那么喜欢李夫人[②]吗？李夫人在临死的时候，汉武帝去见她最后一面，李夫人用棉被包着头，不给汉武帝看见。生离死

① 罗伯特·布朗宁（Robert Browning，1812—1889），19世纪英国诗人。幼时聪慧，博览群书，二十岁开始发表诗作，在绘画、雕塑和音乐方面也颇有才能。他的生活具有传奇性——与女诗人伊丽莎白·巴雷特私奔并结合，后者原本瘫痪多年，竟在爱情的滋润下奇迹般地站了起来。《一个文法学家的葬礼》（A Grammarian’s Funeral）是布朗宁创作的一首长诗，写一个文法学家死了，他的学生抬着棺材到高山去埋。他们一面走一面谈论老师勤奋治学、至死方休的伟大精神。

② 李夫人，中山人（今河北定州），出身娼家，妙丽善舞，生武帝第五子刘髆（昌邑王），后被追封为孝武皇后，迁葬茂陵。关于她的故事，《史记》《汉书》均有记载。据说她入宫短短几年，就染病在身，卧床不起。武帝去看她，李夫人急忙以被覆面，口中说：“妾长久卧病，容貌已毁，不可复见陛下，愿以昌邑王及兄弟相托。”武帝说：“夫人病势已危，非药可以医治，何不让朕再见一面？”李夫人推辞说：“妇人貌不修饰，不见君父，妾实不敢与陛下相见。”武帝说：“夫人不妨见我，我将加赐千金，并封拜你兄弟为官。”李夫人说：“封不封在帝，不在一见。”武帝又说一定要看她，并用手揭被子，李夫人转面向内，任凭武帝再三呼唤，只是掩泣不回头。武帝心里不悦，拂袖而去。李夫人的姊妹责备她：“你想托付兄弟，见一见陛下是很轻易的事，何苦违忤至此？”李夫人叹气说：“你们不知道，我不见皇帝的原因正是为了深托兄弟。我本出身微贱，他之所以眷恋我是因为我的容貌。大凡以色事人，色衰而爱弛，爱弛则恩绝。今天我病已将死，他若见我颜色与前大不相同，必然心生嫌恶，唯恐弃置不及，怎么会在我死去后照顾我的兄弟？”几天后李夫人去世。果然武帝对她无限怀念，命画师将其生前形象画下来，并召来方士在宫中设坛招魂。“倾国倾城”“绝世佳人”“姗姗来迟”等成语都跟李夫人有关。

别见情人最后一面，这是人之常情，可是我最后这张脸，这张生病的、憔悴的、不再美丽的脸，我不希望让你看到，我希望在你回忆里留下的永远是我美丽的画面。我觉得这样处理问题才是爱情的高手。

李夫人死后，汉武帝非常想念她，有一天坐在帐子里因为太思念了而出现幻觉，看见李夫人的身影翩然而来，汉武帝说："是邪非邪？立而望之，翩何姗姗其来迟！"成语"姗姗来迟"就出自这里。为什么汉武帝会这样怀念李夫人？因为李夫人没有用世俗的方法来解决最后的生离死别。

红颜为何爱自毁

2005年美国一位重要的人物死掉了。不是政治上的重要人物，也不是商业上的重要人物，而是一位作家，文学界的人，他的名字叫阿瑟·米勒[1]。这个人活了九十岁，他写过的最有名的一个剧本叫《推销员之死》，最为世人所津津乐道的是他与玛丽莲·梦露的一段情。

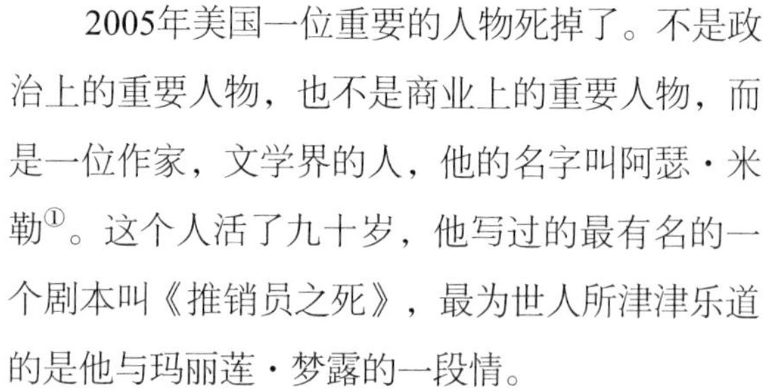

梦露和米勒

玛丽莲·梦露结过三次婚，米勒是她的第三任丈夫。大家看他们的照片，郎才女貌的一对。两人的婚姻持续了四年多，然后拆伙。离婚一年多以后，梦露就自杀了，只活了三十几岁，而米勒活了九十岁；换句话说，他比他有名的电影明星老婆多活了两倍的年纪。

米勒跟梦露是什么样的关系呢？大家看这个英文词egghead，蛋（egg）头（head），兰登字典里的解释是知识分子、学问家的非正式用语。

---

① 阿瑟·艾许·米勒（Arthur Asher Miller，1915—2005），生于纽约，犹太人，作家，被誉为“美国戏剧的良心”。剧作包括《推销员之死》《炼狱》等。1956年与梦露结婚，使他不情愿地成为一个公众人物。1961年两人以离婚收场。一年后，梦露自杀身亡。

换句话说，这人受过教育，有学问，可是头光秃秃的、亮晶晶的，看上去像个蛋头，骨子里讽刺这些书呆子读书不化，呆头呆脑。美国有一位参加过两次总统选举都失败了的政治家叫史蒂文森[①]。当年他代表民主党来和共和党的艾森豪威尔将军竞争。艾森豪威尔将军在二次世界大战中是名福将，带领美英联军打赢了德国人，功业彪炳，声望极好。美国民主党本来也想打他的主意，希望他做民主党的总统候选人，跑去跟他商量，结果艾森豪威尔将军说，我是共和党啊，你们搞错了吧。

这个故事告诉大家，在所谓的民主国家，我属于哪一党哪一派是我自己的事，别人可能不知道的。我心里觉得我是哪一个党我就是哪一个党，不需要经过你党员登记，不需要宣誓考核，也不要你给我党证。孔子说“我欲仁，斯仁至矣”，艾森豪威尔是“我欲党，斯党至矣”，我要做什么党员就做什么党员，完了。

艾森豪威尔代表共和党参加总统选举，打败了民主党推出的史蒂文森。史蒂文森落败后跑去当了美国驻联合国大使，他是美国这些政治家里文采极好的一个人。有一次他讲什么叫蛋头，你称呼玛丽莲·梦露，我不叫她玛丽莲·梦露，而叫她Mrs Miller，米勒夫人，这种人就是蛋头。换句话说，你不识时务，不懂得人间的一些规则，玛丽莲·梦露名气这么大，她根本不需要Mrs Miller这种称呼，而你居然把她的名气抹杀，称她米勒夫人，这种人就是蛋头，不近人情。

梦露自杀很多年以后，1992年米勒接受法国一家报纸的专访时透露，玛丽莲·梦露有强烈的自我毁灭倾向。他说结婚以后我贡献了所有的精力和注意力，全力以赴来协助玛丽莲·梦露解决她那些层出不穷的问题，可

---

① 艾德莱·史蒂文森（Adlai Ewing Stevenson II，1900—1965），美国政治家，以辩论技巧闻名，被誉为当时仅次于温斯顿·丘吉尔的天才，曾于1952年和1956年两次代表美国民主党参选总统，但皆败给艾森豪威尔。后被任命为美国驻联合国大使，在古巴导弹危机中发挥了重要作用。他从来没有当上总统，却被他的支持者称为“美国从来没有过的最好的总统”。

惜最后成效有限，我失败了……我看完这段话产生了感触。如果不算高攀的话，我跟米勒有一点点相似，我们都是作家，都讨过电影明星做老婆。虽然我的前妻胡因梦没有自杀，可是我在跟她相处的整个过程里也有强烈的感觉，那就是这位女士有强烈的自我毁灭的因子。米勒和梦露的婚姻不到五年，我跟胡因梦的婚姻只维持了三个多月。我们同居一年，然后结婚，三个月后分开了。

为什么我李敖会有这种感觉？反过来说，为什么像玛丽莲·梦露这样声名显赫的女人最后要自杀？告诉大家，这就是我所感觉到的男人跟女人不一样的地方。作为一个女人，如果是个普通女人，她有普通女人的活法；如果这个女孩子条件非常好，或者长得好，或者家世好，或者有才华有名望，总而言之，她“出乎其类，拔乎其萃”，特别优秀的时候，就会出事。出什么事呢？男人有了好的条件以后会忘其所以，不可一世，嚣张骄傲，可是这个自我膨胀的程度只是一倍或者两倍；而一个女人当她优秀的时候，她不可一世、忘乎所以、自我膨胀的程度绝对不止一倍两倍，而可能是五倍十倍。当然这是个非常笼统的说法，是我李敖的一种感觉。

为什么会这样？我们必须承认，在我们这个世界里，在我们这个社会中，女人要想出人头地，比男人困难得多。她需要付出比一般男人更多的努力，有更好的条件或更多的运气，才能换取几乎和男人同等的收获。换句话说，女人在成长的过程里，因为遭遇了更多的困难——无论是情绪上的还是生理上的，一有机会出人头地的时候，她那种不可一世，那种骄傲嚣张，那种自我膨胀会成倍增长。后来一位有名的犹太作家哈利·戈尔登（Harry Golden）讲，玛丽莲·梦露一辈子结了三次婚[①]，她嫁给了新教徒，嫁给了天主教徒，又嫁给了犹太教徒——米勒是犹太人，并且全部跟他们离婚了事，四海一家，道一风同。什么意思？不管你是新教、天主教、犹太教，老娘全嫁，通通离婚，一视同仁。为什么梦露会这样子？她的丈夫都非常优秀啊，米勒是有名的剧作家，前一任丈夫是棒球巨星，可是最后她都活不下去，在她生命的成长过程里没有一个男人能够使她满足。

我给大家讲过一个笑话，有一次我到我的好朋友、名导演李翰祥家里吃饭，他的太太张翠英曾经是电影明星，也是非常优秀的女人。夫妻俩吵架，当着我们这些客人的面吵，李翰祥就骂他太太，到底你要嫁给什么样的男人啊？我们也是有头有脸的优秀的男人，你们还不满足，到底你们女人要嫁给什么样的男人？这也是精神分析学家弗洛伊德老了以后讲的一句话：女人，到底要什么？他一辈子研究人的心理，看了那么多女人的案例，最后很怀疑地问出这句话。

梦露

① 1942年，十六岁的梦露与邻居的儿子詹姆士·多尔蒂（James Dougherty）结婚。四年后，梦露结束了她的第一段婚姻。1954年，梦露与苦苦追求她多年的美国棒球巨星乔·迪马吉奥（Joseph Paul DiMaggio），但这段婚姻持续了不到一年。1956年，梦露与剧作家阿瑟·米勒开始了她的第三段婚姻，在这段关系中，梦露曾两度流产。1961年两人仳离。

李敖和胡因梦

为什么很多优秀的女人不快乐？就因为她们不晓得自己要什么，只知道不满足现状，最后膨胀、膨胀、膨胀，把自己搞得一塌糊涂。我们常常会看到很多优秀的女人是这种下场，不是吗？好像很不公道，可现实往往是这样子。大家看当年我跟胡因梦拍的一张照片，那时候我们还没结婚。胡因梦有一个特色我跟大家讲过，就是在大庭广众之下，在几百人上千人里面，你第一眼看到的就是她，所谓“目为之夺”，她有这个特色。我们1980年结婚的时候，《“中国”时报》登出消息：

李敖胡因梦　昨天结连理

作家娶明星　婚礼很简化

胡因梦跟我结婚以后，找到她所相信的“二哥”林云——我台中一中的老同学、妖僧，问我跟李敖的婚姻能维持多久？林云说，五年。胡因梦说，五年太短了吧，五年以后怎么办？林云说，五年以后李敖就要喜欢更年轻的女孩子，不喜欢你了。胡因梦说，怎么样可以维持五年以后还喜欢我？林云给了她四枚铜钱，说你在每个床脚下放一枚铜钱，可以把你的婚姻稳定下来，五年以后你们还在一起。

胡因梦回来就拿出四个铜钱要放在床脚。我说你胡闹嘛，怎么可以相信这些东西啊。胡因梦就跟我吵，说你不愿意放铜钱表示你不喜欢我——女人就这样荒谬！后来三个月我们就离婚了。开记者会宣布离婚那天，我记得她还特别穿了一件黑色的衣服来表达她的心情。

我跟胡因梦离婚以后就隔世了，等于不来往。她五十岁生日那天，我买了五十朵荷兰玫瑰花和一个法国花盆，请人送给她。我当年跟她在一起的整个过程好像一场戏剧一样，冥冥之中我总有一种感觉，就是她身上有一种自我毁灭的因子。胡因梦原名“胡因子”，她有一种因子要把自己到手的幸福给搅掉、闹掉、毁灭掉，弄到最后不可收拾。好像剧作家米勒的前妻玛丽莲·梦露一样，虽然这个联想有点不伦不类，可是对我而言，它是真实的。为什么这些优秀的女孩子，当她们真的“出乎其类，拔乎其萃”以后，会遭遇自我毁灭的危险？这个危险从哪里来的？值得我们进一步研究。

美男破老　美女破舌

中国有一部古书叫《逸周书》[1]，里头有两句话“美男破老，美女破舌”[2]。什么意思呢？“美男破老”的“老”指那些老成持重、有智慧的男人。当你把一个美男子放在皇帝身边时，皇帝就听不进去那些老男人的话了。换句话说，美男子会把老男人的智慧给冲破。同样地，“美女破舌”，不管你对皇帝提出多么好的意见、建议、忠言，七嘴八舌，当一个美女出现的时候，皇帝就听不进这些意见了，转而喜欢美女。一句话，不管是美男还是美女，都会把真理给排挤掉。

我李敖就不喜欢美男子，看着不舒服嘛，并且最不喜欢的是那种走秀搞时装表演的美男子。一个女孩子出现在T台上，扭来扭去，走来走去，还可以看，男模特儿一出来，我就不想看了。你个男人扭来扭去干什么呀，我这种年纪的人看不惯！男人就该有男子汉的样子啊，这么男不男女不女的，不喜欢。

可是我太太喜欢。她最近连看了好几场名导演李安搞的同性恋电影展，说那里面的男生好看得不得了，去看了一场，又看了一场，还要看下一场；还骂我说，上帝太不公道了，把这些漂亮男人都变成同性恋，不喜欢我们女人了，而把丑男人像你李敖这样的，留给我们女人，太作弄

---

① 《逸周书》，先秦史籍，原名《周书》，在性质上与《尚书》类似，是我国古代历史文献汇编。旧说《逸周书》是孔子删定《尚书》后所剩，是为“周书”的逸篇，故得名。今人多以为此书主要篇章出自战国人之手。

② 原句为：“美男破老，美女破舌，淫图破国，淫巧破时，淫乐破正，淫言破义，武之毁也。”

人了。

类似的话，有名的歌星费翔的妈妈也说过。她说好些女孩子喜欢穿名牌，因为相信这都是有名的设计师设计的；可是很不幸，这些名设计师、顶尖设计师很多都是同性恋，是gay，这批人恨女人，耍女人，故意要把你们女人搞得很丑，所以设计出各种千奇百怪的衣服给你们女人穿；女人头脑简单，只要是名牌就穿啦，然后扭来扭去，结果有一半衣服都很难看。我李敖也认为那些有名的设计师设计出来的东西，如果有一半好的话，另一半就很糟糕、很难看。可是为什么大家不敢讲呢？就好像我们看毕加索的画一样，你说这幅现代派的抽象画不好，人家就笑你不懂美术，搞到最后每个人都知道这幅画我看不懂，不好看可是不敢讲。

李安电影《断背山》海报

我弟弟跟我讲过一个故事。他头脑一级好，中文也很棒，当年有一段日子帮着我印违禁品——就是那些被国民党查禁的书刊。有一次他去郊区印刷厂的路上，看到一个画面：一条黄狗，一条黑狗，黑狗趴在黄狗身上搞这个黄狗，笨手笨脚的，忽然黄狗一翻身，又趴到黑狗身上要搞这个黑狗。我弟弟回来跟我讲，他这辈子从来没看过狗也搞同性恋的。结果看了以后，他说他从此就一路倒霉，现在倒霉到加拿大去了。

我觉得同性恋是我们必须承认的一种基因设定的结果，并不是什么变态。可是我也觉得，如果上帝赞成同性恋的话，不应该创造亚当和夏娃嘛，应该是亚当跟约翰，或者亚当跟詹姆斯嘛，怎么会来一个夏娃呢？今天同性恋站出来要求他们的权利，说我们不是变态，好，你们不是变态；说我们有权利结婚，好，你们可以结婚；又要求我们可以收养小孩子，那我李敖就认为你们太过分了！你们收养小孩可以，可是小孩到学校去以后，不能跟人家说我有两个爸爸啊。你们这不是给小孩造成压力吗？所以我认为，同性恋是可以接受甚至可以认同的，可是过分嚣张是我李敖所反对的。

问题再回到美男子。美男子去演电影，美男子去做模特儿，美男子去当歌星，我们都没有意见，可如果美男子做了政治人物，问题就出现了。为什么？现在流行所谓的民主政治，大家投票的时候，美男子的造型因为太好看，可以抢到绝大部分妇女的票。女人当然有很多优点，可是女人在做政治判断的时候有一大缺点：感情用事。举个例子，美国总统威尔逊[①]当年做过普林

威尔逊总统和第二任妻子伊蒂丝

① 托马斯·伍德罗·威尔逊（Thomas Woodrow Wilson，1856—1924），美国第二十八任总统，连任两届。曾先后任普林斯顿大学校长、新泽西州州长等职。1912年以民主党人身份当选总统。迄今为止，他是唯一拥有哲学博士头衔的美国总统（法学博士除外）。威尔逊在任期内经历了第一次世界大战，批准了反托拉斯法案，促成了凡尔赛合约及国际联盟的筹建。他所秉持的理想国际主义也被称为“威尔逊主义”。1914年8月，他的第一任妻子因患肾炎不幸病逝。翌年，威尔逊结识了伊蒂丝·高尔特（Edith Galt），两人于1915年底结婚。

斯顿大学的校长，是以知识分子的身份当了美国的政治领袖。他是非常理想主义的一个人，政绩也很好。可是由于他老婆死了到他再婚中间隔的时间太短，美国妇女就觉得你这个威尔逊用情不专，薄幸，老娘讨厌你，不把票投给你，害得威尔逊这么好的一个美国总统连任时差点落选。

证明什么？证明女人感情用事，而感情用事的人不太可能在民主政治里做出很准确的投票。可是男人不会这样子。台北101大楼有个女的董事长叫陈敏薰①，长得很好看，跑去帮人助选，要求大家投票给她所推荐的候选人。结果她那个场子的人气虽然很旺，可是底下的人一点也不受她意见的影响。什么原因？你女人长得漂亮，我男人喜欢看你，可是你以为能用你的脸蛋来影响男人的选票？没有的事儿！男人白看你可以，给你投票不可以。

美国有个*PLAYBOY*（花花公子）杂志，经常刊登一些漫画，其中一些有趣的漫画我会把它剪下来收集。有一幅漫画是一个新女性演讲，讲完之后问台下的听众，大家有没有问题？一个男的站起来说，对不起，我没有问题，我只是想告诉你，我想搞你一下。什么意思啊？你好看，我想搞你一下，可是你叫我投票给张三李四，我才不要投呢，我只是来看看你。换句话说，在政治活动里，女人去推荐男人是没有效果的。可是反过来，当一个漂亮男人出来搞政治的时候，他的吸引力就不一样了，绝大多数感情用事的女人会把票投给他，并且当一个清醒的、智慧的老男人站出来指出这个美男子的错误时，会立刻被骂出局。像我李敖这么凶悍的人，我说你马英九有问题我就说了，老子不在乎！除非这样子，否则一般人你批评马英九试试看！

国民党在台湾统治时期搞了很多党产——什么是党产？就是利用国民党的权力到处巧取豪夺的人民的财产，好比忽然在繁华地段盖出一个

---

① 陈敏薰（Diana Chen，1970— ），毕业于美国南加州大学，曾任台北101大楼首任董事长。她外貌娇美，酷似名模林志玲，在政治上与民进党关系非同一般。

戏院，后来这个戏院就变成国民党的了；忽然在台北市郊盖了很多房子，后来这些房子也变成国民党的了。国民党就这样子巧取豪夺了大量人民的财产。这些财产当我们要去追查的时候，国民党怎么办呢？赶紧把它变卖掉。譬如台北市大安路有一所“中华开放医院”，还没等你有意见出来，整个医院已经铲平了，干什么？造成事实。

什么叫造成事实？当年美帝的老罗斯福总统打主意要在巴拿马地区开运河的时候，还没有巴拿马这个国家，巴拿马属于南美哥伦比亚的一个省。美国人怎么办？鼓动你巴拿马地区的人闹独立，我美国支持你啊，哥伦比亚政府军要平定叛乱的省份，美国人派来一条军舰挡路，不许你中央政府来平定。最后巴拿马独立了，跟美国订了个条约，用很便宜的条件来开运河。美国国会还在为这件事七嘴八舌闹的时候，老罗斯福总统发话了，开工，立刻给我开工，开工以后造成事实。就好像第二次世界大战中，英美联军有两个重要的将军争锋，一个是英国的蒙哥马利元帅，一个是美国的巴顿将军。讲好这个地方是英国人去攻下来，结果美国的巴顿将军不管三七二十一派出自己的部队，先拿下来再说。英国人就抗议，讲好了这地方由我派军队把它收回，怎么你也去了啊？巴顿将军说，反正我已经占领了，又不能还给德国人——就这样子造成事实！

今天台湾这么多见不得人的国民党党产被“噼里啪啦”大卖。大安路的“中华开放医院”卖了多少钱？三亿六千万新台币，相当于一千万美金。没有所谓的“中华民国”公民站出来，要求国民党把巧取豪夺的财产还回去。把这些党产一卖，旧房子拆了，新房子盖起来，使你追查都无从下手。

我没有歧视女人

台湾有一次很小型的选举，我李敖被选为第一名。什么选举呢？有一些妇女至上的团体和同性恋的团体，他们痛恨李敖，把我选出来得了三项“烂香蕉奖”。大家看新闻：

> 昨举行“烂香蕉”奖颁奖典礼，给十二位曾经在公开场合发表性别歧视言论的政商名人，其中“立法委员”李敖一个人独得三座“烂香蕉”奖，成为最大赢家。

再看李敖的得奖语录：

> 李敖说，我不喜欢同性恋，我觉得同性恋者太嚣张了，拍电影断什么背，讨厌……李敖又说，女人都搞不完，哪有时间搞政治……李敖又说，女人做总统，叫我怎么相信她……

统统都是李敖的罪状！我必须说，这些话的确是我一时兴起说的，好比同性恋问题，我说你们出来争取权利可以，可是太嚣张是不好的。怎么太嚣张？因为生不出小孩，他们要收养小孩。这我就反对了。你收养的小孩，他那么小在学校里、在同学之间，总不能说我有两个爸爸或我有两个妈妈吧。那么大点的小孩，你叫他怎么抵抗社会给他的奇怪眼光？

我过去有一个好朋友叫郑南榕，后来自焚死了。他为了反对国民党政府，跟他的小女儿说，你到学校里，他们要唱国歌你不要唱，他们要升旗敬礼你不要敬礼。我跟郑南榕说，你怎么可以叫一个小女孩这么样去对抗社会、对抗群众啊？你怎么可以把自己的信仰加诸小孩，叫她去承担那么多的社会压力啊？不可以的！所以同性恋要收养小孩，我会觉得太嚣张了。在现有社会结构之下，让一个小孩子公开说我有两个爸爸或者我有两个妈妈，对他是有压力的，是不公平的。

至于台湾名导演李安拍的《断背山》在美国得了奥斯卡奖，是不是一种光荣呢？我也承认是一种光荣，可是我必须说，在美国你谈同性恋这种话题太讨好了。我认为大陆张艺谋拍的某些电影涉及民族大义的问题，这是我李敖喜欢的大题目；来个什么断背，讨群众的好，作为一个艺术工作者我认为是不够的。别人不敢碰这些人，不敢批评他们，我李敖敢，最后惹起他们对我的不满。

至于说李敖是不是歧视女人，我很严肃地跟大家说，我没有歧视女人。谁歧视女人呢？孔夫子歧视女人。子曰："唯女子与小人为难养也。近之则不孙（逊），远之则怨。"你跟她关系太好，她对你就失了分寸；你跟她保持距离，她就唠唠叨叨地，怨声载道。这是孔夫子对女人的观点，我不这么认为，相反，我颇能欣赏女人的很多优点，不然我也不会跟我太太结婚了。

我太太跟我从北京回来，有记者打电话要访问她。我太太说，我不接受访问。那个女记者很精，跟她讲了一句话，说你不接受访问没有关系，可是我要告诉你，你在北京的一张照片太漂亮了。好，一下子击中要害！我太太说，哪张照片啊？女记者说，就那张照片。我太太说，怎么漂亮呢？她就描述怎么漂亮。我太太一听高兴了，两人聊了两个小时，等于做了采访。

这就是女人的弱点！你稍微用个技巧，她就上钩了。好像我们小时候钓青蛙一样，用一根线直直钓下去，青蛙就咬住这根线被钓上来，就这么简单！它死咬住不放，你一根线就可以吸引它。当然我没有说我太太是青蛙，我是告诉大家，女人有时候是很容易上当的。

哲学家叔本华是有性别歧视的。他跟女邻居打过架，女的受伤之后告他，法院判决要他赔偿，每个季度都要给钱，负担重得要死。后来这个女的死掉了，叔本华叹了一口气说，女人死了，我才得自由[①]。哲学家尼采也有性别歧视，他说跟女人在一起，不要忘记带上鞭子[②]。他说凡是这个女人成了学者，就表示她的生殖器官有毛病。换句话说，她一定是在性生活或者什么方面不协调，才变成女学者。

从孔子到叔本华到尼采，都有歧视女人的言论。我李敖不歧视女人，我只是很准确地了解女人的一些特点。宋朝有个人叫孙奭，他临死前跟他儿子说“无令我死妇人之手”[③]，不要让我死在女人的面前。这是中国古人对女人的一种看法。同样地，法国第一次世界大战的英雄人物、“老虎总理”克里蒙梭临死的时候，让女人全部走开，不死在女人面前，而且还不能让尸体躺着放在棺材里，要立起来。这么凶悍的一个家伙，也要求“无令我死妇人之手”。可是我李敖没有这种想法，我愿意死在女人之手，尤其是漂亮的女护士之手。

有一幅漫画，19世纪末20世纪初，西方那些女权运动者搞集会的时

---

① 根据法国传记作家迪迪埃·雷蒙（Didier Raymond）在《叔本华》一书中的记述：叔本华因为不堪忍受同一楼层的女邻居监视般的不断探访，在一个令人烦躁的夜晚，他粗暴地撵走了其中一人，并与这个女人发生了肢体冲突导致她受伤。法院判决叔本华必须支付一大笔赔偿金，每年都要按季度支付。二十年后，这个女人终于死了。据说叔本华得知消息后，在账本上记下：“Obitanus, abitonus.”意思是老妇死，重负释。

② 尼采在《查拉图斯特拉如是说》里说：“到女人那里去，别忘了带上你的鞭子！”他后来解释说，带鞭子是提醒你不要被女人的诱惑所征服，不要忘记你是主人，而女人真正重要的任务是侍候男人，成为美化他人生的友好伴侣。罗素在《西方哲学史》里对尼采这段话有过评论。他说尼采带着鞭子去找女人，可是十个女人有九个会夺去他的鞭子。正因为尼采知道这一点，所以他躲开了女人。尼采说这话的目的不过是为了抚平自己曾经受伤的虚荣心。

③ 孙奭（962—1033），北宋经学家、教育家。宋太宗时入国子监讲学，官至龙图阁学士、礼部尚书。晚年以太子少傅致仕，卒于家。《宋史》中记载他“疾甚，徙正寝，屏婢妾，谓子瑜曰：‘无令我死妇人之手。’”

候，浑身上下包得严严实实，并不像今天这样乱脱衣服，可是她们有一个困难，当男人放进去一只小动物时，这群勇敢的女人立刻就作鸟兽散。什么小动物啊？老鼠。后来的女权运动者愈来愈开放，开放到把自己的奶罩当众脱下来烧掉的程度，表示这个东西对我们女人的胸部是束缚。这时候又出现一幅漫画，一群女权运动者正把奶罩堆在地上烧，忽然旁边伸过来一只毛毛的男人的手，丢下一条内裤，女人的表情立刻变得非常有趣。什么意思？你们敢脱胸罩来烧，老子就敢脱内裤来烧，我脱得比你们更彻底，可是看看你们的表情，你们能接受吗？

女人戴不戴胸罩并不是我李敖赞成或反对的事情，可是我必须说，女人是有一些先天的弱点的。什么弱点呢？为爱一辈子忙到死，并且什么事只要跟爱扯在一起，就没有是非了。我讲过一句名言，女人的政治观点常常是跟着男人的一部分身体转的。我们常常看到男人怎么想，他的情人、太太、女儿、妈妈就怎么想，女人总是跟着男人打转。为什么会有这个现象？因为她的爱情和感情影响了她的理智和走向。法国有名的才女波伏娃跟哲学家萨特分分合合。萨特找别的女人，波伏娃也找别的男人，然后两人又和好。波伏娃写了《第二性》这些书提倡女权，可是她在她的男人面前不搞女权了，所有事都服服帖帖，甚至帮着萨特找女学生、找情人。由此可见女人跟男人的关系，不管她多么博学，多

萨特和波伏娃

么睿智，多么桀骜不驯，当她真正碰到一个她爱的男人时，一切都完了，跟着男人转。

这就是我所说的女人的问题。女人可以跟着男人浪迹天涯，作奸犯科，自杀殉情……什么都干！美国20世纪30年代出过一对鸳鸯大盗，男的做强盗，女的爱上他，跟他一起抢，最后双双被打死。台湾20世纪50年代发生过“淡水河十三号水门事件”，女的陈素卿爱上了一个有妇之夫张白帆，两人一起跑到淡水河十三号水门上吊，结果她吊上去以后，男的跑了，后来破案被抓到。大陆也有这种情况，20世纪90年代北京长城发生过一起殉情案，我的同乡、吉林的一对男女做了土制炸弹，在长城上把自己炸死了。我觉得这种殉情比较安全，你男的总跑不过炸弹吧。所以提醒各位女士，如果真的要跟男的亡命天涯或者一起魂归离恨天，选择工具很重要，因为男人是不可以轻信的。

男女大不同

在我所见到的这些年纪比我小的朋友里面，陈文茜算是最能言善道、辩才无碍的一个女人。有一次她的狗死了，我去她家看她，她正跟一群爱狗养狗的朋友一起围着狗哭，我就笑她说，你们这些女人啊，一涉及感情问题就不理智了，就糊涂了。女人一辈子为情所苦，为爱情忙到死，我认为是女人悲剧之一种。

在我李敖看来，人处理感情的问题需要很多的技巧，目的都是为了避免任凭情感泛滥。美国得过诺贝尔和平奖的老罗斯福总统[①]，在他的第一任妻子去世后，把前后左右所有能碰到的、看到的、摸到的跟亡妻有关的用品、纪念品通通烧掉，把一切线索全部、彻底消灭掉，看起来好像很无情，可是他觉得非这样子斩草除根，才能够活下去。

也有人不这样子处理。台湾“教育部”有一个直属机构——“国立编译馆”，过去的馆长叫王凤喈[②]，他在太太死了以后，永远摆一杯白开水在太太的桌子上，每天换新水，换了以后还摆在原来的位置，一切都好像他太太还在身边，常相左右，音容宛在。这跟老罗斯福的处理方法是两个极端，我觉得各有各的好处，只要能把感情问题处理通顺就好。

---

① 西奥多·罗斯福（Theodore Roosevelt，1858—1919），美国第二十六任总统，人称“老罗斯福总统”。他曾任美国海军部副部长，参与美西战争；1900年当选副总统，1901年在总统威廉·麦金莱被刺身亡后，继任总统，时年四十三岁，成为美国历史上最年轻的总统；1906年因成功调停了日俄战争，获得诺贝尔和平奖。

② 王凤喈（1896—1965）湖南湘潭人，教育学家。1919年加入国民党，1930年赴美留学，获芝加哥大学教育学博士。回国后历任中央大学教授、湖南省教育厅厅长等职。1950年赴台，曾任“国立编译馆”馆长。

一百多年前西方思想到中国来的时候，只要有一点点办法的人都会换老婆，为什么？家里的老婆不是缠着小脚，就是没文化的乡下婆子，不符合他们新青年的标准。可是有一个人的婚姻一直维持到死，没有换，这个人就是胡适。胡适死了以后，他的秘书胡颂平写了一部很厚的书叫《胡适之先生年谱长编初稿》，里面讲到胡适死的那天——他在南港“中央研究院”演讲时突然倒地而亡，消息通知了胡适太太：

> 七点三十五分，胡夫人从台北赶到。她一看见先生的遗体，昏厥过去。不断地哭喊着，适之，我的亲人啊；适之，我对不起你，你会先我而去；适之，你为国家昨夜还赶文章赶到十一点，你这样不顾性命，就永远睡在这里，永远离我而去……

这段记录看起来非常动人。可事实上呢，胡老太太赶到现场去的第一个动作，是坐在她死去的丈夫旁边，用手捶打胡适的尸体，一边捶一边喊，死鬼胡适之，你怎么把我丢下不管了……这一情节在书里被美化，看不到了。

胡适与小脚太太江冬秀

胡适跟江冬秀这场婚姻为什么一直这么稳定？据说胡夫人年轻时曾拿出一把菜刀跟胡适有言在先，你敢在外面扯女人，你敢变心，我就用这把菜刀把你两个儿子——当时儿子还小——全部砍死，然后自杀，你看着办吧！胡适一听，吓死了，真的吓死了，一辈子保留这个婚姻。可是当他给北京大学教授张慰慈写扇面的时候，他写的是：

> 爱情的代价是痛苦，爱情的方法是忍受痛苦。

传说胡适怕老婆。有一次胡太太从美国回来，胡适到机场去接，记者们拥上去问："胡太太，你先生说他怕老婆，有没有这回事？"胡太太把脸一板，很不屑地讲了一句："就算怕吧。"那种语气、那种神态，难怪林语堂说，没看到胡夫人以前不晓得胡先生伟大，看到胡夫人以后才知道胡适多么伟大。——他可以一辈子这样忍耐一个粗野的乡下婆子。

美国有个电影《邦妮和克莱德》（*Bonnie and Clyde*），讲19世纪30年代一对有名的雌雄大盗的故事。女的爱上了一个强盗，跟着他浪迹天涯也做强盗，两个人都没有明天，打死为止，过得痛快，后来果然被FBI乱枪打死了。这种活法，告诉各位，只有女人会选择，男人不会选择。大家想想看，如果女的是强盗，男人会跟着这个女强盗浪迹天涯吗？不会啊。可如果男的是个强盗，爱他的女人就可能跟着他浪迹天涯，这就是女人跟男人的不同，女人永远会为了爱情肝脑涂地。

《邦妮和克莱德》电影海报

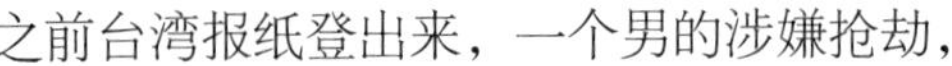
之前台湾报纸登出来，一个男的涉嫌抢劫，

女朋友跟着他跑掉了，后来在郊区发现这女孩的尸体，男的被警察抓到以后，戴着手铐，鞋都没有穿，到现场指认他女朋友的尸体。所以“鸳鸯大盗”不是闹着玩的，随时可能把命送掉。台湾就有这种例子啊，蛮秀气一个女孩子，就这样跟着男友死掉了。

女的为男的殉情的，那就更多了。大家看我1998年收集的一条新闻：

台中女中资优生　爱到绝望竟轻生

台中女中一位很优秀的女孩子，爱上一个有妇之夫，太痛苦了，最后跳河自杀，遗书上说“爱情路难走”，为爱情死掉了。我讲这些故事干什么？告诉大家，女人为了情会一路这样子送命，跳河，做强盗，什么都干的！

当然除了这个，女人也有其他一些特质跟男人不一样，好比我认识的知名导演李翰祥的太太张翠英，当年也是电影明星，长得很漂亮。跟她一起演戏的还有一位女明星叫李丽华，两人常年水火不容，很正常。可是在某些问题上，两人也会互相保护，保护什么呢？保护对方的谎话。两个人都会谎报自己的年龄，都说得比自己实际年龄小五岁，可是我不拆穿你，你也不拆穿我，我们互相保护对方在年龄问题上撒的谎。这就是女人啊，不是吗？我觉得非常有趣。

在台湾，一般的小男生会把女孩叫“马子”，口语里“泡马子”“吊马子”，都是交女朋友的意思。马子[①]是什么东西啊？男人用的夜壶。男人半夜想小便又不想下床，用的那个夜壶，古代叫作“虎子”。大家看古代夜壶的造型，做成老虎的样子，张着嘴。《旧唐书·唐高祖本纪》里记载，唐朝的第一任皇上唐高祖李渊的爷爷名李虎，“皇祖讳虎”，为了避

① 宋赵彦卫《云麓漫钞》卷四：“马子，溲便之器也。本名虎子，唐人讳虎，始改为马。”

青瓷夜壶

讳，所以把“虎子”改成“马子”，意思还是男人小便用的夜壶。

“马子”一路传下来，最后变成女孩的代名词，显然也隐含了夜壶的造型和作用在里面。这种有趣的变化告诉我们，人间很多事情都是玄黄乍变、阴错阳差、不可预知的。既然人间的变化是你所不能掌握的，当你面对这些现象时，就要用乐观的方式来处理。什么乐观的方式呢？美国活了九十五岁的大富翁Baruch讲过一个故事，一个人犯了罪被判死刑，他跟皇帝求情说，你判我死刑我认了，可是请给我一个机会，不要立即砍我的头，给我一年时间让我做完一件事再来杀我。皇上说，凭什么给你一年时间啊？你要一年时间做什么啊？他说皇上你不是喜欢一匹马嘛，我有本领可以使这匹马飞起来，天马行空，可是我需要一年的时间来研究。皇帝一听，说好吧，让你晚死一年。他争取到这个权利之后，一位朋友来看他，说你到底有什么办法可以使马飞起来啊？他说我没有办法啊，可是我有一年的时间，这一年时间可以有很多机会：第一，如果我在这一年里发生意外，死了，好比病死了，那你皇帝还杀我个屁啊，杀不到我嘛，我能免除死刑，不是吗？第二，这一年中你皇帝也有可能死啊，死了以后国家就有特赦，说不定就把我减刑免死了，那我不是赚到了吗？第三，这匹马经过研究真的可能飞起来，那一切问题不都解决了吗？

这就是乐观主义者的人生态度！他会从变

化的角度看问题，好像古诗里说的：“山重水复疑无路，柳暗花明又一村。”[①]看上去前面山穷水尽没有路了，可是不断转弯，转弯，再转弯，忽然一条新的路出现了，人间的新局面从此打开，很多的不可能化为可能，有马在你看不见想不到的时候、看不见想不到的地方飞起来。

① 出自宋陆游《游山西村》：莫笑农家腊酒浑，丰年留客足鸡豚。山重水复疑无路，柳暗花明又一村。

女人到底要什么

徐悲鸿的《马》

徐悲鸿笔下的蒋碧微

我向大家展示过我是怎么样认真读书，追求真相的。[1]可是有些事情对我来说，了解起来比较困难，譬如女人。世界有名的心理学家弗洛伊德一辈子探讨人类心灵的奥秘，当他老了以后他说过一句话：女人，到底要什么？——连他都感到困惑！连他都搞不清楚！那么，女人到底要什么呢？我李敖在这方面也做过一些探讨。

大家看这幅马，中国有名的艺术家徐悲鸿画的。徐悲鸿当年去法国留学的时候，带着他的爱人蒋碧微。蒋碧微也很有艺术气质，跟着丈夫一起学美术。他们在巴黎过得很穷困，终于有一天卖出了一幅画，小两口高兴得不得了，徐悲鸿立刻把钱带回来交给蒋碧微处理，蒋碧微拿钱干什么呢？她女人的那一面出现了，跑到街上买了一枚戒指。徐悲鸿非常失望，觉得你跟我都是这么有艺术气质的人，怎么可以这么俗气呢？一有点钱就买个戒指回来？徐悲鸿跟弗洛伊德一样，也不了解女人到底要什么。我告诉你，女人在紧要

① 参见已出版之同系列书《深夜十堂·大师的葵花宝典》。

关头要的就是——戒指。

除了戒指，还有婚纱。大家看2006年3月台湾的一条新闻：

十余位慰安妇阿嬷　如愿披婚纱　等了六十年

当年这些年轻的女孩子，十七岁、十八岁、十九岁……被日本人抢走，骗走，放到军队里做军中性奴，也就是所谓的“慰安妇”。慰安妇非常可怜，每个月除了来月经那几天，其余时间都要给日本人蹂躏，十个、二十个、三十个……每天都要这样子遭受蹂躏。就算不死活下来，她们的下半生也过得很悲惨，很多人都得病死掉了，有机会活到现在的只剩下十几个人。可是这些可怜的老太太一辈子活到最后，最渴望的东西是什么大家知道吗？扮成新娘子的婚纱照！报纸上写老太太们集合在一起，每个人都被化妆师打扮得花枝招展，然后披上新娘的婚纱照相，“阿嬷们又哭又笑，频频问这是真的吗？”。

为什么要照婚纱照？为什么要哭？因为这是她们少女时代的一个梦想，梦想我能有一个好的归宿，有个爱我的好男人能跟我结婚。可事实上呢，她们整天被日本军人蹂躏，年轻时的这个梦是破碎的。等到老了以后，快死的时候，忽然有这么一场婚纱秀使她们能够在想象中做一回新娘子，她们当然会哭，会问“这是真的吗”。

这个场景很动人，也很悲惨，不是吗？即便这么老的一个老太太，当年被摧残掉、牺牲掉，等她年老要圆梦的时候，她也依然要穿婚纱扮成新娘子。几年前我写作的时候遇到过一个女模特儿，十七岁，很漂亮。她要什么呢？她也要婚纱照！当时台湾很流行年轻女孩子照那种婚纱写真集。所以弗洛伊德问，女人到底要什么？我告诉你，要的就是这个。不管是八十岁的老太太，还是十七岁的小女生，她们要的是同一个东西——婚纱照。你都觉得不可思议！

当然也有女人不要这个的。既不要婚纱照，也不要戒指，可是她把自

胡因梦

已一辈子给闹掉了或者说毁掉了，这个人就是我的前妻胡因梦。大家看胡因梦年轻时候的照片。我说过胡因梦是我所看到的美女里面唯一穿中国古典衣服好看，穿洋装也好看的女人。有的女孩子穿洋装就不能穿中装，穿中装就不能穿洋装，好比林青霞，穿中装不好看，穿洋装是好看的。可是能够华洋杂处、两种装都能穿都好看的，就是胡因梦。胡因梦跟我结婚的时候，我李敖是很新派的人物，不肯照婚纱照，所以她也就没有机会照婚纱照。现在她五十开外了，我想也不太可能照婚纱照了。

我第二次结婚的时候也不肯照婚纱照，我太太说，好，不照就不照吧。我说，也没有戒指。她说，没有就没有吧。后来我弄了一瓶易拉罐汽水，拉开那个环以后，开玩笑当作戒指送给她，她也接受。可是好多年过后，有一天她吓倒我了——台湾有一种“统一发票”，你买东西可以领这个发票，发票如果中奖可以领钱。有一次我太太买东西领“统一发票”中了一万块台币，相当于两千五百块人民币。领到钱以后，她怎么处理呢？立刻上街买了一个戒指回来戴上。她跟我说的理由很简单：过去我们没有买戒指的预算，或者当时不喜欢买戒指，现在“统一发票”中奖了，等于没有花我们一分钱就可以买戒指，那我就买了一个戒指回来戴上。这就是女人！

我们结婚一年以后，生了儿子李戡。三个人一起照“全家福”的时候，我太太也顺便跟摄影公司谈她要照一组婚纱照，就她一个人的婚纱照。后来果然照了。大家注意啊，结婚的时候她没有照婚纱照，可是结婚以后当她有一个机会可以照相，她还要补照新娘子的婚纱照。这就是心理学大师弗洛伊德所不了解的女人。

李敖第二任太太王小屯

我母亲也这样子啊。她每天出门买报纸，到这个商店买一份报纸，到那个商店又买一份报纸，轮流买。为什么不一次买齐呢？买一份报纸就有一张发票，发票多了，中奖的概率就增多。我母亲很会过日子，从这种小地方就可以看出来。反正闲着没事干，她不厌其烦地买一份报纸开一张发票。这种行为在我看来，很好笑或者很小气，可是她老太太觉得这是一种趣味，并且划得来。为什么呢？发票中了大奖以后，可以买戒指。

李敖和太太、儿子

所以女人到底要什么啊？我拉拉杂杂讲这些故事告诉大家，女人要的就是她过去没有戴上的戒指、她过去没有照出来的婚纱照！这就是女人要的东西，而且这些东西她绝对不会放弃，在紧要关头这一面就会出现。就算她当时迁就你，不要戒指也不要婚纱，可是事后她这些被压抑的欲望、被压抑的念头，还是要找机会一样一样地都要兑现……

女人提前变鬼

加拿大有一位著名的人像摄影家卡什[①]，他在给名人拍照片的时候，先要研究这个被拍的人，尽量跟他谈话、接触，甚至做一些专案研究。他认为这种了解对拍照片有特殊的效果。譬如卡什给美国总统罗斯福拍照片的时候，发现罗斯福看到相机镜头容易紧张，表情都死掉了。怎么办呢？他给照相机做了两个快门，第一个快门是假的，第二个是真的。照相的时候，第一个快门先按下去，“啪”一声，罗斯福总统以为照好了，表情放松下来，这时候他

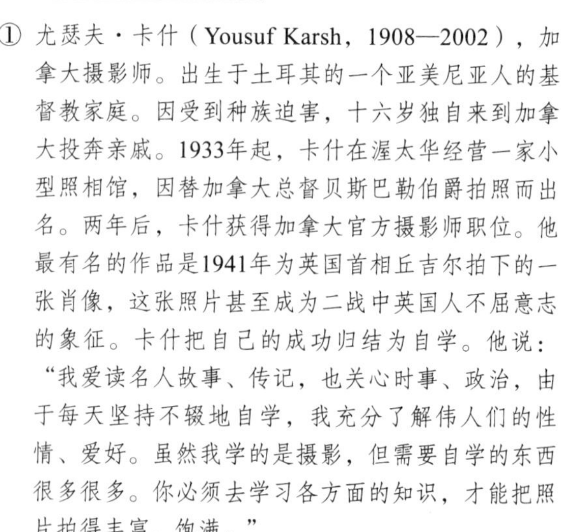

① 尤瑟夫·卡什（Yousuf Karsh，1908—2002），加拿大摄影师。出生于土耳其的一个亚美尼亚人的基督教家庭。因受到种族迫害，十六岁独自来到加拿大投奔亲戚。1933年起，卡什在渥太华经营一家小型照相馆，因替加拿大总督贝斯巴勒伯爵拍照而出名。两年后，卡什获得加拿大官方摄影师职位。他最有名的作品是1941年为英国首相丘吉尔拍下的一张肖像，这张照片甚至成为二战中英国人不屈意志的象征。卡什把自己的成功归结为自学。他说：“我爱读名人故事、传记，也关心时事、政治，由于每天坚持不辍地自学，我充分了解伟人们的性情、爱好。虽然我学的是摄影，但需要自学的东西很多很多。你必须去学习各方面的知识，才能把照片拍得丰富、饱满。”

卡什镜头下的丘吉尔

才按第二个快门。用这个方法，他拍到了罗斯福总统最自然、最放松时候的神情。

这个故事告诉我们，要想把一件事情做好，必须提前对它做某种程度的了解。中国唐朝有一位大臣任瓌，他对女人就有某种程度的了解。他是唐太宗的大将，一辈子没生儿子。唐太宗让他讨小老婆，他拒绝。为什么拒绝？老婆不会同意。唐太宗说，我是皇帝啊，我让你讨小老婆她还不同意，我就赐死这个婆娘，让这个妒妇死掉。然后拿出一杯毒酒来，结果任瓌的老婆当场端起来就喝。干什么？我宁可死掉啊，宁死也不让我的丈夫讨小老婆。结果她没死，喝的是醋，唐太宗想吓唬一下她，今天我们讲“吃醋”的典故就从这儿来的。最后唐太宗也没办法了，说你这个老婆实在太凶悍了。

历史上记载苏格拉底的老婆也是一位悍妇。苏格拉底很怕老婆，他说讨老婆，如果她是个理想的太太，你就是个幸福的丈夫；如果她不是理想的太太，你就会变成哲学家。为什么？听天由命嘛，看开了嘛。任瓌最后也变成哲学家，他说我们为什么怕女人啊，女人一生分成三个阶段：第一个阶段是少女，不苟言笑，很矜持，很端庄，像个菩萨一样；我们能不怕菩萨吗？当然怕菩萨。第二个阶段，女人从少女变成了少妇，生了小孩做了妈妈，妈妈保护孩子无微不至，会像母老虎一样跟你拼命；我们能不怕老虎吗？当然怕老虎。第三个阶段女人老了，变成老太太，长得像鬼一样；我们能不怕鬼吗？当然怕鬼。所以我任瓌一辈子怕女人，不敢讨小老婆。

我必须说，任瓌对女人这三个阶段的观察是非常细腻、非常正确的，可是当我看到报纸上一条新闻以后，我修正了这个看法。大家看2006年9月5号台湾报纸登出来：

48岁女明星素颜示众　美貌全靠后天加工

莎朗·斯通素颜照

莎朗·斯通化过妆之后

戴安娜·罗丝素颜照

戴安娜·罗丝化过妆之后

谁啊？莎朗·斯通[①]。她的本来面目让大家看到了，不化妆跟化过妆之后落差极大，所以报纸定了一个“见鬼指数”，她得到80%，意思是化妆跟不化妆的落差有80%。再看这个戴安娜·罗丝[②]，化妆的样子跟素颜状态“见鬼指数”达到95%。换句话说，不化妆就是鬼！同样“见鬼指数”高达90%的还有一个惠特妮·休斯顿（Whitney Houston），美国歌星，还有模特儿克劳蒂亚·雪佛（Claudia Schiffer），稍好一点，“见鬼指数”70%。

这些素颜照都是很缺德的狗仔队偷拍的，照片公布以后我们要修正唐朝大臣任瓌说过的话，原来女人到中年的时候就变鬼了，哪里需要等到晚年呢？！尤其是电视台那些女主播，我告诉大家，要是光不打下去，妆不化上去，她们的真容真的不忍卒睹。有人讲，你李敖这样子讲话是不是太缺德啊？是缺德，但这是我们观察到的真相，不是吗？真相和我们的愿望总是有距离的。

大家看这份旧资料，抗战时期北京大学一

---

① 莎朗·斯通（Sharon Stone，1958—　），美国演员。1992年在法国戛纳电影节上凭借《本能》中的大胆演出，被人们所熟知。

② 戴安娜·罗斯（Diana Ross，1944—　），美国历史上最成功的黑人女歌手、演员。她在全球的音乐专辑销量超过一亿张，也是罕有的在好莱坞星光大道拥有两颗星形奖章的艺人。

位女教授陈衡哲[1]写的《社会道德的崩溃》。她说，“我们看到的社会是只计利害不计是非的社会”，就是中国那句古话“世风日下，人心不古”。她说，“我们太悲观了吗？请看英国的威尔斯先生四年以前说的一段话：道德的崩溃有时候是经济崩溃的一个必然效果”，也就是中国古代管子说的，“衣食足而后知荣辱，仓廪实而后知礼节”，我要吃饱喝足之后，才能够谈什么礼貌，谈什么脸面，才能要脸；反之，如果我一直逃难，我吃不饱饭，饿得很惨，“道德崩溃”“世风日下、人心不古”这些画面就会出现，不是吗？可是陈衡哲也谈到了，有些人吃饱喝足之后仍然没有道德，怎么回事呢？她追究这个问题。她说正面的失败是反面的成功，文天祥就是个例子。文天祥正面失败了，要去复国，去抵抗外族压迫，结果失败了；可是他所代表的志士仁人“杀身成仁”的那一面却成功了，所以他的反面是成功的。

陈衡哲这个理论成不成立呢？在我李敖看来，不成立。为什么？文天祥是宋朝的行政院长、国务总理。宋朝要亡国，他不投降，结果死掉了。可是仔细想想看，真的追究起来，你文天祥所效忠的宋朝是什么政权啊？宋朝皇帝的爷爷的爷爷……是什么东西啊？梁、唐、晋、汉、周五代，后周的周世宗死了以后，你禁卫军的头子赵匡胤搞“陈桥兵变”[2]，欺负人家孤儿寡母而抢到了皇位。你赵宋的天下得来得并不光荣，不是吗？然

① 陈衡哲（1893—1976），生于江苏武进，幼年在亲友辅导下读书。1914年考入清华学堂留学生班，成为中国第一位公派女留学生。1920年从美国芝加哥大学毕业，同年应蔡元培之邀回国任教，成为中国第一位女教授。著有《文艺复兴史》《西洋史》等。

② 北宋开国皇帝赵匡胤本为后周世宗柴荣的大将。世宗逝世前任命他掌管禁卫军，辅佐年仅七岁的幼帝柴宗训。没想到禁卫军于960年在陈桥驿（今河南封丘东南陈桥镇）发动兵变，逼帝禅位，拥立赵匡胤，灭了后周，史称“陈桥兵变”。

后宋太祖生病的时候，又传出来“烛影斧声”[①]，蜡烛照见两个兄弟在吵架，弟弟用斧头把哥哥砍死了，自己成了宋太宗，以后的皇帝都是弑兄篡位的弟弟的后代，不是吗?

所以你文天祥效忠的是些什么人啊？这么卑鄙的一个传统，你值得为其效忠吗？盲目忠君的思想在我李敖看来，本身就是错误的，并且从整个中华民族的观点来看，消灭宋朝的金朝也不是外族啊，所以你整个效忠的东西今天看起来是荒谬的、没有意义的。可是有一点我觉得有意义，那就是当一个人真的相信他所信仰的东西时，他可以为之抛头颅洒热血，坐在牢里面写《正气歌》，受尽了折磨却不屈服投降，这种伟大的精神是有意义的!

我讲这个故事干什么？告诉大家，我们观察事物的时候，有时候反面才是真相，正面是骗人的。好比那些漂亮的女人，要看到她们的素颜照，才知道她的美丽是经过了多少化妆、修补、灯光、掩饰才呈现的。否则的话，她就是那个“见鬼指数”。可是我李敖卸掉妆之后，跟真实的我也差不了多少，只是衣服脱掉会露出胸前开刀留下的好多疤。我的朋友、电影明星成龙说，有疤的男人很性感。所以即使我露出了疤，也有正面的效果，那就是我李敖很性感。

---

① 北宋第二位皇帝宋太宗赵光义为宋太祖之胞弟，他在宋太祖离奇暴毙后登上皇位。据文莹和尚《续湘山野录》记载，赵光义在一个雪夜用玉斧弑兄，篡位成功，但这一传说在正史中并无记载，乃千古疑案之一。

美女变枯骨

2004年，美国出版了一本新书，谈美的历史和各种美的标准，当然主要是以人体美为内容。一般人看到美丽的女人身体会有什么反应啊？有人是艺术性的欣赏，会赞美、羡慕；有人则产生了性冲动，这时候“道德家”就出现了，好比中国古代民间很多这种道德家写的书，一般叫作“善书”，劝人向善，如何做人处事，包括看到美女怎么样处理。

有一本《戒淫辑证集》，文言文的，把男人看到女人动淫念的故事编到了一起。1994年，台湾有人用白话文把这本书重新出版，叫《重写戒淫辑证集》，梦醒居士编著。这本书里谈到东西方对美色的一个共同观念——Beauty is but skin-deep，美色只是皮相，所谓美丽就一层皮而已。这是17世纪欧洲很有名的一句谚语，类似观念在两千多年前的佛经里早就有了。《四十二章经》说：“天神献玉女于佛，佛曰：‘此是革囊盛众秽耳。’”臭皮囊里包了很多脏兮兮的东西，烂骨头、烂肉、小便、大便、脓包……全在美女这一层皮里。所以你们看美女是美女，佛眼看到的美女只是一层皮包着大小便而已。

这种观念到了现代劝善书里，变成“皮外皮内两个样，问君淫念从何起”。换句话说，当你看到漂亮女人，尤其是漂亮的裸体女人时，你要立刻用X光眼把她皮肤以内的东西看个透。用我李敖的话说，人家看到的是美女，你看到的根本是个骷髅嘛，美女再美以后也会变枯骨，不是吗？

这本书还告诉我们，看到漂亮女人要有“四觉观”，四种觉悟。第一种“睡起生觉”，你看到这个女人，要想到她刚刚睡醒的样子——头也不梳，牙也没刷，脸也不洗，眼睛又黏又腻，舌头脏兮兮的，再漂亮的女人

《红楼梦》第十二回　王熙凤毒设相思局　贾天祥正照风月鉴（戴敦邦绘）

克里姆特《生与死》

“脂粉未付之先，其态亦当尔尔”，根本是个丑八怪。第二，要想到她喝醉酒的样子。美女喝醉酒什么样啊？满身酒气，内脏翻腾，忽然呕吐起来，吐出来的都是没消化的东西。这时候恶狗跑来闻都会“摇尾而退”，狗都不要吃她吐出来的东西。第三，你要想到女人生病时候的样子，生病以后，面相憔悴，又生脓又生疮，臭不可闻，这时候再国色芳容也没用。第四，你要想到女人上厕所大便或两眼通红便秘的样子，或者腹泻拉稀屎的样子。总而言之，怎么恶心怎么想，想她刚睡醒什么德行，喝醉酒什么德行，生病时什么德行，上厕所又什么德行，然后觉得好脏啊，“爱从何处起”？怎么会爱这个女人啊？倒胃口嘛，美女也不过尔尔嘛，没什么了不起。

还有一种“九想观”，用九种想法来把女

人想得又脏又臭[①]。好比“新死想”，女人活着的时候你把她当成死人。“静观死人初烂，肉腐成脓”，死人肉腐烂了，变成脓，再怎么漂亮的人将来也是这种下场，一身臭肉脓血。再看“绛汁想”，人死了以后紫红色的血流出来，臭不可闻，然后身上生蛆，虫子来咬。还有“筋缠想”，尸体腐烂以后，“皮肉钻进，只有筋连在骨，如绳束薪，得以不散”，我们以为在偷香窃玉，跟女人寻欢做爱，其实抱的是一团腐肉、一堆枯骨。然后“骨散想”，“筋已烂坏，骨节纵横，不在一处，当念我崇高富贵之身，将来亦必如是”。然后“烧焦想”，火葬的时候“被火所烧，焦缩在地，或熟或生，不堪目击”。最后“枯骨想”，荒坟里丢弃着死人骨，“日曝雨淋，其色转白，或复黄朽，人兽践踏。当念我韶光易迈之身，将来亦必如是”。这时候不单想到美女变成骷髅，我们自己最后也变成骷髅了。这种想观在中国古代叫作“枯骨颂”，是宋朝一个和尚搞的。整个理论是本来美色当前你要性欲大发寻欢作乐男欢女爱，此时忽然一桶冷水兜头浇下，醒悟到这女的原本是一团枯骨烂肉，臭皮囊将来会生病死掉，而将来我自己也会如此，所以——有什么好心动的呢？——就这样子

① 梦醒居士编著的“九想观”，内容如下：人想死亡日，欲火顿清凉。愚人若闻此，愁眉叹不祥，究竟百年后，同入烬毁场。菩萨九想观，苦海大津梁。1.新死想——静观初死之人，正直仰卧，寒气彻骨，一无所知。当念我贪财恋色之身，将来亦必如是。2.青瘀想——静观未殓骸尸，一日至七日，黑气腾溢，转成青紫，甚可畏惧。当念我如美貌之身，将来亦必如是。3.脓血想——静观死人初烂，肉腐成脓，势将溃下，肠胃消靡。当念我风流俊雅之身，将来亦必如是。4.绛汁想——静观腐烂之尸，停积既久，黄水流出，臭不可闻。当念我肌肤香洁之身，将来亦必如是。5.虫啖想——静观积久腐尸，遍体生虫，处处钻啮，骨节之内，皆如蜂巢，当念我鸾俦凤侣之身，将来亦必如是。6.筋缠想——静观腐尸，皮肉钻进，只有筋连在骨，如绳束薪，得以不散。当念我偷香窃玉之身，将来亦必如是。7.骨散想——静观死尸，筋已烂坏，骨节纵横，不在一处，当念我崇高富贵之身，将来亦必如是。8.烧焦想——静观死尸，被火所烧，焦缩在地，或熟或生，不堪目击。当念我文章盖世之身，将来或亦如是。9.枯骨想——静观破冢弃骨，日曝雨淋，其色转白，或复黄朽，人兽践踏。当我韶光易迈之身，将来亦必如是。

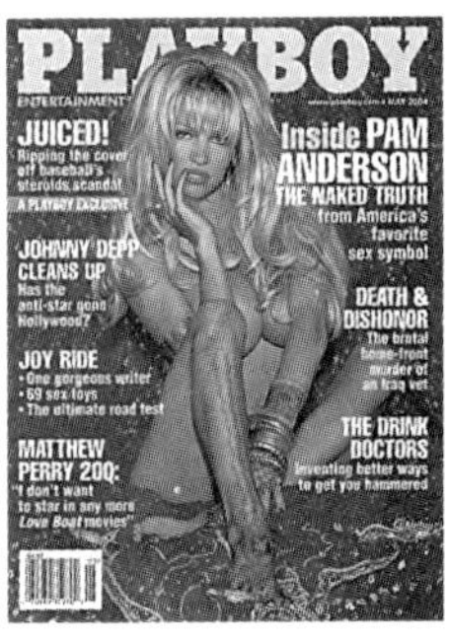

美国最著名的成人杂志《花花公子》

拼命恶心自己，倒自己胃口，最后美女在你面前不是美女而是枯骨了。

这个方法后来竟跟唐朝名臣狄仁杰扯在了一起。新旧唐书都有狄仁杰的传，在《戒淫辑证集》里，狄某人有了另一段人生：狄仁杰年轻时长得非常英俊，上京赶考的路上他到一家旅馆休息，半夜里突然有个丈夫刚死了的美丽少妇跑来挑逗他。狄仁杰说，看你这妖娇的媚态，使我想起一位老和尚对我的开示。什么开示呢？当然就是刚才“九想观”里讲的，少妇美艳的躯体生了一场大病，骨瘦如柴，披头散发，双眼深陷无神，好像鬼一样可怕；病到快死的时候，脸上一阵青一阵白，丑陋不堪，令人不敢直视；死后时间一久，尸体就腐烂发臭，口鼻眼耳长出蛆虫，钻进钻出，枯骨烂肉，不成人形。狄仁杰说我只要按照老和尚教的方法把你想成老的、病的、死的、肉烂骨销的、浑身长蛆发臭的，我就不会起性欲了，我就成了柳下惠，我就坐怀不乱了。狄仁杰还说，希望你也这样想我，如果你这样想我，我又有什么值得你看中的呢？你何必喜欢我这个小白脸呢？

当然这故事是胡扯的，是后来人编了附会到狄仁杰身上的。可是我觉得很有趣，从印度佛经到中国古代故事再到现代各种善书，整套克服男女之间诱惑的方法都是把对方假设成病人、死人，没梳头没洗脸，浑身发烂发臭，枯骨烂肉，用这种恶心的方法来消灭人的性欲。后来还演变出更好笑的，你要假设这个女人是你的妈妈是你的姐姐是你的妹妹是你的女儿，这样你还能起淫念吗？起淫念你还是人吗？所以后来的劝善书越发走火入魔荒腔走板，各种离奇假设全部出现，目的都是要人压制性欲压制淫念。

这种方法好不好？在我李敖看来，不一定好。古今中外多少道德家费尽心血压制性欲、克制性欲，把女人假想成死人烂肉、皮相之谈，其实用不着啊，适度发泄反而会有更好的劝善效果。人的性欲也好淫念也罢慢慢消退掉，发现这些不过是稀松平常、习以为常的东西，然后就会对所谓的美色起腻了不好奇了，各种欲望念头都慢慢耗散蒸发掉。

性福量身定做

我们中国在近代所遭遇的麻烦，不止于内部的战乱革命，还包括外面的洋鬼子打到了我们家门口。一开始闹得最凶的是英国人，最后发生了鸦片战争。鸦片战争期间死了中国一位有名的思想家叫俞正燮[1]。他有一个理论，认为洋人的生理结构和中国人不一样，中国人的心是七窍，洋鬼子只有六窍；中国人的睾丸是两个，洋鬼子有四个。这些说法今天看来当然很可笑，可是当时中国一流的思想家为什么会对洋人这么不了解呢？因为他缺少资讯。《孙子兵法》说，“知己知彼，百战不殆”，我们对“彼”了解得不够，所以老是失败。

俞正燮之后出来了夏燮[2]，他对洋鬼子的了解程度就深刻细腻多了。夏燮写过一部书叫《中西纪事》，里面讲到他们有一次去参观外国人的场所，发现洋人有个本领——能制物，制什么物呢？裸妇人。“肌肤、骸骨、耳目、齿舌、阴窍无一不具”，皮肤、骨头、耳朵、眼睛、牙齿、舌头、阴部，女人的器官没有一样没有；“初折叠如衣物”，一开始可以像衣服那样折起来；“以气吹之”，向里面吹气的时候，这个女人就膨胀起来；“则柔软温暖如美人”，不但柔软还有温度，跟真的女人一样；“可拥以交接如人道”，可以抱住她跟她性交，满足男人的性需要；“其巧而丧心如此”，洋鬼子真是机巧，能做出这么个裸体女人，但是没有道德，

---

① 俞正燮（1775—1840），字理初，安徽黟县人，清代著名学者。著有《癸巳类稿》等。

② 夏燮（1800—1875），字谦甫，别号谢山居士，安徽当涂县人，清道光举人。著《中西纪事》一书，详述中西通商的经过与文化冲突。

神经病到这种程度。

这什么东西啊？塑胶做的充气娃娃嘛。洋鬼子的军舰上都是男人，怎么解决性需要？用塑胶女人给男人一解饥渴。这种东西现在大陆也有了，大家看2002年的一条新闻：

> 大陆温州早有一家全球前十的性玩具工厂，每日组装一万件产品，其中七成输往欧美。虽然大陆的市场仍在起步阶段，但发展迅速，一件五六百块人民币的产品仍然有销路。

台湾也出现了很多性用品情趣商店。前几年发生过一起诉讼，一位张先生从一个叫陈信佳的人那儿买了个充气娃娃，买了之后陈信佳被台北地方法院检察部门的检察官告到法院，理由是他向搞不清姓名的张先生出售供人泄淫之用的充气娃娃。充气娃娃被认为是猥亵物品。案子开庭后，法官判被告无罪，理由很有趣：

> 经查本件被告所贩售之吹气娃娃，观其材质是以塑胶布制成，虽具有人形，然依外观视之，未吹气前仅系一堆塑胶布而已，吹气后纵具有人之整体形状，然就真人相差甚远。以目前社会的通念，显难令人望之即产生兴奋或性欲。

注意啊，买卖这些妨害风化的东西是不是有罪，一个重要的判决条件是它能否刺激和引起人的性欲。判决说这个充气娃娃跟真人差太远，人看到以后不会产生性欲，所以就不违法。法官又说，对于没有配偶而有欲望，“而忌于召私娼者，其以购买吹气娃娃为其宣泄欲望之辅助工具，又有何不可”？换句话说，他没有女人而有性欲，又不想找妓女，那充气娃娃就变成了一个必要的宣泄生理情欲的工具，这有什么不可以呢？前面从生理层面说他无罪，后面从社会层面证明充气娃娃有存在的必要。然后又

充气娃娃

说，今天“比起来60年代、70年代的民风，对于色情的定义已较当时开放”，妨害风化当年也许成立，但今天已经不成立了，为什么？标准变了。

最后的结论是，包括充气娃娃在内的供男女使用宣泄性欲的情趣物品，“现今并没有明确的主管机关予以管理，对于所制造或进口的上述物品、种类、贩售对象、材料是否对人体健康有所影响等情形，应尽速由主管机关制定相关法令予以管理”。法官认为这种东西的买卖还没有明确法律规定，所以对整个案子从宽处理，宣判被告无罪。

我必须说，这个法官很值得褒扬一下，他的判决提升了妨害风化案的标准，证明我们开始用一种轻快的、不那么钻牛角尖的眼光来看待它。事实上，这种东西不光在清朝夏燮的《中西纪事》里有，中国更早的古书《王子年拾遗记》[①]里也提到过。据这本书记载，三国时期的刘备有好几位太太，其中一位甘夫人漂亮无比，可是刘备和她做爱的时候却要在旁边立一个三尺高的玉雕美人陪着。刘备说，“昼则讲说军谋”，白天商量如何抵抗曹操；“夕则拥后而玩玉人”，晚

---

① 《王子年拾遗记》是一部志怪小说集，又名《拾遗录》。作者为东晋王嘉，字子年，陇西安阳（今甘肃渭源）人。书共十卷，记自上古庖牺氏、神农氏至东晋各代的历史异闻，尤其宣扬神仙方术，多诞谩无实，为正史所不载。

上抱住女人亲热，一边亲热一边欣赏旁边那个玉雕美人。用今天的话说，刘备这种行为叫“雕像恋”，把雕像当真人来爱恋。证明什么？证明物对人的吸引力有时候跟真人一样，或者还超过真人。性玩具也是这样啊。现在不只有塑胶的充气娃娃，还有做出来比真人更精致的硅胶娃娃。

充气娃娃是男人用的，还有一种女人用的dildo，大陆出版的《韦氏英汉大学辞典》解释为：（女子同性恋者用的）人造阴茎。这个解释没有错，可是不完整，为什么一定要女同性恋才能用啊？不是同性恋也可以用嘛。与dildo相对的是人造阴道。台湾因为公娼是犯法的，男人要找娼妓只有找私娼，如果不愿意找私娼，可以用这种假阴道来自慰。这东西引起我一个联想：119∶100。大陆为了控制人口搞一胎化，可是传统重男轻女的观念太深，所以会用技术手段使女孩不要生下来。一二十年后，这些一胎化的小孩子长大，忽然男女比例出现了问题，当男生有119个的时候，女孩只有100个，严重失调。

自然发展会使男女比例旗鼓相当，一胎化以后男多女少，整个社会阳盛阴衰，那些生产过剩的男人或者竞争力较弱的男人找不到女人怎么办？他也有生理需要啊。这时候我李敖就产生了一个奇想：我们不谈假道德，多制造一些塑胶女人或人造阴道给男人用，有什么不好？有人说你李敖胡扯嘛，他发生性行为要跟真的女人发生，哪怕跟妓女发生也是真的性行为，用这些假东西怎么可以呢？那我要反问你了，真的一定比假的好吗？当年我做预备役军官的时候，看到那些下层的士兵没有钱，只好找那些很便宜的私娼，怎么做呢？这边一张床，那边一张床，中间隔扇木板，两个私娼一边接客一边隔着木板聊天。请问，有没有情调啊？倒尽你的胃口，不是吗？真的人又怎么样呢？

我李敖的牙齿好得不得了，可是后面的臼齿大部分是假的。为什么是假的？我坐牢的时候，牙疼没有牙医。牙医每星期只出现一次，也不是牙医，只是军中一个士官，在“警备总司令部”牙科扫地，看到医生拔牙跟着学了一点，然后就每星期一到军法看守所来给我们看牙。他不会修牙也不会补牙，勉强会拔牙。我们牙疼的时候，如果礼拜天晚上疼，礼拜一早晨他来了可以给你看；可万一你礼拜二开始疼，那麻烦了——牙医没有，礼拜二疼，礼拜三疼，礼拜四疼，礼拜五疼，礼拜六疼，礼拜天疼，疼一个礼拜，怎么吃得消？怎么办？不要啰唆，全部拔掉。很多可以保留的牙齿最后都拔掉了。牙医都知道绝不要轻易拔牙，能修能治的绝对不要拔掉，可是我们没有选择，疼得受不了只好拔掉了事，拔掉以后我们对国民党伪政府从此不能再咬牙切齿。后来我装了假牙，假牙也能用，总不能说牙是假的，我就拒绝咬东西吧。所以很多时候假的弄假成真，比真的还好。

同样地，如果有男的喜欢胖胖的杨贵妃，有男的喜欢瘦瘦的赵飞燕，好，照这个标准量身定做一个美人给你，有什么不好呢？大家听了很荒谬，可是真的发生了119∶100的问题时，这不失为一个解决办法。有人说，我宁可克制自己的性欲，也不要这种假东西。——你能做到当然可以，但你不能要求求人人都做到。海明威在小说里谈到这个问题。一个小男孩有一天把自己小鸡鸡割掉了，因为他控制不了自己的性欲，无法发泄，而发泄了可能产生道德纠纷，最后他割掉了。还有一个故事说神父能够控制自己的性欲，怎么做到的？five against one，五对一。什么意思？手淫嘛。如果神父和小男孩都能用上这种一吹气就出现的假美人，也是个福音，不是吗？

“食色性也”，吃饭和性欲是人的本性，这是古代圣人对人的理解。孔子也讲，“吾未见好德如好色者也”，我没有见过喜爱道德甚于喜爱女人的。这就是人性，人性问题要面对，跟道不道德没关系，好比吃饭是道德还是不道德呢？跟道德没关系嘛。性的问题也一样，我没有强奸别人，没有偷人，我自慰，这不是道德问题。如果不涉及道德，我们使它开明一点，进步一点，舒服一点，这是人类的大功德，也是人性的大解脱。

我们的新觉悟

繁衍是所有生命的本能，由繁衍而来的独占现象也是一种本能，自然界有很多这方面的例子，好比有一种神风蜜蜂，雄性跟雌性交配完以后，会把自己的生殖器官断掉一半留在雌蜜蜂身体里，然后它自己可能就死掉了。为什么这么做？不让别的蜜蜂来交尾，挡住别的雄蜜蜂跟这只雌蜜蜂交合的机会。还有一种蜻蜓目束翅亚目的昆虫，它的雄性生殖器前端有一个像汤匙一样的小勺子，当它跟雌性交配时，这个小勺会把前任情敌留下的精液掏出来，然后把自己的精液注入。第三种瑞典种子臭虫更奇妙，它交配以后会把自己的生殖器官延长，伸到多长呢？足足有身长的三分之二那么长。干什么？卡位，二十四小时不脱离雌性，不让别的情敌来传宗接代。第四种是非洲臭虫，它会鸡奸同类，目的是把自己的精子渗透到同类雄性的身体里，当同类雄性跟雌性交配时，它的精子也会被发射出来，进入雌性的体内。还有一种青蛙，它跟雌性交配的时候，会盘踞在雌性青蛙背上好几个月都不下来，什么意思啊？不许其他雄青蛙来跟它交配。

以上五种都代表了上帝赋予雄性动物的一种心理，那就是老子要传宗接代，老子要把自己的基因传递下去，传递的同时拦截其他雄性传宗接代的机会。人类也如此啊。西方中古时期有所谓的“骑士精神”，今天我们谈到一个男的对女人很照顾、很绅士，就会说他有“骑士精神”。事实上当时的骑士精神针对的是一些贵妇人，但对一般妇女并不这样彬彬有礼，并且由骑士精神还衍生出一个重要习俗，就是当男人外出或者出征时，他怕老婆被情敌或者别的男人享用，要把老婆保护起来，怎么保护呢？中古

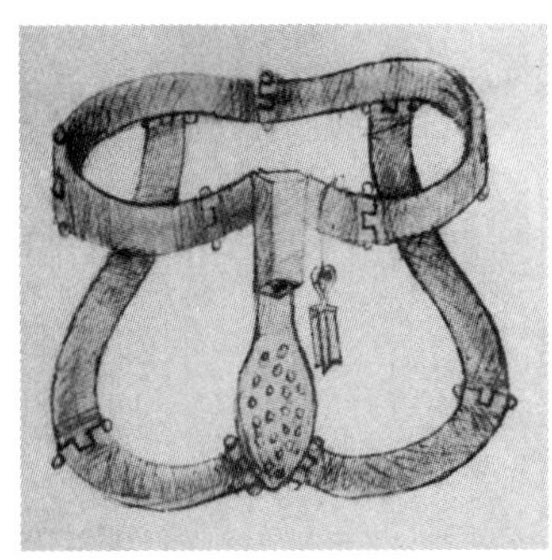
贞操锁图案

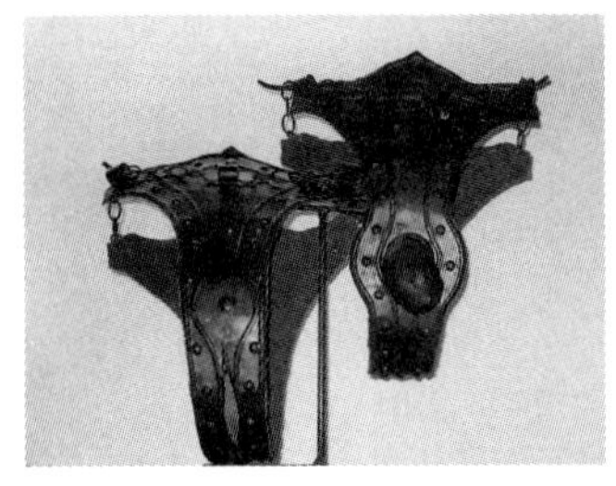
贞操锁实物

时代最有名的方法就是贞操锁[1]。用锁把老婆的生殖器锁起来，使她只能够大便、小便、流月经，别的男人想跟她发生性行为，技术上做不到。

大家看贞操锁的造型。有的锁只挡住前面，有的连后面的肛门部分也挡住。给女人戴贞操锁，跟刚才我提到的蜜蜂、臭虫、青蛙之流，是同一种心态，都是我要保护自己的势力范围，阻止别的男人来传宗接代。这是一种生物现象，说明从低等昆虫到高等人类都被上帝赋予了独占心理。

可是我必须说，西方中世纪人发明的这种贞操锁跟中国人的办法比起来，实在是太陈旧了。中国人根本用不着拿锁头、塞子来阻止别人占我女人便宜嘛，我直接在女人身上训练，训练她做“贞节烈妇”，叫你女人自己在心里有个锁，自己把自己锁住，不劈腿，不扯别的男人。所以聪明的中国人发明出什么东西呢？贞节牌坊。你不找男人，好好守住自己的贞洁，不光乡里乡亲会敬仰你，皇上朝廷都会表彰你，给你立一座贞节

---

① 贞操锁，又名贞操带，是一种封锁性器的衣着，最初为女性而设，可以使穿戴者避免性交、遭强奸及自慰，以保持贞操。贞操带最早可能源于十字军东征时期。当时的西欧战士离乡远征，他们的妻子会戴上贞操锁来表现自己的忠诚。以当时的工艺，长期穿戴贞操锁不仅非常不适，产生的铁锈还会伤害皮肤，损害生殖器。文艺复兴时期的贞操锁内部装有垫料，避免穿戴引起摩擦刮伤及败血症。

牌坊，流芳百世，子子孙孙的脸上都有光。到了明清的时候，立满神州大地的贞节牌坊差不多把所有中国女人都控制住了。过去台北的公园就有这种贞节牌坊。注意，贞节牌坊不是一般人能立的，必须你儿子特别有钱，或者你儿子做了大官，才有机会给守寡一辈子的妈妈立贞节牌坊。如果你儿子无权也无钱，你守一辈子寡也没用。

贞节牌坊

无论是中国的贞节牌坊，还是西方的贞操锁，从今天人道、人权的角度看，都很残酷。怎么样解决这个问题呢？大家看一组记录：

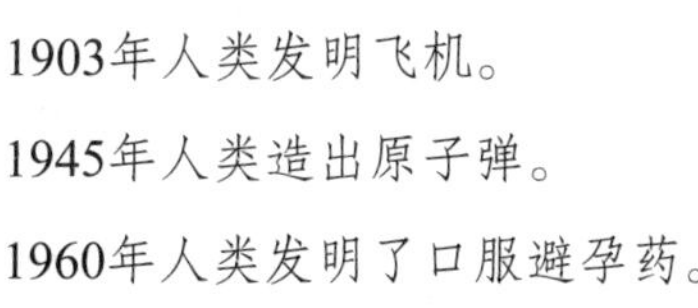
1903年人类发明飞机。
1945年人类造出原子弹。
1960年人类发明了口服避孕药。
……

口服避孕药的发明比制造飞机、原子弹更惊人，为什么？女人的贞操观念完全改变了。过去女人那么样守身如玉，一个重要原因是如果你到处勾引野男人，怀孕了怎么办？口服避孕药出现以后，女人可以避免怀孕了，可以控制怀孕了，那老娘为什么还要这么样守贞操啊？你男人可以在外面乱搞，为什么我女人要做贞节烈妇？过去做贞节烈妇是因为不能解决怀孕问题，现在问题解决了，请问这个只许男人快乐不许女人快乐的“贞节烈妇”观还能够维系吗？

这就是我所说的，上帝赋予了我们独占的本能，现代科技和思想解放却赋予了我们宽容和自由。避孕药的出现使男人和女人都得到了某种程度的性自由，人类对性的观念也更加宽容。过去女人碰到男人，之所以会那么小心翼翼，是因为从生理学上看，她要选择一个好的品种、好的精子、好的基因来把生命传承下去，所以男女之间会拼命地闪躲，拼命地挑肥拣瘦，为了选择最优秀的那个。可是选择难道只有一次机会吗？随着人类性观念的开放，改变选择也成了女人的一种自由。

《儒林外史》里的王三姑娘做了望门寡，最后决定既然丈夫死了，她也要把自己饿死。结果饿死以后，她爸爸还赞美说："死得好，死得好！"这就是宋儒所谓的"饿死事小，失节事大"。大家想想看，这种礼教观念是不是害死人！丈夫死了，改嫁就好了嘛，为什么非要让人去死呢？现在有了避孕药，这种贞洁观没市场了，所以我说是科技进步给了女人宽容和自由。再看：

1961年人类进入太空，

1965年人类有了显微摄影，

1967年有了心脏移植手术（人心可以换成"狼心狗肺"），

1969年同性恋可以集会游行，

1969年人类登陆月球，

1971年有了微型晶片，

1978年有了试管婴儿，

1987年有了抗忧郁药，

1996年有了克隆羊，

1998年有了威而刚，

……

威尔刚是什么东西？就是大名鼎鼎的伟哥。伟哥的出现改变了全世界多少男人的生活！怎么改变的就不用详细说了，我讲这些干什么呢？告诉大家，有时候我们的思想想进步，可是科学技术配合不上，再怎么努力也没有用；有时候科技问题一解决，你的思想想不进步也不行了。好比性观念，当避孕问题不能解决的时候，女人的贞操观念根深蒂固，当这个问题解决以后，你想拦也拦不住。这就是我们的新觉悟。

伍／

西餐叉子吃人肉

西餐叉子吃人肉
了不起的贞操观
花钱求愚蠢
中国文化人格分裂
传统习俗无处不在
真假拜年维系礼貌
一窍不通是为长生
这个世界的转变　我们躲不掉
从古至今的交通工具
科技大破天机

西餐叉子吃人肉

念佛机

我李敖常常说一句话：我们以为自己活在现代，其实思想常常是古代的，并且还会用现代的科技手段来发展古代那些荒谬的思想。好比念佛机，把什么《药师咒》《大悲咒》这咒那咒的合在一起录到机器里，干什么？你不用念，它替你来念。大家不觉得很荒谬吗？佛是要你自己来念的，甚至要敲着木鱼来念，怎么可以靠着这种现代科技设备来帮你念啊？

台湾还有人相信生辰八字。怀孕了，小孩还在妈妈肚子里，算出来什么时候生小孩八字最好，到这个时间就去医院做剖腹产。古人不可以剖腹产，现代人可以，有人就用剖腹产这种现代科技来实现生辰八字这种古代迷信。

有个笑话，一个英国人在非洲碰到一个黑人，发现这个黑人可不简单，是牛津大学毕业的。英国人就问他：你们现在还吃人肉吗？黑人很骄傲地回答：我们现在还吃人肉，不过是用西餐的刀叉来吃了。什么意思？我们进步了，我们文明了，我们受了你们大英帝国主义的洗礼，吃人肉的时候不用手乱抓了，而用你们西餐的刀叉来吃。所谓“西餐叉子吃人肉”这种进步，就是我所说的用现代的科技手段来满足我们的迷信思想。

这种现象不仅台湾有，大陆也有。大家看新闻：

> 天津市殡葬品市场除了纸扎的手表、自行车、缝纫机等旧三大件和电脑、轿车、别墅新三大件外，还有保镖、私人医师、护卫队、高尔夫球场等，最令人惊奇的是伟哥、保险套，小蜜也赫然在列……一辆纸扎的宾士[①]车售价达四千元人民币。一队护卫队要价一千三百六十元。高尔夫球场一座三百元。别墅内门窗、家具、电器一应俱全，售价高达三万元。豪华别墅内还有纸糊的辣妹……今年最流行的祭品是带小蜜、游泳池、用人、保镖、直升机的大洋房以及信用卡、旅行支票和国际护照……

这是天津的情况。再看西安：

> 在西安流行的祭品中，加长型的宾士、彩色电视、冷气机、冰箱、洗衣机、项链、耳环、金表等已不稀奇。商家为争取顾客，特别强调汽车的手续齐全，房屋有产权，手机能漫游冥都世界，电脑还可以畅游冥都网。模仿人民币、美元印刷精美的冥币面额从几千元至上亿元都有。还有人兜售幽冥股票，商贩宣称，保证可以在幽冥的股市中交易……

看到没有？“西餐叉子吃人肉”，从大陆到台湾都充斥这种现象。台湾迷信到什么程度呢？一位女士给她儿子买了辆摩托车，然后求神拜佛找到一个祭童，请他帮忙保佑儿子骑摩托车不出事。结果没过几天，她儿子忽然撞车死掉了。女士大哭一场，跑去找这个祭童，说你不说请了神仙佛

---

① 宾士：即奔驰，台湾译法。

祖来保护我儿子的吗，怎么我儿子会撞车死掉？祭童怎么回答？答得很有趣。他说神仙是在保护你儿子啊，可是神仙骑的那匹神马跑起来一小时只有六十里的速度，你儿子骑的摩托车一小时跑一百二十里，等神马赶上的时候，他已经撞死了。——有这种笑话！

这个笑话证明什么？现代人在迷信方面已经中风疾走，走火入魔了。大家想想看，烧这些纸人、纸马，纸的宾士汽车、电脑、收音机、脚踏车，不都是古代的迷信思想吗？尤其是烧纸糊的漂亮女孩子给死人，不就是古代的殉葬思想？过去皇上死了，宫女要一起殉葬，强迫死。有个故事，皇帝死了，皇后老太婆看上一个小白脸，名字很怪，叫魏丑夫。名"丑夫"，人却是小白脸。皇后老太婆爱上了这个魏丑夫小白脸以后，下了一道命令：将来我死的时候，魏丑夫要殉葬。魏丑夫听了吓死了，怎么我这么倒霉啊，你比我老，你死了我要陪死，太难过了。他找到一位大臣帮忙，想想用什么办法能够说动皇后回心转意。结果这个大臣很聪明，他跟皇后说：你爱这个小白脸魏丑夫对不对？对。你死了要他殉葬对不对？对。那我请问你皇后，人死了到底有没有灵魂？到底有没有来生？到底有没有另外一个世界？如果没有，死了漆黑一团，你也享受不到啊，何必让他也去死？如果有，先朝的皇帝也就是你的丈夫会在地下等你，他会跟你算账，为什么我死了以后你要养小白脸？皇后一听，笑起来，说，好，这个命令取消，我死了不要小白脸魏丑夫殉葬了。

可是殉葬这个观念一直流传到今天，不是吗？我死了以后好寂寞，要你们都来陪我。陕西秦始皇那个坟里没有让活人殉葬已经算客气了，可是那些俑啊、马啊也有成千上万，不是吗？所以孔夫子讲过一句话："始作俑者，其无后乎？"那些发明假人给死人陪葬的人会断子绝孙，可是我认为这些人倒是人道主义者呢。他不叫你真人、真马来陪死，而用假人、假马来顶替，这种以假换真的做法就是人道主义啊！

今天我们看到，不但可以把假人、假马放下去，还有假的汽车、电脑、洗衣机。都是纸扎的，便宜了，对不对？可是头脑还是古代殉葬的头脑，还认为人死了以后可以享受这些东西。这些人我用一个词概括，叫“今之古人”。我李敖在街上走，常常会看到很多很多这种“今之古人”。好比一个十七八岁的漂亮女孩子，穿着很时尚很新潮，你以为她的思想也很新吗？爸爸死了或妈妈死了，她立刻就跪下来披麻戴孝给死人烧纸钱，干什么？旧的观念，那是买路钱，可以帮死人升天堂。为什么跪下来呢？因为要做孝子。证明什么？虽然我们活在现代，可是只要一死爸或者一死妈，旧的那些殡葬思想就还会跑出来。

大家知不知道，中国过去的葬礼是多么可怕，把个活人折腾得像死人，把死人折腾得像鬼，一点都不安详。我们变成这样子有历史的原因，中国《礼记》这些书规定，人死了哭的声音都不能一样，好比孙子哭爷爷是“往而返”，声音哭上去以后要下来；儿子哭爸爸是“往而不返”，哭声下不来了，为什么？哭晕了。客人来吊丧的时候，那个司仪一喊“举哀”，孝子就要“呜呜”地哭。可是哪儿有那么多眼泪啊？哪儿有那么多哭声啊？怎么办？找些叫花子、乞丐来哭。客人鞠完躬了，司仪喊“哀止”，不哭了；然后下个吊丧的客人来，又喊举哀又哭，又走了又哀止，眼泪像水龙头一样一开一关、一开一关。为什么这样子不近情理？《礼记》就这样规定的。现在的丧礼比较自然一点了，可是我们还是不能够完全摆脱这些古代的遗传。

不摆脱不要紧，跟现代科技结合起来闹这些怪力乱神就是笑话了。好比你个孕妇，该什么时候生小孩有其自然的规律，为什么要请算命先生帮忙算好生辰八字，然后请产科医师在那个时间来剖腹？这就是我所说的，用现代科技的方法来完成古代的迷信，会变得更加荒谬。

可是你想不做“今之古人”也不那么容易，要面对一些环境、状况。像我父亲死的时候，我改革葬礼，不下跪不吊丧也不烧纸，好多人对我不满。那是五十多年以前，大家还不习惯，可是我就要做特立独行的人，就要在群众面前表现我自己，同时还要用知识来解释这些现象，告诉大家，现代的中国人应该能进步到不再用西餐叉子吃人肉了。

了不起的贞操观

我跟大家说过有一种“今之古人”，人是现代人，可是思想是古代的，现代的科学方法被他用来施展古代的迷信。相反，还有一种人，他虽然是古代人，可是思想其实很现代，好比纪昀纪晓岚①，他书念得很好，学问很大，大到什么程度？他写完《四库全书总目提要》以后，几乎不再写书了，什么原因？要写的已经写光了。当然他也会写《阅微草堂笔记》这类书，可这些都不是重点，他一生的本领都放在《四库全书》上面了。我们看了他写的《四库全书总目提要》，才知道纪晓岚是多么了不起，多么有学问！

纪晓岚又是个玩世不恭的人。最有趣的一个传说是他如果不跟女人行房，两只眼睛就会发红，不能工作，乾隆皇帝特别为他在宫里准备了临时房间，派宫女跟他行房，好让他继续编书。②这样一个有趣的人，后来也

---

① 纪昀（1724—1805），字晓岚，一字春帆，晚号石云，道号观弈道人。直隶献县（今河北献县）人，出身书香世家，以才名世，官至礼部尚书、协办大学士，一生精力悉付《四库全书》。卒后，嘉庆帝御赐碑文“敏而好学可为文，授之以政无不达”，故谥号文达，世称文达公，著有《阅微草堂笔记》《纪文达公遗集》等。八十岁时，纪晓岚上书皇帝，疏请妇女遇强暴，虽受污，仍量予旌表。这个建议最终被朝廷采纳。

② 清人孙静庵在《栖霞阁野乘》这本书里讲述了纪晓岚好色的故事：“河间纪文达公，为一代巨儒。幼时能于夜中见物，盖其禀赋有独绝常人者。一日不御女，则肤欲裂，筋欲抽。尝以编辑《四库全书》，值宿内庭，数日未御女，两睛暴赤，颧红如火。纯庙偶见之，大惊，询问何疾，公以实对。上大笑，遂命宫女二名伴宿。编辑既竟，返宅休沐，上即以二宫女赐之。文达欣然，辄以此夸人，谓为‘奉旨纳妾’云。”

象征性地做了大官——相当于内政部长那种官，他写的书除了《四库全书总目提要》《阅微草堂笔记》以外，还有一部《纪文达公遗集》。

我看了《纪文达公遗集》以后发现，纪晓岚的思想新到比现代人还新。他给皇帝上的折子里写：

> 窃惟旌表节烈，乃维持风化之大权。必一一允惬人心，方足以示鼓励。伏查定例，凡妇女强奸不从，因而被杀者，皆准旌表。其猝遭强暴，力不能支，捆缚捺抑，竟被奸污者，虽始终不屈，仍复见戕，则例不旌表。臣愚昧之见，窃谓此等妇女舍生取义，其志本同，徒以或孱弱而遭犷悍，或孤身而遇多人，强肆奸淫。竟行污辱，此其势之不敌，非其节之不固。卒能抗节不屈，捍刃捐生，其心与抗节被杀者实无以异。譬如忠臣烈士，誓不从贼，而四体縶缚，众手把持，强使跪拜，可谓之屈膝贼庭哉。臣掌礼曹，职司旌表，每遇此等案件，不敢不照例核办，而揆情度理，于心实觉不安。质之众论，亦多云未允。合无仰恳，皇上天恩，饬交大学士九卿科道，公同详议，如悯其同一强奸见杀，而此独所遭之不幸，与未被奸污者略示区别，量予旌表，使人人知圣朝奖善，略迹原心，于风教似有裨益。如其中果有不可旌表之精理，为庸耳俗目所不能测者，亦明白指驳，宣示中外，以祛天下后世

纪晓岚画像

之疑。是否有当，伏祈训示

古人讲究贞节，女孩子不可以跟丈夫以外的人乱搞，被人搞也不可以，所以好些女人在丈夫死了之后守寡，守得久了可以得到一个奖品——“贞节牌坊”。注意啊，这个贞节牌坊不是阿猫阿狗可以立的，必须是这个守寡多少年的老太太的儿子有权有势了才可以向政府申请，一般人想立还立不了。还有一种贞节牌坊是男人强奸你，你女人要拒绝，当场要死掉，所谓“拒奸殒命”，拒绝强奸把命送掉了，才能立。相反，如果强奸成功了，就不能给你立。

这时候相当于清朝内政部长的纪晓岚就抗议了，他说女孩子遭到强奸而不从，这是舍生取义的行为，可是如果来了两三个暴徒，她也来不及逃走来不及自杀，打也打不过，被强奸了或者被轮奸了，怎么办？按照当时政府的标准，只要强奸成功，就不能再褒扬你节烈了，为什么呢？觉得你被男人搞过你就脏了。纪晓岚说这对女孩子不公道，她是“势之不敌，非其节之不固”，并不是她保护自己贞节的决心不强烈，而是她处于弱势，反抗不了。好比“忠臣烈士，誓不从贼”，你文天祥是忠臣烈士不下跪不投降，是不是？好，四肢绑好，后面两个人朝你膝盖后面一踩，你就跪下去了。你文天祥是不肯投降，可是你下跪的姿势会出现，就好像你女孩子是不肯被强奸，可是生理上你挡不住这个局面。所以纪晓岚说，怎么能怪这个女孩子呢？碰到这种情形，政府应该褒扬她才是啊，要承认她的节烈才是啊。大家想想看，这是多么新的一个观念。纪晓岚认为一个女孩子生理上被强奸了，并不证明她心理上也被强奸了。

新文化运动时，胡适收到一封信，一个学生的姐姐被土匪抢走了，抢走之后当然会发生强奸这种情况，后来这个女孩子被放回来，写信的人问：我们应该怎样看待这个女子？这女子是不是应当自杀？胡适回答：

（1）女子为强暴所污，不必自杀。我们男子夜行，遇着强盗，他用手枪指着你，叫你把银钱戒指拿下来送给他。你手无寸铁，只好依着他吩咐。这算不得懦怯。女子被污，平心想来，与此无异。都只是一种“害之中取小”。不过世人不肯平心着想，故妄信“饿死事极小，失节事极大”的谬说。

（2）这个失身的女子的贞操并没有损失。平心而论，她损失了什么？不过是生理上、肢体上，一点变态罢了！正如我们无意中砍伤了一只手指，或是被毒蛇咬了一口，或是被汽车碰伤了一根骨头。社会上的人应该怜惜她，不应该轻视她。

（3）娶一个被污了的女子，与娶一个“处女”，究竟有什么分别？若有人敢打破这种“处女迷信”，我们应该敬重他。[①]

胡适认为女孩子被强奸在生理上受到的损失跟手指被割破一样，没什么了不得的，如果有男人不因此认为你女孩子被糟蹋了就很脏或者不贞节了，而愿意跟她结婚，这种男人我们应该敬重他，因为他头脑开明。纪晓岚在乾隆皇帝那个时代就有这种开明的头脑，他提出抵抗不了而被强奸的女孩子我们政府也应该给她立贞节牌坊或者发旌表状，肯定她的节烈。

清朝有一个故事，一个老太太得到了贞节牌坊，临死的时候儿孙都围着她，她说所有男的都走开，我只要跟家里面的女人讲话。家里面的女人有的是待字闺中的女儿，有的是外面嫁进来的媳妇。老太太对她们说，我这一辈子守寡，得到了贞节牌坊，将来你们老的时候，也难免会守寡；你们守寡能守就守，不能守改嫁也可以。大家一听，啊！愣住了。奇怪，这个得了贞节牌坊的老太太，我们都赞美你、称颂你，怎么你临死前要讲这种泄气话呢？老太太说，我枕头底下有一包东西你们掏出来。大家打开一看，一包铜钱，两百个，每个铜钱都锃亮亮的。老太太说，你们知道吗？这就是我守寡的工具！我年纪轻轻丈夫就死掉了，夜里一个人睡觉，灯一

---

① 见《胡适文存》（卷四）之《论女子为强暴所污》（答萧宜森）。

熄，有时候也想我丈夫，想男人，怎么办呢？把这个口袋拿出来，两百个铜钱往地上一撒，然后跪下来摸黑捡这铜钱，一个一个捡回口袋里。把两百个铜钱捡完，我满身大汗，累得要死，再睡觉就睡得着了。所以我才说你们能守就守，不能守也不要勉强，想办法改嫁算了。

这就是一个清朝得到过贞节牌坊的老太太、老妈妈、老奶奶、老婆婆在临死前留下的通情达理的遗命，因为她知道守寡是多么不容易的一件事！为什么女人要守寡，并且政府还要给守寡的女人立贞节牌坊呢？这就是胡适所说的，很多人“妄信‘饿死事极小，失节事极大’的谬说”。

到现在这个时代，一个女孩子被强奸了，心理上承受的压力还特别大。现代法律里有一条强奸罪叫“告诉乃论”[①]，你被强奸了，要到法院去告我、诉讼我，法官才管这个闲事；你如果不告、不诉讼，法官就不管，不告不理。这样子保护了谁呢？当然是保护了强奸犯。为什么你不来告呢？因为按一般的社会说法，你告强奸会变成二次强奸，你在告的过程中要详细描述整个事实，什么时间什么地点什么情况他怎么样强奸你的……强奸犯站在你旁边听着的表情可想而知，是忏悔呢，还是狞笑？

过去台湾发生过一件事情，一位女孩子被她家里的司机强暴了，强暴以后告上法庭，这个司机忽然跟法官说，哪里是强暴啊，是这个女孩子爱我，我们才一起上床的。这个女孩子回去以后就上吊自杀了。一般被强奸而报案的人比真正被强奸的人要少得多，原因就是报案以后事情闹开了，大家对这个女孩子指指点点，或者在诉讼过程中女孩子怕被羞辱，觉得很没面子。从古到今流传下来的对女人的贞节观念就是，你被强奸了，等于你变成了一个瑕疵品，不是一块完璧，不是一个好的女人了。为了保护名

---

① “告诉乃论”指某些犯罪必须有被害人的控告，司法机关才能追究被告人的刑事责任。一般告诉乃论的犯罪都属于比较轻微的侵犯公民个人权益的犯罪，包括轻伤害罪、侮辱罪、诽谤罪、妨害秘密罪等。这类犯罪对社会和个人的危害不大，所以把是否追究的主动权交被害人行使。有些国家也把强奸等属于严重侵犯公民人身权利的犯罪列入告诉乃论的范围。

节，被强奸了只好吃哑巴亏，不肯告，最后“告诉乃论”保护了强奸犯。

库普林[①]在小说《亚玛》（*Yama*）里讲了一个故事：有一天一家妓院里忽然来了个非常漂亮的女孩子，主动要求下海接客，并且一下海之后客人多得不得了。有一天窑姐儿们在一起聊天，这个女孩子说，你们知不知道，我虽然每天接这么多生张熟魏的客人，可我还是个处女。妓女们听了都哈哈大笑，你怎么是处女呢？你要是处女，谁是妓女呢？她说我真的是处女，你们知道为什么我卖淫吗？我是革命党，我的党需要经费，我为了我的信仰、我的主义才来卖身，搞到钱去救国救民，所以虽然我在肉体上一天接好多客，但在精神上还是处女。

大家想想看，这是何等新的思想！一个妓女整天跟男人做爱、卖淫，可是她觉得自己还是个处女，精神上不受影响。为什么不受影响？我的贞节跟我出卖肉体是两回事，为了我的党，为了救国救民，我出卖肉体是非常道德的。这是多么了不起的贞操观念！

---

① 亚历山大·伊凡诺维奇·库普林（Alexander Ivanovich Kuprin，1870—1938），俄国作家，其长篇小说《亚玛街》是俄国文学中第一部直接以娼妓和卖淫为主题的小说。库普林称写作此书的目的是“尽我的知识，尽我的能力著文反对卖淫”。这本书在苏联时期被禁，七十年后才得以重新出版。1990年被拍成同名电影。

花钱求愚蠢

台湾发生了一件大事，世界三大男高音中的第一名、大胖子帕瓦罗蒂（Pavarotti）到台湾来做告别演出[①]。作为一名男高音，严格说起来，五十岁以后就开始走下坡路，不太能唱了。帕瓦罗蒂坚持唱到了七十岁，最后他想做一次环球之旅，选择到台湾的台中来做告别演唱，可是这时候他已经不太能站起来了，为什么？太重了。重到什么程度啊？比两个李敖还重。我现在的体重有七十二公斤，他超过了一百四十四公斤，有时甚至达到一百七十公斤，所以他站着唱不下去，要坐在那里唱。

为什么我要谈到帕瓦罗蒂呢？因为他跟我同岁，都生在1935年，他的生日是10月12号，我的生日是4月25号，我比他还大几个月。帕瓦罗蒂

帕瓦罗蒂招牌动作

① 2005年12月14日，世界三大男高音之一的帕瓦罗蒂在台中市举行了世纪告别巡演的最后一场，成为台湾当年的文化盛事。

唱歌有很多迷信[1]，譬如他唱歌的时候手里总是要挥舞个白手帕，口袋里还要放一枚铁钉子，总而言之，是非常迷信的一个人。为什么这么伟大的歌王会这么迷信呢？他的知识水平并不高，没有那么多机会看书或者搞学问，他的成长水平是一般民间性的，所以他的迷信动作特别多。

迷信的可不止歌王，现在我们只要打开台湾的报纸，就会看到一整版一整版密密麻麻的小广告，干什么？都是和迷信有关的东西。什么“五路财神展神威，正宗求财法”，告诉你如何发财，赚到正财、偏财，一夜致富。“改名、解梦、消灾、婴灵超度”，什么叫婴灵啊？婴儿的灵。一个女孩子怀了孕打胎，打胎以后这个小孩子的灵魂会在你头顶上转。换句话说，小孩子有冤，觉得我还没出生怎么就被你打掉了呢，所以阴魂不散跟着你。有人可以帮你把这个小孩消灭掉，叫作“婴灵超度”。还有什么“大富大贵除了靠实力、靠努力、靠耐力，还要靠神力相助，请速来电”。你打去电话，就被套牢，就被骗钱。

再看“改运方法”，怎么改呢？改你的墓地，改你的住宅，改你的风水。再看“小孩收惊”“安神位”“押煞”“开光”“佛母密法”“八字合婚”“八字论命”“择日生产”。什么叫择日生产？你生小孩要选好日子，算命先生、风水先生提前给你算好，哪月哪天什么时辰生出来的小孩八字最好，然后找到产科医生，约好到那天那个时辰躺在手术台上把肚皮切开把小孩抱出来，这叫作“帝王式生产术”，传说恺撒就是这样剖

① 帕瓦罗蒂有两个行头在演出中不可或缺，一是白手帕，二是弯钉子。大白手帕是用来驱散演出紧张的道具。帕瓦罗蒂遗传了父亲的怯场症，从出道以来就从未停止过跟焦虑紧张做斗争，白手帕的功效第一是用来擦汗，第二是可引开一些观众的注意力，使他精神能够放松，歌声也就更曼妙自由。弯钉子的神奇之处源自帕瓦罗蒂家乡的一个古老传说：金属象征好运气；钉子能钉死魔鬼；折弯了可以避邪。所以每一次演出前，帕瓦罗蒂都要在后台寻找一枚钉子揣在兜里，主办方也总是会提前撒下若干枚铁钉，供歌王捡拾。

腹生的。[①]

还有什么“玄天宫锁情符：感情失和使对方回心转意；单恋催和使对方主动示情；出走调回使对方迷心挽回；外遇桃花使对方斩断驿马；未婚助缘让夫妻宫红鸾心动；开运求财让事业宏图大展”，还有什么“了解前世今生，因果查询”“天古雷诀，情在小人，欠赎追索。正派锁情符，速效！”。

大家看看，荒谬到什么程度？还有培训人迷信的，什么“地理师（风水师）培训中心招生”，不但他自己迷信，还要训练出很多人跟他一块儿迷信。有一种不迷信可是很有趣的广告：代办离婚。大家注意，离婚在台湾需要有书面文件，不能说我们口头离婚就算了，不可以，必须有离婚协议书，还要有证人在场。可是中国古代有种迷信叫“劝合不劝离”，男女要离婚的时候，一般人不愿意做见证人，觉得是做了缺德事，所以离婚证人很难得。好，你们俩要离婚，没有人做证，怎么办呢？我来给你“代办”，“证人到府一千元”，我上门来做离婚证人，加一千块。

还有什么“外遇搜证，婚前调查，大陆抓奸”。很多台商到了大陆包了二奶，跟别的女人扯在一起，台湾太太急了，怎么办呢？我来替你抓奸，取得证据，叫作“大陆抓奸”。还有一种“包办婚姻”，你要讨老婆，他可以有越南的新娘子、印尼的新娘子、柬埔寨的新娘子来给你选，并且“全程不加价”，什么意思？台湾有很多搬家公司，你请他搬家讲好多少钱，你屋里的柜子、椅子、沙发搬上车以后，上了一半，他忽然不干了，罢工，要你给他加钱，不加就不搬，半道加价！“全程不加价”就是说有人订了越南新娘子，费用也交了一半，忽然新娘来的半道上，对方提出很多杂七杂八的理由，要求你加钱，不加就不来；而他

① 谣传古罗马帝国的恺撒大帝是剖腹产出生的，因此剖腹产（英文：Caesarean section）就以恺撒（Caesar）之名命名，又称为帝王切开术。

保证你“全程不加价”，这是他的特色，不能说新娘来了一半就加钱，不可以！

我李敖杂七杂八扯这些干什么？告诉大家，迷信不只意大利那个胖子有，中国人也有，并且这些迷信还会跟很多现代科技扯在一起，不断地演变、衍生。告诉大家，这些东西我李敖通通不信。譬如我早就讲过，我死后的尸体要捐给台湾大学医学院做解剖，任凭你们千刀万剐。我身上能用的东西，好比这个眼角膜，能够捐给张三就捐给张三，不能用的器官全部大卸八块供你们解剖，最后剩下一副骷髅架子挂在台大医院，干什么？各方仰慕我的人，或者恨我入骨的人，请来参观。

一般人不愿意这样干的！不愿意的原因是有一点点迷信，觉得我死了以后怎么可以把我的尸体这样子处理，怎么可以给你们千刀万剐？甚至台大医院的医生都不愿意。结果现在什么情况？台大医学院的学生们做解剖实验的时候，“大体缺货”，大家都不愿意把尸体捐出来。我李敖提前捐出来，你们说我不爱台湾，我爱给你看！

我一再跟大家说，一个人思想新不新跟年龄大小没有太大关系，很多十七八岁的人的思想在我李敖看来照样旧得很。好比刚才我举的那些例子，你别以为这些广告都是给老头子看的，恰恰相反，不少年轻人会相信这些杂七杂八的东西。我的前妻电影明星胡因梦，本来她那个“茵”字是有草字头的，绿草如茵的茵。跟我离婚以后她改名，把草字头去掉，改成因缘的“因”。为什么改名？认为改名会转运。为什么改名会转运？中国人迷信这个方块字有魔力。传说仓颉造字的时候，“天雨粟，鬼夜哭”，天上下小米，夜里鬼都要哭。为什么鬼要哭啊？因为你仓颉造的字破了天机，你这个字是有魔力的。为什么道教张天师这些人要画符？符就是文字变出来的东西，认为这些东西有魔力，可以捉鬼拿妖，可以镇邪避煞。——这就是中国人对文字的迷信！

台湾现在很流行改名字。过去改名字不许随便改，只有两种情况下可以改，一个是你的名字不雅，好比张三叫“张狗屎”，不雅，可以改；还有一个情况是他跟你同名，你年纪比他大，可以逼他改。好比我李敖再生个儿子叫“李登辉”，那个李登辉就可以强制我儿子改名字，说我年纪大了，我叫李登辉，怎么你也叫李登辉呢？年纪大的人可以强迫年纪轻的改名字。除了这两种情况外，一般是不能改名字的。现在台湾这方面的规定放松了，你想改就可以改，所以你改我改他也改，改得天翻地覆，原因就是你的思想很旧，跟两千年前的人一样还相信这个方块字本身是有魔力的，相信改了以后你的运气也会跟着改。

我李敖看这些迷信，有时候也会从里头发现学问，譬如陈半丁这幅《关公读史图》，关公坐在椅子上读《春秋》，周仓拿着青龙偃月刀站在他背后，我看了就忍不住要笑，为什么？真的关公不是这样的。关公没有看过这样的书，没有穿过这样的衣服，没有坐过这样的椅子——汉朝那时候根本没椅子，坐的都是榻榻米，历史上也没有周仓这个人[①]，这幅画一看就是假的！为什么我会看出来？因为我不断在用博学的方法求知，求知的结果是使我了解什么是真相，什么是真

陈半丁《关公读史图》

① 在中国民间对关公的信仰里，周仓名叫周大将军，是关圣帝君的贴身侍卫。周仓在历史上并无真人，而是历史小说《三国演义》中的人物，其形象为身材高大、黑面虬髯的关西大汉，本是黄巾军出身，关羽千里寻兄之时请求跟随，自此对关羽忠心不贰。听说关羽兵败被杀后，周仓也自刎而死。

理，而不会跟这个社会的变化鬼混。所以当我每天一打开报纸，看到密密麻麻的这些迷信广告，就会笑，有人花钱求智慧，有人花钱求真理，有人却花钱求愚蠢，能不笑吗？

中国文化人格分裂

大家看一则新闻：2004年8月14号晚上，在台北市忠孝东路四段，一个女孩子跳楼自杀了。这女孩身高一米七一，体重四十一公斤，身材很好，是个模特儿，死的时候只有二十二岁。为什么自杀呢？为情所困，因情自杀。死了以后，她的男朋友表示，愿意跟这个女孩子“冥婚”。什么叫冥婚啊？两个人死了以后再结婚，或者一个活人跟死人结婚，民间叫作“讨鬼婆”。男朋友提出来“冥婚”的意见以后，这女孩子的妈妈——电影明星，叫应采灵，我也认识，她拒绝了。

我讲这条新闻干什么？告诉大家，这些年轻人，十几二十来岁的小男生，大家以为他是新潮人物，其实脑筋旧得不得了。他不念书，也没有深刻的思想，在关键时刻他的思路是跟着旧的传统风俗跑的。什么传统习俗？冥婚啊，这是中国源远流长的一种文化现象。古代最有名的一起冥婚事件跟曹操有关。曹操的儿子曹冲，活到十三岁死了，曹操难过得不得了。他的接班人、曹冲的大哥曹丕说，爸，我弟弟死了，你不要太难过。结果，曹操回了一句话：

> 此我之不幸，而汝曹之幸也。

这是我的不幸啊，因为我心爱的儿子死了，可这是你们这些儿子①的

---

① 史载曹操正妻及后宫可考者有十六位，一共为他生育了二十五个儿子，包括曹冲在内的九个儿子早薨。富有文学才华的曹植虽然获得曹操宠爱，但最终在与其兄曹丕的争位斗争中失败，曹丕在迫使汉献帝禅位之后登上大统，是为魏文帝。

福气，为什么呢？因为你们可以做接班人，不然的话，我会选曹冲。曹冲死了以后曹操想给他办冥婚。《三国志》里讲，曹操“言则流涕”，一提到曹冲就哭；“为聘甄氏亡女与合葬”，找了一位甄家死掉的小姐跟曹冲一起合葬。本来曹操想找他好朋友邴原的女儿，邴原的女儿也很年轻就死掉了，可是邴原不同意，理由是：

> 合葬，非礼也。原之所以自容于明公，公之所以待原者，以能守训典而不易也。若听明公之命，则是凡庸也，明公焉以为哉。

邴原说，这不合乎我们中国的古礼，曹公你之所以能够看得起我，是因为我很坚定地遵循经典的原则，可是如果我听你的命令，把我女儿跟你儿子搞冥婚，那我就是凡夫俗子了，就违背了经典，所以我不能这样做。

中国经典《周礼·地官·媒氏》里有一句话：“禁迁葬者与嫁殇者。”人死了以后迁坟，跟另外一座坟里、棺材里的人埋在一起，表示两人在地底下结婚了，这不可以，是禁止的；人十八岁以下死了的叫作“殇”，给早殇的人婚配，“嫁殇者”，也不可以，是禁止的。像曹冲这样年纪轻轻十三岁死掉的，别人的女儿跟他葬在一起违反《周礼》的规定，所以邴原拒绝了。拒绝之后，曹操没办法，最后才找到甄氏的女儿跟曹冲合葬。

由此可以看出，在中国正统的思想里面，冥婚是完完全全、明明白白禁止的。可是经典里禁止的东西在民间却很流行，人们觉得哎呀，我儿子或者女儿死了，怪可怜的，孤魂野鬼，旷夫怨女，不如让他们在阴间结婚，也好有个伴。这种习俗两千多年下来一直流行到今天，大家不觉得很有趣吗？

冥婚不稀奇，稀奇的是冥婚以后还要离婚，变成鬼还离婚！唐朝的韦后[①]让她死去的弟弟与大臣箫至忠的女儿结了冥婚。后来韦氏失败了，箫至忠把坟墓打开，把他女儿的棺材搬走——老泰山做了盗墓人，有这种笑话！

《元史·烈女传》里也有这种故事。丈夫死了，妻子没死，还年轻，公公婆婆要给死掉的儿子搞冥婚，为什么？怕媳妇以后改嫁，改嫁死了就跟别人合葬了，没用的，所以还是要给儿子讨鬼婆。可见中国文化在冥婚这个问题上是双轨制的，一方面《周礼》里明确规定不许搞冥婚，另一方面这个习俗在民间大行其道。这里面最有趣的一个现象跟蒋介石有关。

蒋介石生下来时的名字叫作瑞元，他还有一个弟弟瑞青，四岁的时候死掉了。死了以后他的妈妈王太夫人哭得死去活来，然后中国民间文化就出现了——王太夫人说，我的小儿子怎么可以这样就死了呢，太可怜了，怎么办呢？给他搞冥婚，过继儿子，表示他没死，还有接班人。可是四岁的小孩哪来的接班人啊？老太太说，蒋介石，你把你的儿子过继给你弟弟瑞青。所以蒋介石在文章里说：

> 亡弟瑞青，讳周传，年四岁而夭，母哀之甚，欲勿殇命，以周泰长子经国嗣。[②]

---

① 韦后（?—710），唐中宗李显的皇后，武则天的儿媳。弘道元年（683年）李显即位。次年，韦氏被立为皇后。很快，中宗被武则天废黜，迁于房州（今湖北房县）,韦氏随行。神龙元年（705年），中宗复位，与他共患难的韦后权倾朝野，干预政事，以其从兄韦温掌握实权，纵容女儿安乐公主卖官鬻爵，在朝廷中形成了以她为首的专政集团。景龙四年（710年），中宗暴毙，传为韦氏所毒杀。韦后临朝摄政，立李重茂为帝，史称唐少帝。韦后又任用韦氏子弟统领南北衙军队，欲效法武则天，自居帝位。临淄王李隆基（后来的唐玄宗）与太平公主（武则天之女）发动禁军攻入宫城，诛杀韦氏，迫少帝让位，立相王李旦（李隆基之父）为帝，即唐睿宗。韦后之乱，至此结束。

② 见蒋介石所撰《亡弟瑞青哀状》。

周泰就是蒋介石。王太夫人要蒋介石把儿子蒋经国交出来，过继给他死掉的弟弟。蒋介石尊重妈妈这种民间思想，不敢不接受。我李敖发现这个秘密以后，写了一篇文章叫《蒋经国的另一个爸爸》。

可是问题来了，蒋介石的妈妈很封建啊，蒋介石也很封建啊，他会想到我把我儿子给了我弟弟，万一我死了，不就绝后了？怎么办？再找个儿子。那时候蒋介石和戴传贤在日本东京一起搞革命，也常常一起搞女人。有个日本女人和戴传贤生了小孩子，可是戴传贤的老婆很厉害，跟他闹，小孩子带不回去。戴传贤就跟蒋介石说，这个小孩给你吧。蒋介石就把小孩接回来，成为蒋经国的弟弟蒋纬国。所以蒋纬国实际是戴传贤的儿子，不是蒋介石的儿子。蒋介石的封建观念在脑子里发酵，又不能够抵抗他母亲的意见，最后只好自己要花样，找了一个儿子做备胎，就是蒋纬国。

这些做法当然是违反正统中国文化的，可是我必须说，中国文化本来就人格分裂，一方面喊《四书五经》，尊重经典；另一方面民间走它自己的路，各种违反经典的习俗流行不衰，冥婚就是个例子。曹操给儿子搞冥婚，这里面还有一个小插曲。当时有位很有名的医生叫华佗，《三国志》里就有他的传。华佗给曹操看头疼病，曹操不太相信他，可是也一直让他看。有一次他把曹操得罪了，曹操一怒之下把他宰掉了。华佗死了以后，曹操的头还在疼，他说华佗是能给我治病，可是“小人养吾病”，他一直在养我的病，不肯治好我的病；“欲以自重”，用这个方法使我永远靠着他，他永远把我吃定；“然吾不杀此子，亦终当不为我断此根源耳”，就算我不杀他，他也不会根治我的头疼病，为什么？我老离不开他，他才重要。可是后来曹冲生病以后，曹操叹气了，后悔了，说我不该杀华佗，我杀了华佗等于把我儿子也杀死了，因为华佗医术太好了，他如果活着，就能够救我儿子。

曹操这么喜爱曹冲，因为曹冲是一个神童。“曹冲称象”的故事大家都知道。孙权送了一头大象给曹操，曹操想知道这头大象有多重，大家都

曹冲称象

阿基米德定律

想不出办法来，只有曹冲想出办法。那时候曹冲还是一个小男孩，他叫人把象赶到一条平底船上，然后测量这条船吃了多少水，在船舷旁边做好记号，再把象赶回岸上，把石头放下去压这个船，正好压到那条吃水线，再把石头搬出来一块一块去称，加在一起就是大象的重量。

这个原理跟阿基米德发现的定律非常相似。阿基米德是古希腊有名的数学家、物理学家。有一天皇上拿了个皇冠问他，金匠打造这顶皇冠的时候有没有混进其他金属？有没有掺假？是不是百分之百纯金的？你来帮我查一查。阿基米德很痛苦啊，不晓得怎么办。有一天他躺在浴盆里发愁的时候，忽然浴盆的水满了，开始溢出来，他一下子从浴盆里跳出来，光着屁股满街跑，边跑边喊一句希腊文“Eureka”，我找到了，我发现了。发现什么呢？你说这个皇冠是五斤黄金打造的，好，我把五斤黄金和皇冠都放进水里，如果皇冠里掺了其他金属，两者的比重就不对了，水的吃重会发生变化。用这个方法可以查出来皇冠掺没掺假。

曹冲是公元2世纪的中国人，阿基米德是公元前3世纪的希腊人，两个人相差了五百年，可是不约而同拥有同一种解决思路。这就是中国宋儒所说的：

> 东海有圣人出焉，此心同也，此理同也。西海有圣人出焉，此心同也，此理同

也。南海、北海有圣人出焉，此心同也，此理同也。千百世之上有圣人出焉，此心同也，此理同也。千百世之下有圣人出焉，此心同也，此理同也。[①]

人类智慧的发展是非常接近的，不需要你抄我我抄你，说不定在什么时候——譬如在五百年后，会不谋而合。

① 出自《陆九渊集》。

传统习俗无处不在

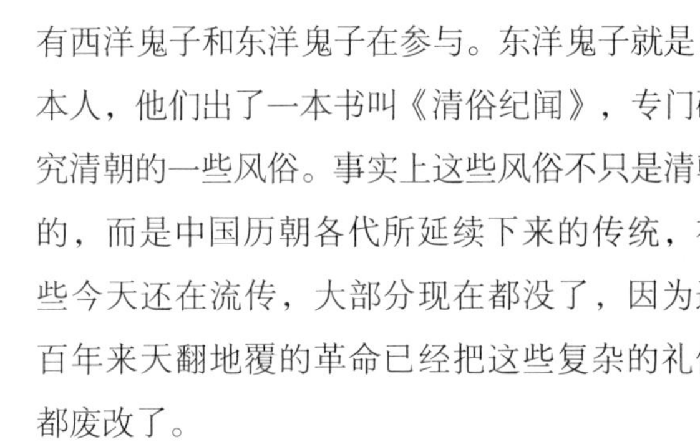

研究中国文化，除了我们自己人以外，还有西洋鬼子和东洋鬼子在参与。东洋鬼子就是日本人，他们出了一本书叫《清俗纪闻》，专门研究清朝的一些风俗。事实上这些风俗不只是清朝的，而是中国历朝各代所延续下来的传统，有些今天还在流传，大部分现在都没了，因为近百年来天翻地覆的革命已经把这些复杂的礼俗都废改了。

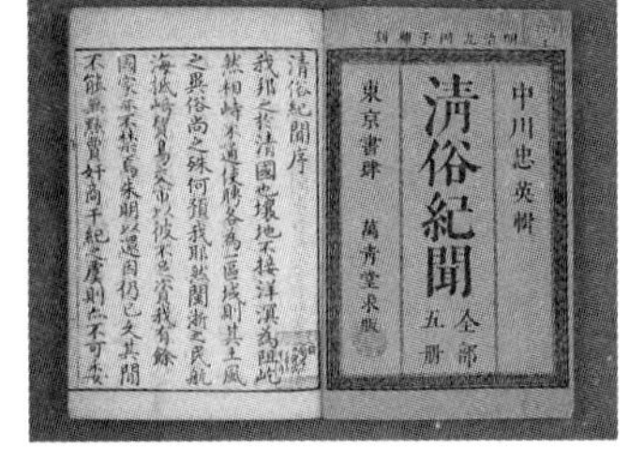

《清俗纪闻》

祭祀

《清俗纪闻》里讲了很多内容，包括居家、饮食、拜年、祭祀、猜灯谜等，其中最隆重的一项活动是祭祀，譬如家庙祭祀，祖宗牌位在上，下面摆了各种贡品，一道一道摆好之后开始磕头。还有一种祭祀在人死了没下葬以前，一般供品就摆在死人的脚头，台湾这边叫“脚尾饭”。“脚尾饭”的风俗到了现代发生了一点点变化，原因是殡仪馆出现了。殡仪馆里的“脚尾饭”变成一项固定的节目，张三死了放饭来祭，李四死了也放饭来祭，祭完之后，这些饭扔掉吗？没有，居然被管事的人拿来卖给饭店，饭店把它改头换面之后又卖给顾客来吃。你到街边小吃店吃午饭，搞不好就会吃到这种改装过的

“脚尾饭”。

前一阵子台湾为这件事闹得很凶，大家觉得很怄气，怎么死人的祭品可以改头换面卖给活人吃啊？这涉及心理上的别扭，当然还有卫生问题。前几天我在我们家附近巷子的水果店里买了一把香蕉，拿回来以后我太太跟我说，怎么香蕉上面有字？我拿来一看，上面一行英文，意思是这香蕉是为了庆典用的。我说糟糕啊，说不定是“脚尾蕉”啊，搞什么庆典或者鬼神“拜拜”的时候用来上供的。我太太一听，觉得别扭，不愿意吃，我照吃不误。我太太就笑，说你吃了以后没什么感觉吗？我说没有啊，我不觉得别扭啊，我还给她讲了一个故事。

当年我坐牢的时候，大部分时间都是被单独关押，有一阵牢里面修房子，我跟其他人关在一起。同屋有个死刑犯，为人有点小气，家里给他送来水果，他一个人吃，不分给我们。有一天家里又送来好大一堆水果，他还是一个人吃，不理我们。我跟同牢房的其他人开玩笑说，这个小气鬼未必能够把这些水果全部吃到他一个人肚子里。什么意思呢？他是死刑犯啊，随时可能被枪毙的，他一枪毙这个水果就轮到我们来吃了。

果然我这话说了没两天，有天清早牢门突然打开，牢头禁子冲进来把这个死刑犯抓住，用毛巾捂住他的嘴，用绳索捆住他的手，然后连推带拉把他弄出去，送到刑场了。他留下的那些水果丢在那儿没人要，同屋的人都不敢吃，害怕，我把它们吃掉了。他们说死人的东西你怎么也吃啊，我说我没有忌讳啊，当然可以吃。

我举这些例子告诉大家，我李敖不迷信，思想比一般人新。中国有句俗话叫“一饮一啄，莫非前定”，你以为你喝这一口水吃这一点东西哪儿来的啊？每件东西都是前生注定的，属于你的才给你吃；反过来，不该你吃到的东西、不该你得到的东西、不属于你的东西，你也得不到。死刑犯以为这些水果他自己能吃到，结果却被我李敖吃到了。

不吃死人饭这类习俗过去被视为封建迷信，可是最近我看大陆的报纸，发现好多封建迷信又再度兴盛了，譬如风水之说。大家看新闻：

修活人墓江西盛行　找风水宝地求荣华富贵

为父母找块风水宝地、求子孙荣华富贵等地理风水的安排，近来在江西上饶市大为流行。当地不仅盛行修建活人墓、豪华墓，甚至还为求得好风水把墓园修到了学校里……

把墓园修到学校，证明什么？我们老祖宗从晋朝开始发扬光大的风水传统在某些人身上又复活了。本来政府把它当迷信消灭掉了，现在大家吃饱喝足后毛病又犯了。台湾这边也一样，最近出了个事，一位叫孙吉祥的连长，在指挥装甲车的时候，一不小心被车轧死了。死了以后，他的未婚妻和家属用个招魂幡去招魂。按照十三经《礼记》的讲法，人死七天以后，家属站在房顶上喊这个人的名字，可以招他的魂，使他的鬼魂回到家里来。整个仪式叫作“复”，过去台湾有一个官僚，做过“外交部长”和“监察院院长”，他的名字叫钱复，翻成白话就是钱招魂。

这种想法不光中国人有，外国人也有。有段时间我们请过一位菲律宾用人来家里帮忙，那时候正好赶上我母亲死了。本来这位用人陪我母亲住在楼下——我们住十二楼，我母亲住六楼，我母亲过世以后，她害怕，不敢一个人住。我太太跟她讲，中国人死了七天以后她的鬼魂才回来，七天以后你夜里到十二楼来打地铺好了。结果这个用人讲，我们菲律宾的风俗，人死三天以后这个鬼魂就会回来，老太太回到自己家里的时间会比你说得早，所以我要提前上楼来住——有这种笑话！

不单台湾这边，香港也一样。张国荣死的时候，他的同性恋朋友唐唐怎么样呢？报纸登出来：

唐唐难忘哥哥　故居贴符留魂

为什么贴符呢？把魂留住。中国人打喷嚏，有个说法是有人讲你坏话了。洋人打喷嚏，旁边人会讲句英文，God bless you，上帝保佑。为什么让上帝保佑？因为打喷嚏的那一刹那，魔鬼会钻到你的灵魂里面来。中国人也相信灵魂是会飞来飞去的，怎么办呢？贴符留魂，这是中国道教的思想，而招魂是儒家的思想。

唐唐不光招魂，在张国荣葬礼上，他难过得腰都弯了下来，要两边人扶着才能站。他的身体真的坏到这种程度了吗？要我看，他能吃能喝还能跑百米。可是为什么要装成这副样子呢？为了满足大家对中国丧礼文化的需求。在中国传统中，亲人死了以后要"哀毁"[①]，因为悲哀而把自己的身体毁掉，不吃不喝最后人爬不起来了，要"杖而后能行，扶而后能立"，拿着个哭丧棒才能够走路，人扶他才能够站起来，干什么？表示我心里难过，哀悼，这也是中国文化的一个反射。

搞完招魂以后，台湾这边又搞出来用现代科技的方法给死人留后。大家看新闻：

殉职连长留后有望　未婚妻悲转喜想生龙凤胎

还是那个死了的装甲兵连长孙吉祥，他的未婚妻要求从死人身上取得精子，然后用人工受孕的方法来传宗接代，而且还要生龙凤胎。为什么是龙凤胎呢？重男轻女，双重保险，"不孝有三，无后为大"，全套的中国文化出现了！怎么处理这些迷信习俗呢？宋版书里讲到一个故事：

> 时民间讹言，有白头翁午后食人儿女，一郡嚣然。至暮，路无行人，既而得造讹者戮之，民遂帖息。咏曰："妖讹之兴，沴气乘之，妖则有形，讹则有声，止讹之术，在乎识断，不在乎厌胜也。"

---

① 哀毁的意思是居亲丧悲伤异常而毁损其身，后常作居丧尽礼之辞。《后汉书·韦彪传》有言："彪孝行纯至，父母卒，哀毁三年，不出庐寝。"

民间谣传有个白头翁出现，专门吃人的小儿小女。大家听了都很害怕，不敢出门。这时候张忠定公[1]也就是张咏，听说了这件事，把造谣分子抓起来杀掉了。张咏说，停止这类迷信的方法在乎我们的理智判断，而不是一个不吉祥的东西出来，我搞个更大的不吉祥把它压住，把它冲掉，这叫作“厌胜”[2]。

“厌胜”也是我们的传统文化，我的弟弟李放就干过这种事。他现在住在加拿大，他有个好朋友也是我的朋友叫小华住在上海，两个小男生不合，相互看不顺眼，怎么办呢？我弟弟的方法是把小胡子留起来，把你的气焰盖住。想不到小华也有同样的想法，觉得李放欺负他，要把他压住，怎么办呢？留小胡子。结果呢，好死不死，两个人在某个场合下碰面了，发现双方不约而同留了胡子，谁也压不住谁。

我拉杂讲这些故事告诉大家，中国的传统习俗深深地影响了我们。我们以为我们的身体、打扮、长相是现代的，思想也会是现代的，其实不是。一旦出了大事小情，那些一两千年前的思想习俗会突然反射到你头上去，尤其是家里死人的时候。

---

① 张忠定即张咏（946—1015），自号乖崖，山东鄄城人，是北宋太宗、真宗两朝的名臣，官至礼部尚书，诗文俱佳。谥“忠定”。

② 厌胜，《辞海》释义：古代方士的一种巫术，谓能以诅咒制服人或物。“厌”字此处念yā，通“压”，有倾覆、适合、抑制、堵塞、掩藏、压制的意思。传说“厌胜之术”始于姜太公。《太公金匮》中说：周武王伐纣，天下归服，只有丁侯不肯朝见，姜太公就画了一张丁侯的像，向这张像射箭，丁侯于是生起病来。当他知道是姜太公捣的鬼，便赶紧派使臣去向武王表示臣服。姜太公在甲乙日拔掉了射在画像上的箭，丙丁日拔掉了画像眼睛上的箭，庚辛日拔掉了画像脚上的箭，丁侯的病就好了。中国人的日常生活里也能见到一些厌胜物，比如辟邪的桃木剑、门神、压着“天下太平”“出入大吉”等文字的“花钱”等。大部分厌胜活动是为了避凶趋吉，防范于未然，算是一种精神胜利法。

真假拜年维系礼貌

中国的旧历年又称除夕，除夕我上中学开始就不过了，不过的原因是那时候我有一种抱负，想要移风易俗，改变陈旧落伍的风俗。我觉得过旧历年就是一种旧俗，应当改变，所以一到过年，我家里人就被我搞得很别扭，父亲、母亲、姐姐、妹妹、弟弟他们吃好东西，我不吃。我父亲叫他们用一个盘子盛些过年的菜给我，我退回，压岁钱也退回。我只吃简单的蛋炒饭。

我父亲是北京大学毕业的，他有一颗包容宽广的心，笑说你小子不过就不过吧，我们自己过。所以我就养成了不过旧历年的习惯，直到我父亲死，我怕我母亲太难过，才又陪她过年。但是基本上我是不太过年的，到现在也是如此，好比今年除夕，我太太带着我儿子、我女儿到日本去玩了，我一个人在台北阳明山的小书房里吃最简单的吐司、泡面，自己过活。

基本上我李敖的生活是非常简单也非常用功的，旧历年对我来说，唯一的意义是给了我更多的时间来用功。怎么样用功呢？举个例子，“年”这个字，大家知道它在古代的意思吗？我在台中一中做学生的时候，碰到一位很好的国文老师叫杨锦铨，他后来写了一部大书叫《说文意象字重建》，送给我，里面谈到“年”这个字。大家看“年”在甲骨文中的写法，上面是个禾苗的象形字，下面是个人。再看金文里的写法，也是上面

是谷子，下面是人。

所以“年”的整个结构代表了农业社会的一种生活方式，人辛苦劳作，一年下来粮食的收成很好，人背着粮食来面对新一轮的四季流转，就是年。也有其他一些解释，好比有种说法是“年”代表一只野兽，吞吃牲畜，我们要放鞭炮来把这只野兽压住，使它害怕。不论哪种解释，过年基本上是农业社会的一种习惯，在今天看起来有点不搭调。为什么不搭调？农业社会多辛苦啊，一年到头不得清闲，以清朝做例子，大家知道清朝的官或者公务员怎么休假吗？没有假期，天天上班，没有礼拜六也没有礼拜天，碰到中秋节、端午节照样上班——那时候商人有的会放假，可是政府不放假，政府什么时候放假呢？过年的时候，从腊月二十或者二十一号开始放假，一路放放放，放到来年的正月十九或者二十号，放一个月的假。可是除了这一个月以外，全年无休！

古代的中国人是这样辛苦，一年到头只有过年放假的时候才可以休息一下。今天不一样了，我们每周都在放假啊，每个礼拜都要休两天，等于礼拜五就变成周末了。这种礼拜六、礼拜天放假的观念来自哪儿啊？西方。现在有人整天反对全盘西化，我告诉你，这就是全盘西化！

清朝公务员在放年假之前，要把官印拿出来，供在香案上磕头烧香，然后把印封住，一直封到过完年再开印办公。这中间的一个月是不办公的。出了事怎么办？要看是什么事，杀人、放火这种大案子，做官的也会出来管，所以基本上一年休息这一次也不是那么好休息的。

过年的时候，当官的要拜年，拜年是联络感情，也是拍马屁。清朝拜年不是我们现在这种初一、初二、初三出去拜，而是大年三十的下午和晚上去拜，因为三十一过，第二天大家都关门，不接受拜年了。拜年的时候，大官本人不会亲自去，一般分两种情况，一种是派他的亲戚，好比李鸿章派他的小舅子，三十那天坐着轿子到了要拜年的这家门口，小舅子把名片、贺卡递上，算是替李鸿章拜年了。注意啊，这时候你不能接了我的贺卡还邀请我进去坐，那是失掉礼貌的，为什么？帘子一掀，原来不是本人，是代表，穿帮了，不礼貌！还有一种是派个空轿子，轿子里放两只靴子，由抬轿子的人递上名片、贺卡，表示靴子的主人来给你拜年了，礼数到了。

楦

大家看这个东西——楦（四声），干什么的？古代做鞋的时候，放一个这种东西在里面，照着它来做鞋，叫作楦；现在我们的皮靴长时间不穿，为防止走样塞一个塑料假脚进去，这个假脚样的东西也是楦。清朝的大官拜年的时候，人虽然不到，但是要用楦把轿子里的空靴子塞满、撑住，表示他人到了。拜年的礼貌，就在这真真假假的动作中维系住了。

大家知道李敖的名片有多简单吗？李敖，台北市敦化南路一段三百零六号金兰大厦十二楼。整个名片干干净净！我常常开玩笑，你们要看到我的名片，才知道我多么谦虚！有个故事，一个外国人要拜访美国的副总统，请教国务院礼宾司该怎么做。礼宾司告诉他，你先按电铃，然后递上你的名片，如果他在家，你就跟他讲一句话，不要多打扰，至多十分钟就出来；如果他不在，你可以把名片折个角放在他信箱里，表示你亲自到了——把名片折个角在美国礼貌里表示我本人来了，I come。结果这个外国人一进去，好久不见出来。出来以后，礼宾司的人问他，你是不是按照我们的规矩做的？他说，没有，我一按电铃出来一个人，拿着个扫把，我以为是用人、老妈子，结果她请我到厨房里去坐，我就去了，天南海北跟她聊了一个多小时，最后才知道这是副总统夫人，我敲门的时候她正拿着扫把清理房间呢——所以我没有按照你们所规定的礼貌去做。礼貌代表什么？它维持一种形式上的、有尊卑之分的、互相尊重的规则。为什么今天台湾乱了套，官不像官呢？原因就是他们连基本的礼貌都没有，礼貌所维系的这些基本的教养今天没有了。

不但礼貌没有了，过年本身的意义也在发生变化。过去中国人辛辛苦苦一年，存点钱都在过年的时候拿出来，置办好吃的、好喝的、好玩的。所以过年小孩子是最快乐的，可以放鞭炮、穿新衣、戴新帽。乞丐——我们北方叫“叫花子”，都可以在过年的时候分到好多东西吃。现在呢，小孩子每隔五天就放假，假日对他来说没太大意义；物资也不像以前那么匮乏了，要买什么东西随时可以上街去买。现在的中国人不像过去生活得那么寒酸、那么穷了，过年失去了以往那些意义。

过去过年的另外一重意义是团聚，离家在外的人都要在过年的时候赶回家来跟亲人团聚。现在交通这么发达，坐火车，坐飞机，朝发夕至，即使分离也不会产生那么多别离的感觉，所以团不团聚也变得不那么重要了。结论是一个农业社会的习惯我们把它搬到现代社会来用，难免有些不搭调；并且那种老式的过年的趣味现在也变淡了，没有了；小孩子过年也没有那么起劲、那么快乐了，因为天天都在过年，都在享受。可是荀子有一句话叫“约定俗成谓之宜”，大家这样子过成习惯之后，也就一直过下来。

我年轻时不肯过年的动机，我认为是很了不起的，为什么？我们胸怀大志啊，要改革社会，改掉你民间这些旧俗，好比过年时在老规矩里可以赌钱，现在每个周末多少人在家里打麻将啊，周周都在赌钱！所以我说，当我们每天都在过年的时候，就不产生过年的意义了。

一窍不通是为长生

英国的著名诗人Herrick[①]一生写过一千四百首诗，其中有一首最有名的诗告诉人们：玫瑰花开的时候，你要尽可能赶紧采这个花，因为时间在飞逝，今天这个花还好好地盛开，笑笑地盛开，明天就可能凋谢了。Herrick这个观念在中国的唐朝就已经有了。《唐诗三百首》里有一首杜秋娘写的《金缕衣》：

劝君莫惜金缕衣，劝君惜取少年时。
花开堪折直须折，莫待无花空折枝。

"花开堪折直须折"的意象跟英国诗人不谋而合，只是中国的唐诗表达得更早，也更完整。

这首诗还有一句"劝君莫惜金缕衣"，什么是金缕衣啊？金缕衣有两种，一种是用金丝线缝出来的很豪华的衣服，是给活人穿的；还有一种是中国考古所考出来的死人穿的衣服，人死了以后用玉片包满全身，玉片与玉片连接的部分用的是金线。

---

① 即罗伯特·赫里克（Robert Herrick，1591—1674），英国骑士派诗人，其诗以优雅、热情、精心雕琢的语言而闻名，主题一般与爱情、乡村生活和宗教有关，传世的约一千二百首诗分别收在《雅歌》和《西方乐土》中，其中诗集《西方乐土》长久以来为人们所推崇。他最著名的抒情诗《致少女：珍惜时光》（To the Virgins, to Make Much of Time）的意象很像中国的唐诗《金缕衣》，诗的开头写道：玫瑰堪折君须折/时间是不住地飞/今天露着笑靥的花朵/明天也许会枯萎。

为什么要这样做呢？因为中国人对玉情有独钟。从周朝到现在，对玉的执迷在中国延续了几千年，这是在全世界历史中只有中国才有的现象。好比很多中国人的名字里就带“玉”，《红楼梦》里的贾宝玉、林黛玉都有个“玉”字。中国人相信玉可以带给人保护和吉祥，人死了以后穿上玉做的衣服可以长生不朽。

什么人可以穿金缕衣呢？当然是贵族。《汉书》里讲到，汉景帝有十四个儿子，其中王皇后生了后来做了汉武帝的刘彻，贾夫人生了中山靖王刘胜，也就是三国时候刘备这一支的祖先。刘胜有个特色是很会搞女人，他一辈子搞了很多很多女人，结果就生了很多很多孩子。多少孩子呢？据说不算女孩子，光儿子就有一百二十个。大家想想看，一个人可以生一百二十个儿子，也算是世界纪录级的人物了。刘胜死了以后就穿了金缕玉衣，1968年从他的墓里被挖出来，轰动了考古界。

金缕玉衣被认为可以保持尸身不腐、来世再生，这个观念跟埃及的木乃伊是一样的，可是方法不一样。中国人一个重要的方法是用玉把你身上有窍有孔的部分都塞住。什么叫窍呢？窍是人身上的一个洞、一个眼儿、一个孔道。中国的成语里，人死的时候会“七窍流血”，或者生气了就“七窍生烟”，这里的“七窍”指的是眼睛两窍、鼻子两窍、耳朵两窍加嘴巴一窍。《庄子·应帝王》里讲了个故事。有三位神，一位是

金缕衣

南海之帝，一位是北海之帝，还有一位中央之帝；中央之帝叫作“混沌”，他没有眼睛，没有耳朵，没有鼻子，也没有嘴巴，是个像鸡蛋一样的神，可是他对朋友非常好，南海之帝跟北海之帝想报答他对他们的好，就说“人皆有七窍，以视听食息”，人都有七个窍，用来看，用来听，用来吃，用来呼吸；“此独无有，尝试凿之”，独独你混沌没有，我们来尝试给你挖出七个窍来；结果“日凿一窍，七天而混沌死”，每天凿开一窍，七天后混沌七窍流血，死掉了。这个故事告诉人们，不要违反自然，他天生长得就像个鸡蛋一样，没有七窍，你硬要给他挖出七个窍，虽然你是好意，可是最后要了他的命。

玉琀

事实上，在中国的传统说法里，人，特别是男人身上除了七窍之外，还有两窍，一个是他前面小便的眼，一个是他后面的屁股眼；加起来称为“九窍”。九窍之中，嘴巴以上是双数，嘴巴以下是单数。过去台湾“故宫博物院”出过一部书叫《故宫古玉图录》，里面就展示了古人用来塞住这些窍的古玉。《抱朴子》里说：“金玉在九窍，则死人为之不朽。”用黄金或玉罩住你九窍的时候，你死了以后会不朽。

玉瑱

怎么塞呢？嘴巴这一窍，叫作“琀”（hán）。人死以后，嘴里最早是放饭团，不要当饿死鬼啊，后来慢慢转变，放入一块玉，一般是蝉形的玉，因为看起来像个舌头。然后，耳朵里塞一块玉，叫作“瑱”（tiàn）。手里还要捏块玉，好

玉猪

玉覆面

比捏一块玉猪，代表富足。

1949年以后，大陆考古发现很多这种玉，日本人也出书把它们整理出来。日本人说，我们有一种玉做的“阴罩”，套住男人的生殖器；还有一种玉肛塞，还有整块的“玉覆面”，把你整个脸都盖住。总之，中国古人相信，用玉把你全身上下无孔不入地塞住，把你所有的窍都堵住，你死后就能长生不朽。把人身上具体的“窍”抽象使用的时候，演变出中国文化里一个重要的观念——开不开窍，好比我们经常说“这人不开窍”，表示他头脑不好。事实上，人生的很多问题，尤其是我们遭遇到困难之后，要找到那个窍门，知道怎么样切入，你才能够解决。

北京有座雍和宫，本来是雍正皇帝做接班人以前住的房子。我小时候在北京，我父亲带我们去雍和宫玩，花钱买通了看门的喇嘛，才能够上到二楼去看所谓的“欢喜佛”。

类似的有一种“阴门阵”。1900年义和团包围了外国使馆，洋鬼子打出来枪炮的时候，义和团叫妓女们脱光衣服，用阴部对准他们，干什么？中国人相信——至少这些中国人相信，用这种方法可以使你的炮打不到我，当然，“阴门阵”失败了，炮照打不误。

我举这些例子告诉大家，在中国人传统的思想里，有些思想是多么奇妙，甚至可以说相当荒唐，可是当人相信这个东西以后，可以这样子走火入魔，死了以后把浑身上下有孔的部分都塞住，把脸也罩住，干什么？使你不朽。中国文化里有一个“三不朽”的概念，即立德、立功、立言，但都指的是精神方面，不是肉体。用玉来使死人不朽，说起来有点好笑，可我们必须承认，这也是中国文化的一部分。

这个世界的转变 我们躲不掉

段祺瑞打桌球

我小时候在北京，冬天的时候到北海溜冰，看见一个老头子穿着土法炼钢做出来的冰鞋，在冰上做各种花式表演。他是什么人呢？当年给西太后表演花式溜冰的人。西太后死了，他也老了，可是还喜欢溜冰，经常到北海来，我就有缘见到他。溜冰起源于两千年前的北欧，十九世纪英国人把它推广，变成一项体育运动，最后流传到中国来。我们绝对想不到，最早接受这种西化运动的人，竟是慈禧太后这种老顽固。还有一项运动桌球，十八十九世纪在英国非常流行。当年北洋军阀的统治者段祺瑞老了以后，穿个长袍马褂也打起桌球来。

我讲这两个故事干什么？证明所谓的“西化”，从体育运动到生活方式，是你能选择的吗？是你能控制的吗？是你挡住的吗？谁也挡不住。王闿运[1]在民国四年（1915年）的日记里说，有一天他早上起来坐在台阶上，“见一人取眼镜，已而，向吾作揖”；鞠躬以前，戴眼镜的人先把眼镜取下，才跟你招呼，这是一种礼貌。我小时候在北京见过这种礼貌。眼镜就是西化的例证，它在明朝时传入中国，明朝以前中国人是没有眼镜的。后来容闳[2]——第一个从耶鲁大学毕业的中国人，说动李鸿章、曾国藩这些封疆大吏，派留学生出去吸收西方文明，开始某种程度的西化。然后，中国聪明的小孩子一个一个被送去西方留学；然后，中国的军队也开始使用轮船、大炮这些西式武器……

总而言之，这个世界的转变，我们是躲不掉的，最明显的一个例子是奥运会。为什么中国要申办奥运会啊？因为奥运会已经世界化了，我们要参与进去。再如诺贝尔奖，它跟你中国有什么关系呢？诺贝尔文学奖那些评审员只有一个人懂中文，其他人都不懂，不懂怎么鉴定你文学作品的好坏呢？可是我们并不因为他们这个不公平的标准就拒绝诺贝尔奖，为什么？因为它具有世界性的名气。

在诺贝尔奖历史上，法国的居里夫人一个人得过两次奖。可是我必须

---

① 王闿运（1833—1916），字壬秋、壬父，号湘绮。湖南湘潭人，咸丰举人，晚清经学家、文学家。年轻时曾为肃顺所用，后入过湘军曾国藩的幕府。宦海失意后专心著述，在湘绮楼讲学授徒，门生古旧遍天下，较著名的弟子有杨度、夏寿田、杨锐、刘光第、齐白石等。民国二年（1913年），受袁世凯聘入京，任国史馆馆长，兼任参议院参政，但很快就在复辟声潮中辞归。著有《湘绮楼诗文集》等。

② 容闳（1828—1912），广东香山县南屏村（今珠海南屏镇）人，“中国留学生之父”，首位在耶鲁大学就读的中国人。容闳七岁随父亲前往澳门，入读教会学校，后随传教士前往美国留学。返国后，容闳曾进入南京，想说动太平天国的洪仁玕引进西方科技；失败后投入洋务运动，说动曾国藩和李鸿章以公费选送中国幼童赴美留学，打开中国人留学之门。甲午开战后，容闳加入康梁阵营，“戊戌变法”失败后逃亡香港，最终投入革命，支持孙文武力推翻清廷。辛亥革命成功的第二年（1912年），容闳在美国辞世。容闳是一位伟大的爱国者，他的画像至今仍悬挂在耶鲁名人堂，纽约华埠还有一座以他名字命名的公立小学。有自传《西学东渐记》（*My Life in China and America*）等传世。

说，她第二次得奖有点不公平，因为她跟有妇之夫谈恋爱，后来这些情书被曝光了，把居里夫人闹得灰头土脸，大家同情她，就又给了她一次奖。[①]

诺贝尔奖和奥运会都是世界性的标准，但一定是最好的标准吗？不一定。举个例子，我小时候在北京天桥见过一个卖艺的小男孩，两只手能在板凳上撑起身体，两条腿向前弯过头顶，然后头上顶一串碗，保持平衡。这种功夫，这种高难度，我认为就该得金牌！可是奥运有这项目吗？没有。再好比天桥艺人朱国勋，一个人能拉开一百八十市斤的弓，这是多大的力量啊，奥运会如果有拉弓比赛，他一定是冠军。可是没有这个项目，因为没有世界性的标准，我们就得靠边站！生活在这个世界上，我们随时都会遭遇这种不平等，用不平等的规则打败你们，用你们的规

天桥把式　顶碗

天桥把式　拉弓

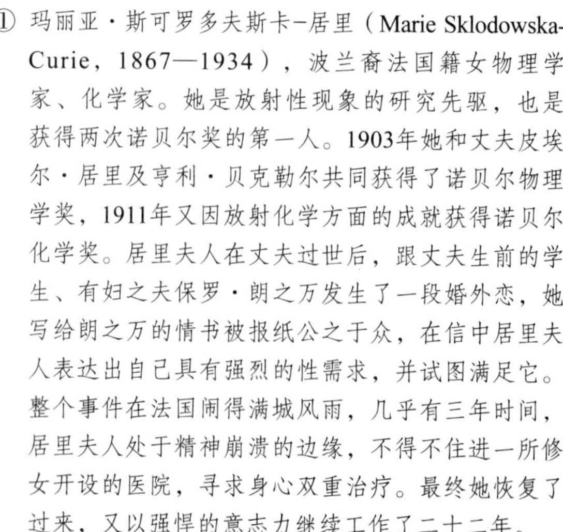

① 玛丽亚·斯可罗多夫斯卡-居里（Marie Sklodowska-Curie，1867—1934），波兰裔法国籍女物理学家、化学家。她是放射性现象的研究先驱，也是获得两次诺贝尔奖的第一人。1903年她和丈夫皮埃尔·居里及亨利·贝克勒尔共同获得了诺贝尔物理学奖，1911年又因放射化学方面的成就获得诺贝尔化学奖。居里夫人在丈夫过世后，跟丈夫生前的学生、有妇之夫保罗·朗之万发生了一段婚外恋，她写给朗之万的情书被报纸公之于众，在信中居里夫人表达出自己具有强烈的性需求，并试图满足它。整个事件在法国闹得满城风雨，几乎有三年时间，居里夫人处于精神崩溃的边缘，不得不住进一所修女开设的医院，寻求身心双重治疗。最终她恢复了过来，又以强悍的意志力继续工作了二十二年。

则推翻你们，出你们洋相，这就叫“百尺竿头站脚，千层浪里翻身”。我李敖就是这样活下来的，不是吗?

我谈这些干什么?告诉大家，我们要应对这个变化无常的世界，要在这个不公平的世界里出人头地，就要用他们的标准把他们打败，哪怕这个标准是相当不平等的。这是我们有志气的人要干的事情，哪怕过程相当艰苦。

除了不平等，我们在成长过程里也必须面对一些悲惨的事，好比我最近看到一条新闻：

四川灌水猪充胖　黑心工厂曝光

四川有些不法摊贩为了赚钱，什么违法的事情都干。他们用铁钩子将猪的嘴钩住，把一根长长的塑胶管顺着猪的喉咙塞进去，然后往里面灌水，工人一边灌还一边用脚踢猪的脖子，强迫猪张开嘴。猪被折磨得痛苦不堪，不断发出惨叫。灌水工厂老板表示，为一头猪灌水收六块钱人民币，每天晚上至少灌几百头，多则上千头，收入可观。为什么给猪灌水?猪灌了水身体会变重，多赚钱。

这个消息引起我对五六十年前的回忆。当时在台湾的菜市场里，有些摊贩会把沙子往鸭子嘴里塞。为什么?增加鸭子的重量。这跟今天大陆出现的给猪灌水，完全是同一种心理，就是只要我发财，不管什么保不保护动物，不管动物痛不痛苦。有些买鸭子的人跟他说，这样太残忍了，你可不可以不塞沙子?他说，可以不塞，但你要额外多给我钱。证明什么?证明中国人穷怕了，忽然有机会可以发点小财，什么道德仁义、什么动物保护、什么慈悲心肠，统统靠边站。

台湾给鸭塞沙子，四川给猪灌水，都是人同此心，心同此理，为了发财，不谋而合。所以邓小平说：“要人们安于贫困落后，说什么宁要贫困的社会主义和共产主义，不要富裕的资本主义。这就是‘四人帮’搞的那一套。哪有什么贫困的社会主义、贫困的共产主义！”[1]换句话说，社会主义也应该发财。共产主义也应该发财，邓小平还说：“农村、城市都要允许一部分人先富裕起来，勤劳致富是正当的。一部分人先富裕起来，一部分地区先富裕起来，是大家都拥护的新办法，新办法比老办法好。”换句话说，让一部分人先富，另外一部分人再跟着富，不是吗？

① 见《邓小平文选》第三卷《吸取历史经验，防止错误倾向》（1987年4月30日）。

从古至今的交通工具

古人和今人在衣食住行各个方面都是不同的，好比在行方面，古人所能想到的最快的交通工具是马，古人造不出来比马速度更快的东西。当然你说射箭的速度也很快，可是这跟交通无关。有时候骑马条件不具备，就得骑驴，驴比马走得还慢。苏东坡当年被贬到海南岛的时候，路途那么长，基本上是靠骑马或骑驴，一步一步走过去的。

古人的医疗卫生条件也不能跟现代人比，可是古代有些人可以活到六七十岁（苏东坡就活了六十六岁），甚至更高的年纪。我认为其中一个重要的原因是他们能走路，没有机会骑马时，一切活动都要靠走路。现代人坐在电脑前，全身只有十个指头动，喝的饮料是什么可口可乐，吃的东西是麦当劳这种快餐，结果变成小胖子，身体并不好。我认为古人能健康跟他们走路多有关系，而走路多是因为没有工具，没有脚踏车、摩托车、汽车、火车、飞机这些东西，最多有马。

有人说除了骑马，古人还坐轿子啊。我告诉你，只有比较贵族一点的人才能坐轿子，一般人根本坐不起，并且坐轿子是非常不舒服的，坐在里面也不能动，只能缩在那儿。相声里有那种说“花书”的——就是带点“黄腔”的相声，有个段子讲武松武二爷，恶霸霸占了良家妇女做新娘子，过门的时候，武松打抱不平，化装成新娘子坐在轿子里面，可他是个彪形大汉，坐在那个狭小的、颠簸的空间里非常不舒服，于是武二爷待闷了就开始在轿子里“打手铳”——手淫，结果轿夫在前面抬轿，忽然感觉到背后有液体出现了……这个故事证明了坐轿子是多么不舒服。

中国以前的马体形是比较小的。有句成语叫“人高马大”，其实人跟

秦始皇陵兵马俑里出土的士兵和战马

马站在一块儿，马并不大，《战国策》里就记载当时的马个头很小。后来我们从秦始皇坟里面挖出兵马俑，那个陶马真的不大，正好跟古书《战国策》里说的一样。后来，马车之外，从日本传来一种东洋车，也就是人力车，靠人来拉着车跑。我刚来台湾的时候还坐过这种车，后来都改成三轮车了。老舍的成名作，也是他最好的作品《骆驼祥子》，就写一个人力车夫怎么样白手起家的故事。

马车、人力车之后，汽车也传到了中国。台湾地区大概是在1960年前后开始有计程车的。我一开始坐计程车的时候，发现车走一下那个表就跳一下，我吓坏了，赶紧喊停车。为什么？跳表跳得比我心脏还快，太穷了不敢坐这个车。证明什么？人穷志短，没钱的时候连个计程车都不敢坐，坐了以后提心吊胆。有个笑话讲，陈文茜选“立法委员”的时候，她妈妈在台北计程车上搞民意调查，上了车以后假装问司机，有个陈文茜要选“立法委员”，你要不要选她？如果选就没事，这车继续坐下去，下车以后还多给小费；如果司机说不选，陈文茜妈妈立刻就翻脸，喊“下车”。

汽车发明出来以后，人类的整个交通，尤其是都市交通改观了。火车出现还不算，因为火车不能开到都市里来，都市的交通开始改变靠的是汽车。大家看20世纪20年代最时髦的T字型福特车。美国资本家亨利·福特当时为生产汽车发明了流水线[1]，一个大工厂里多少人在一起工作，锁螺丝的锁螺丝，装轮子的装轮子……大家分工合作，不浪费时间。

20世纪20年代的美国福特T型车

我坐过1934年下线的福特车。我生在1935年，小时候我爸爸在日本人统治的太原市做禁烟局局长。表面上他是沦陷区的官，骨子里面他是情报员，给东北抗日团体做地下工作。那时候我家住在山西太原，家里有辆福特车。那时候根本没有什么车牌号，只说一句“太原禁烟局”就够了。

后来在台湾，我加入的文星书店和《文星杂志》被蒋介石下令查封以后，我走投无路，去做生意，需要买一辆机车——就是摩托车。买机车要分期付款，可是贷款需要找两个有房子的担保人，我只有一个担保人就是我妈妈，我妈妈有个小公寓可以作保；另外要找一个有房子的朋友作保，而我没有这种朋友。可是很有趣，分期付款买两个轮子的机车要两个有房子的人做担保，买一辆四个轮子的小汽车却只要一个有房子的人担保就可以了。换句话说，我买个小汽车比买机车还容易，所以我就用我妈妈做担保买了一辆

① 1913年，亨利·福特在福特汽车公司开发出了世界上第一条流水线，这一创举使福特T型车的生产量翻了数倍，售价也从最初的八百五十美元降低至二百四十美元，汽车随之在美国普及开来。因此，亨利·福特被称为“给世界安上轮子的人”，美国也被称为“汽车轮子上的国家”。

360CC的小汽车。当时的计程车都有1200CC，哈雷机车有600CC，我这四个轮子的小汽车只有360CC。

很快我就被国民党的特务秘密跟踪了，情治单位派军车来监视我，八小时一换班，就在我家楼下。那时候我刚换了辆跟计程车一样的小汽车，有一天下面忽然“咚”的一声，我一看，我的小车被撞了。两个监视我的警察上来跟我谈话，本来他们有规定不可以跟被监视的人讲话，他们是撞了我的车不得已才上来跟我说，李先生，对不起啊，刚才我们一个人去大便，一个人去小便，结果一个小孩子跑到车里发动油门，这个车就冲出去撞到你李先生的车，很对不起，我们愿意赔偿。

我说这是小事情，谈赔多少钱就好了嘛。结果我要他们赔一大笔钱，把我整个车做一次美容翻新。他们就奇怪了，车子只是旁边被撞了一下子，怎么你整个都要翻修呢？我说我这个车就跟人一样啊，背后被撞了一下，大脑会得脑震荡，全身都要检查的——我故意这样子整这些治安人员。他们不想赔钱，我说你们不赔钱没关系，因为真相是你们其中一个人不会开车，另一个人教他开车，练习开车的时候，一不小心猛踩油门撞上了我的车，可是你们撒谎说一个人去大便，一个人去小便了，小孩子撞的，耍赖！我说我会写一封信给你们局长，要求可不可以换两个屎尿少一点的人来监视我。结果警察局没办法，由台北市大安分局的局长带头，叫每个警察凑钱来赔我，把我的车修理得美轮美奂。可是我并没有花一块钱啊，因为我这个汽车有保险，所以警察局赔我的钱都被我很快乐地花掉了。

科技大破天机

几年前，北京午门前面办了一场有名的歌剧演唱会《图兰朵》[①]，我在电视里看到了这个画面，我的感想是唱《公主夜未眠》[②]的这位公主怎么可以这样子胖啊？外国人有个讽刺，女孩子长得像小鸟一样漂亮，声音都像母猪一样难听；长得像母猪一样的女孩子，声音却可以像小鸟一样好听。唱《公主夜未眠》的这位公主，她的造型、她的宽度、她的重量不像母猪，根本是河马级的嘛！——看起来太不像公主了。

当然，唱歌剧的人需要一定的体量，你这个声音才能上得去，才会好

① 1998年9月，北京紫禁城太庙上演了由意大利作曲家普契尼创作的歌剧《图兰朵》（Turandot）。《图兰朵》是一个西方人想象中的东方传奇故事。元朝有一位公主图兰朵为了报祖先暗夜被掳走之仇，下令如果有男人可以猜出她的三个谜语，她就嫁给他；如猜错，便处死。三年下来，很多人因此丧生。流亡元朝的鞑靼王子卡拉夫（Calaf）被图兰朵公主的美貌吸引前来求婚，答对了所有问题，但图兰朵拒绝认输，要赖不愿嫁给王子。于是，王子自己出了一道谜题，只要公主在天亮前得知他的名字，他不但不娶公主，还愿意被处死。公主抓到王子的侍女严刑逼供，侍女自尽以示保守秘密。天亮时，王子用强吻融化了图兰朵冷漠的心……中国这台《图兰朵》歌剧以紫禁城为实景背景，由世界著名指挥大师祖宾·梅塔执棒，中国导演张艺谋执导，意大利佛罗伦萨节日歌剧院和中国的三百余名群众演员联袂完成，在国内外引起极大反响，其中的图兰朵公主由美国女高音Sharon Sweet（莎伦·斯威特）饰演。

② 《公主夜未眠》，也叫《今夜无人入睡》，是《图兰朵》里最后一幕的咏叹调，由男角卡拉夫王子演唱，诉说图兰多公主要全城彻夜不睡，在天亮前替她寻找王子的名字，若无法如期查出，则全城百姓都必须受死。这首古典歌剧作品是著名男高音帕瓦罗蒂的经典曲目，曾被用作1990年意大利足球世界杯的主题曲。

图兰朵公主造型

拳王阿里

听，可我们还是会有河马的联想。世界三大男高音里的大胖子帕瓦罗蒂也唱过《公主夜未眠》，男的大胖子唱大概就不会发生这个问题，虽然他本身也是河马级的。

帕瓦罗蒂这个大胖子几年前变心，把老婆丢掉，跟女秘书在一起生了个孩子。他为了物尽其用，用他的剩余价值做了一次全球告别演唱会，结果还没告别完，自己的胰脏忽然出了问题，要开刀。这家伙跟我同岁，我必须说这个年纪发生健康上的意外状况毫不稀奇，你必须要有心理准备。对我来说，我现在有那种“朝闻道，夕死可矣”的感觉，早上我得到了真理，晚上死就死了。这不是一种洒脱，而是一种现实。

大家看美国拳王阿里①当年踌躇满志的造型，把他的对手打倒在地。后来阿里得了帕金森病，等于某种程度的报废了。换句话说，他的事业到了一定阶段必须转型，之前的成就泡汤了；不像我李敖，七十多岁了还能用我的智力在这儿表演我自己，或者像英国哲学家罗素，九十多岁还能写文章发展他的智力，拳王不可能的，七十多岁、九十多岁还要打人吗？

---

① 穆罕默德·阿里（Muhammad Ali-Haj，1942— ），美国职业拳击手，也被很多人认为是20世纪最伟大的运动员之一。阿里1964年成为世界重量级拳王，此后所向披靡，九次卫冕成功，直到他拒绝服兵役赴越参战被取消拳王头衔。退役后，他一直致力于宗教、慈善工作。由于职业生涯中头部受到重击，他一直饱受帕金森综合征的困扰。

这就告诉大家，当我们的职业跟年龄不断交错变化时，我们要有心理准备随时面对这种变化，并且要看到这个世界就是在一直不停地改变当中。大家看女孩子穿的比基尼泳装，三点式，1946年被开发出来到今天已经六十多年了。当年这种衣服出现的时候，道学之士大为恐慌，认为是大逆不道，要禁止。可是六十多年后，比基尼在全世界流行，没有人能打倒它。

比基尼

比基尼穿得少，阿富汗女人穿得多。大家看照片，阿富汗女人用黑袍子把全身上下包裹得严严实实，密不通风，只露出两只眼睛。有时候眼睛也不露，用网子罩住，从网罩里往外看人，她看得见人，人看不见她。有个笑话说如果阿富汗女人的衣服不小心没有了，她最先遮盖什么地方呢？脸。她用手遮住她的脸，而不是挡住她的裸体，为什么呢？因为女人的脸是不可以给人家看到的，当然她也不要看到别人。这种穿法现在在阿富汗还很流行。

阿富汗女人

女人穿衣服的潮流在变化，这个世界也在变化，尤其是这一百多年由于科学技术的进步，这个世界越变越快。当年美国的大发明家富兰克林（Benjamin Franklin）死的时候，八十四岁，他觉得我这一辈子了无遗憾了，因为很多人间和自然界的秘密都被我发现了。好比富兰克林放风筝发现了电[①]，了解到原来打雷闪电只是一种普通的放电现象，不是什么“上帝的怒火”，由此又发明了避雷针，自然界的一大奥秘被他发现了。

中国古人讲仓颉造字的时候，“天雨粟，鬼夜哭”，天上下的是米，鬼夜里就哭，为什么呢？因为文字有神圣的含义，而仓颉造字把这个天机打破了。同样地，富兰克林也认为他一辈子打破了很多天机，所以死而无憾了。可是我必须说，富兰克林那个时代能有多少天机啊？九牛一毛的天机啊。这一百多年来，科学的发展使人类发现，有很多天机是我们以前万万料不到的。

大家看这张照片，德国科学家仑琴[②]，在甲午战争的第二年，也就是台湾丢掉的这一年，1895年，在他的实验室里发现了X光。发现X光以后，他整天在实验室里做研究不回家。他太太就奇怪，你个老小子是不是在外面偷野食，就找

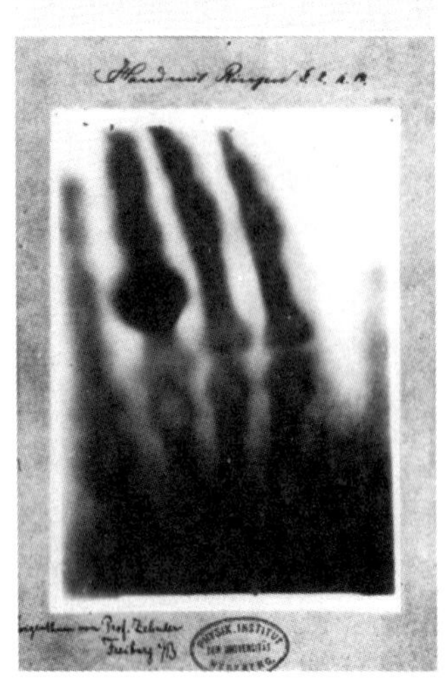

伦琴发现X光

① 1752年7月的一天，天空乌云密布，雷电交加。富兰克林把一只风筝放上了天空。风筝上拴了一根细铁丝，用来吸收云中的“天电”。放风筝的线是用麻绳做的，绳子下端系了一把铜钥匙。当闪电通过淋湿的铁丝和麻绳传导下来以后，富兰克林用手指靠近铜钥匙，啪的一声，出现一道蓝色的火花，他的手臂一阵发麻。“风筝实验”成功了，“电”被他捉住了。这个实验震惊了世界。后来，富兰克林根据放电的原理发明了避雷针。

② 威廉·伦琴（Wilhelm Röntgen，1845—1923），德国物理学家。1895年11月8日，时为维尔茨堡大学校长的他在进行阴极射线的实验时，发出了一种尚未为人所知的新射线，后命名为“X射线”。1901年，伦琴获得首届诺贝尔物理学奖。

到实验室，正好他在做研究，他要太太伸出手来给他照，一照，连骨头带手上的戒指都照出来了。他太太看了以后吓呆了。

X光出现七个月以后，忽然有个中国人用它来治疗，照了X光。谁呢？李鸿章。甲午战争中国战败，李鸿章跟小日本儿伊藤博文谈判，日本人本来要更高的条件，可是一个日本激进分子因为恨中国人，打了李鸿章一枪，打在脸上。日本人发现他的人民闯了祸，这才降低了条件，否则日本人要的就不只是台湾了，条件还要苛刻。李鸿章挨了枪以后，要检查他的伤势，听说有一种最先进的照骨术，就是X光。所以李鸿章是第一个照了X光的中国人，接受了七个月以前才发明的最新的医疗科技。

这个故事告诉我们，当科技越来越进步，世界变得越来越小时，你不能躲避这个变化，你只能接受它，甚至坏的东西也要一并接受。什么意思？白种人本来不抽烟的，后来哥伦布发现了美洲新大陆，印第安人抽烟，白种人也跟着学会了抽烟。同样地，白种人本来没有梅毒这种性病，美洲人有梅毒，后来就传给了白种人。所以人间的好多变化，不管好的坏的，不是说你能一厢情愿控制的或者选择的；不能说我只要好的，不要坏的，对不起，你选不了。

子弹穿过苹果

大家再看这张照片，子弹穿过苹果的一刹那，像慢动作一样。因为有了现代摄影技术的进步，我们才能看到过去用肉眼绝对看不到的画

从空中俯瞰紫禁城

面，不是吗？再看有了飞机之后从空中拍到的北京紫禁城的照片。它的造型是这么样严谨、规则、有板有眼，当时建紫禁城的皇帝们看不到，不是吗？科技大破天机，使我们的视野跟以前完全不一样了。

可是也有些东西跟科技无关，好比我们中国文化里有很多不被现代科技所影响的、能够保持万古长青或者放之四海而皆准的观念，对这些不变的东西我们要进行研究、保存和发挥。怎么样做到呢？要靠我们这种玩思想的人、有头脑的人。所以结论是：这个时代在变，我们中国现在也几乎同步跟着这个世界在变，我们不再闭门造车，不再妄自尊大，也不像过去的明朝、清朝那样，是一个神秘的东方古国，我们部分地跟上了这个世界变化的节奏，可是如何变得好、变得成功、变得自圆其说，要靠那些第一流的思想家的提示跟点化。我们要培养这些思想家，要保持我们在文化上的高度，只有这样，我们死的时候才会说，我比三百年前的富兰克林看破了更多天机。